文學與觀念的交映

古典文學論集

姚道生 著

鳳凰出版社

圖書在版編目（CIP）數據

文學與觀念的交映 : 古典文學論集 / 姚道生著. -- 南京 : 鳳凰出版社, 2020.3
ISBN 978-7-5506-3110-6

Ⅰ. ①文… Ⅱ. ①姚… Ⅲ. ①中國文學－古典文學研究－文集 Ⅳ. ①I206.2-53

中國版本圖書館CIP數據核字(2020)第024877號

書　　名	文學與觀念的交映——古典文學論集
著　　者	姚道生
責任編輯	徐珊珊
出版發行	鳳凰出版社(原江蘇古籍出版社) 發行部電話025-83223462
出版社地址	南京市中央路165號,郵編:210009
出版社網址	http://www.fhcbs.com
照　　排	南京凱建圖文製作有限公司
印　　刷	江蘇鳳凰通達印刷有限公司 南京市六合區冶山鎮,郵編:211523
開　　本	880×1230毫米　1/32
印　　張	7.5
字　　數	180千字
版　　次	2020年3月第1版　2020年3月第1次印刷
標準書號	ISBN 978-7-5506-3110-6
定　　價	48.00圓

(本書凡印裝錯誤可向承印廠調換,電話:025-57572508)

謹以此書紀念

先父　姚蔭松先生

先母　李賽珍女士

先師　常宗豪教授

並呈獻給

周麗娟老師

感謝父母顧我復我

感謝師長耳提面命

序

陳雄根

姚道生君的《文學與觀念的交映——古典文學論集》,共收論文七篇,討論題材各異,驟看來似是毫無關係的論文,然經作者分類後,這幾篇論文變成了有機的組合,把考證與詮釋、文學的觀念與文學的形象幾個重要議題綰合起來。閱讀本書,對作者的治學方法、構建的文學理論,文學與時代的關係等論述,會有所認知,其經驗也值得參考。

首先,作者利用版本目録學作爲研究文學的一個基點。書中第一篇文章《鈔本〈南詞〉考述》,便是個很好的示例。爲了弄清鈔本《南詞》原來的面貌,作者先後兩赴日本大倉集古館閱覽原書,文中對鈔本《南詞》的版式、内容、校點作了深入的分析,詳述是書前人的典藏與著録,並考訂它的傳抄時間在明崇禎年間,修正近人對《南詞》輯録詞集數目的不確。文中考證鈔本《南詞》所收《文湖州詞》的一則識語,非出李希聖之手。又從文獻學角度出發,指出《南詞》所收詞集,以及諸名家留下的批閲、校點等心得。以上種種,均有助版本系統的建構。本文對《南詞》的考述,確能達到"辨章學術,考鏡源流"的目的。本書第二篇文章《蘇軾〈定風波〉詞"一蓑煙雨”辨》，則利用版本學先行考證《定風波》詞序的有無，然後再詮釋文義。《定風波》詞中“一蓑煙雨任平生”句的詮釋，歷來學者説法紛紜，問題癥結在詞中“一蓑煙雨”與詞序“雨具先去”出現的矛盾。學者或以“一蓑”别本作“一莎”，因訓“一蓑”爲一襲；或拘於所習見的本子，把“一蓑”解作一場，藉以消除正文與詞序的矛盾。本書作者追本窮源，以今所見最早的南宋傅幹《注坡詞》作“一蓑煙雨”，排除“蓑”作“莎”之説。又以《注坡詞》此詞本無序文，消除正文與序文之間的矛盾。然後再從正文本身考究，指出“一蓑煙雨”未必純然寫實，後面“任平生”是一個很好的提示。我國古典文學自《詩經》開始已有賦比興的表現手法，賦是直接鋪叙的手法，相當於實寫；比興則設喻以言志，言在此而意在彼，或先言他物，以引起所詠之情，相當於虚寫。自詩騷以還，文學作品虚實相間的表現手法，一直傳承下來。本書作者深明此理，就蘇詞“一蓑煙雨”的虚筆實寫和“文化意味”的内涵深入探討，指出蘇軾以坦然豁達的情懷面對人生的艱苦困難，與下片結句“也無風雨也無情”互相呼應。這種詮釋，較爲切合《定風波》的詞旨。

在《〈文心雕龍・諸子〉探賾》一文中，作者比對《漢書・藝文志・諸子略》與《文心雕龍・諸子》篇，發覺二者對諸子的表述模式十分相似。二書對諸子的認識，也有共通之處。從《藝文志》可見，目録學建構了一個由道術而經典，由經典而子書的思考模式，而劉勰也認爲諸子“述道言治，枝條五經”。目録學在劉勰文體論中的體現，正好與他的“徵聖宗經”思想相配合。作者又指出《文心》的“論文叙筆”，也可從目録學的角度來解讀，從目録學“考鏡源流”的觀點看，《文心》廿篇“論文叙筆”都歸本經典；從目録學“辨章學術”的觀點看，廿篇文章則可以分爲兩組：“叙筆”中的《史傳》與《諸子》爲一組，是整部史書和子書，其他十八篇文章爲另一組，所選的是單篇作品。從目録學的角度去考察《諸子》的文學架構，是可行的。

本書作者處理每一學術議題,會先綜覽前人對此議題的論述,然後梳理各説,辨其得失,指出問題所在,進而提出個人的看法。再以《〈文心雕龍·諸子〉探賾》一文爲例説明。近世學者多以文體論來解讀"論文敘筆",並以《諸子》屬於文體類。作者詳考各説之後,指出《諸子》之文,不能以寫作手法、語言形式、功能及風格來分類。《諸子》是文章的大宗,是整部的子書,不與《文心雕龍》文體論的其他篇章處於相同的地位。作者又指出《文心》的"論文敘筆",除了用文體論來解讀外,還可從目録學的角度去解讀。文體論的目的是評賞與創作,目録學的目的是部居群籍,辨章學術。在目録學與文體學的交互視野下,作者把前人爲《文心》建立的文學譜系只有"經典—文體"兩個層次,修訂爲三個層次:"經典—史子—文體"。此外,作者又謂"論文敘筆"以文章創作爲目標,細分之,十八篇文章着眼於各種文體的寫作,而《諸子》則着眼於一部專著的撰述,層次要比十八篇文章高。劉勰"論文敘筆",爲的是撰述,置《諸子》於"論文敘筆"中的意義,就是勉勵人立志撰寫子書。在本文中,作者爲《文心》建立了一個更完整的文學譜系,考證出《諸子》篇在《文心》文體類中的特殊地位,以及劉勰對《諸子》在"論文敘筆"賦予的特殊意義。

本書的另一個特色,是利用具體的理論和例子來説明文學上抽象的概念。如《宋詞詠物"摹神"説》一文,作者引述古人所説"高者摹神"的概念,然而何者爲"神",如何寫出傳神之作,前人却着墨不多。作者提出"神"有兩層含意與四種書寫表現。"神"的兩層含意包括:(1) 物象在五塵(即所謂視覺、聽覺、嗅覺、味覺、觸覺五感)以外的特徵;(2) 象徵意義,指作者運用比興的手法引出他要賦予物象的象徵意義。至於四種的書寫包括:(1) 情景置設;(2) 運用共同經驗與文化記憶;(3) 藉感官描寫以傳神;(4) 以人情點染。在上述的理論基礎上,作者徵引大量宋人詠物詞爲例作説明,使

“摹神”這個概念變得有規律可尋。同是“摹神”的作品,作者又援引不少前人詞作,加以比較,指出如何判别高下的方法。至於“摹神”的作品應否有所寄托,作者根據當代學者的定量分析結果,進一步指出:詠物描寫本身就有其獨立的審美價值,只要賦形與摹神能達至高度的藝術水平,爲讀者接受,即使没有寄托,同樣可以成爲不朽名篇。在“摹神”這個概念上,作者建立了一套較完整的文學理論來衡量作品是否達到“摹神”的境界。

本書在分析文學作品時,不是孤立地看作品的内容,而是留心作品與時代的關係,從而探究作品的深層意藴。像樂府詩《陌上桑》,近人多認爲詩中的女主角羅敷是一個有機智、有膽色、敢於反抗壓迫的勞動婦女,這是局限於自身所在的社會環境作出的分析,而不是站在作品所處的時代來看問題。本書《〈陌上桑〉羅敷“以禮自防”探微》一文,在分析采桑女羅敷的形象前,作者從先秦兩漢的文獻着手探討,首先分析“桑林”的特殊意義,它除了是祭祀場所外,還是男女相期要約之地。至於當時采桑女的形象,有記其勤勞的一面,有記其淫佚不經的一面。又根據“采桑親蠶”之禮的記載,采桑女也有貴族婦女,她們是克己守禮的。西漢武帝尊崇儒學,在經學禮教的氛圍之下,采桑女“守禮”的道德形象逐漸强化,漢代詩人刻畫采桑女的守禮形象,便很自然了。“以禮自防”的道德主題,便在漢人“三綱”思想這文化意境下產生。作者運用漢人的詩學觀解讀《陌上桑》,自然更接近詩旨,更接近漢人的文化心理。而《陌上桑》所體現的主旨,就是“以禮自防”,這也是當時“三綱”思想的折射。本書另一篇文章《唐代貧女詩發微——以秦韜玉〈貧女〉爲中心》,從歷史的角度探討“貧女詩”在中晚唐發展的原因。中晚唐的科舉制度,有利權貴子弟中舉,至於貧寒之士,干謁無門,縱多次應試,仍不免落第。這些失意之士,在他們的詩作中,便以貧女難嫁的社會現象,比喻士之不遇,詩中運用比興手法,把“貧女”無

“媒”喻貧士乏有名望的貴人舉薦,因而下第。作者從白居易的《議婚》詩直到李山甫和秦韜玉的《貧女》詩,考察唐人“貧女詩”生成與發展的過程:由一個社會現象發展成一個比喻,再由比喻發展成一個意象。在本文中,作者又從儒家對“士”的道德要求,分析“貧士詩”的形成,及至唐代,在科舉制度下,士人長年不第,又不甘於“固窮”,因而捨“貧士詩”之體,改以“貧女詩”這一題材抒發仕途失意的情懷,進而剖析“貧士詩”與“貧女詩”的分野。這又是文學隨時代而演變的一個典型事例。

本書的考證,涉及歷史時代背景的,除廣泛徵引文獻外,也會參考外國的史學理論,以考察前人建構歷史的意圖。在《空留古廟號侯王:論九龍城宋季古迹的記憶及侯王廟記憶的歷史化》一文,作者根據法國史學家皮耶·諾哈(Pierre Nora)提出的“記憶所繫之處”(lieux de mémoire)理論,分析歷史上的人物和事物如何被建構、被傳承、被利用,以及對當下所造成的影響。在論文中,作者引述寓居香港的前清舊臣對宋季古迹的復修與唱和,寄托他們的宋季記憶,藉此確認其遺民身份。由於這班前清遺老的記憶意圖,是藉憑弔宋季古迹表示君臣一體,故有意無意之間把侯王廟供奉的對象定爲楊太妃弟楊亮節,以表揚楊侯的“忠臣死節”,而略去楊亮節死於崖山之役的記載,因爲不如此,宋季古迹便不能彰顯“忠臣死節”的記憶了。然而,1949年之後,同樣的古迹,又爲南下香港的國民黨人所利用,宋王臺象徵着君王,也象徵着他們所擁護政權的“正統”地位。前清遺老、國民黨人各按所需,企圖“全盤操作與支配管理”宋王臺的“正統”記憶。本文歸結到意圖的有無,是歷史與記憶之間一個標志性的分野,可謂有得。

姚君雅好中國文學,潛心治學有年,先後師從常宗豪教授和張宏生教授,對古典詩詞及文學理論深有體會。本書所收的七篇文章,是姚君文學研究的用心之作,值得參考。首先,從事研究,要有版本目録的知識。古代文學作品,文本在流傳的過程中,或會出現衍文、異文等現象,如能追溯到較早的版本,當較接近文本的原貌,本書所論蘇軾的《定風波》詞,便是以蘇軾詞所見最早的版本來解決《定風波》詞序與正文之間的矛盾。利用版本目録學,還有助文學理論的確立,在《〈文心雕龍・諸子〉探賾》一文中,便利用目録學爲《文心》建立新的文學譜系。其次,面對比較抽象的文學概念(如"摹神"説),必須建立一套完整的文學理論,就相關的作品進行深入、細緻的分析,方能把抽象的概念,通過有理可據的標準體現出來。第三,評論某類體裁的作品(如"貧女詩"),不能孤立地從作品本身去解讀,還需結合作品的時代背景,探究該類作品的生成原因,甚至是再向前探索,以看某類文學作品與前代文學作品的傳承關係,以及其消長的軌迹。第四,本書研究文學問題,除遍考古今學者對有關問題的論述,還徵引外國學者的理論,以資印證。《詩》云:"他山之石,可以攻玉。"如本書研究香港宋季古迹的記憶,借助外國史學家的理論,對歷史與記憶之間關係,思考特深。

本人是姚君的大學導師,素知他治學態度嚴謹,每成一文,輒請老師過目,給予批評,然後再作修改,俾臻完善。今觀是書,乃覺姚君學問,又進了一步。本書付梓在即,謹成一序,以作推介。

2018 年 2 月 5 日於澳洲悉尼

讀書養志

——代序

周麗娟

姚道生君與我結下師生緣分遠在八十年代,那時候他是初中三年級學生,我教他中國歷史科。後來道生入讀香港中文大學中文系,他的碩士論文導師常宗豪教授是我恩師,因此,我們又是同門了。道生品性淳厚,執禮甚恭,幾十年了,每年農曆新年必來我家拜年。自我退下火線,他唯恐我閑居寂寞,每有較長的假期,都約我吃飯聊聊近況,師生倆天南地北無所不談,有次談到家事,他自責没在母親健在時好好孝順她,説着潸然淚下了。其實道生個性純孝,只因母親過世較早,故有子欲養而親不待之愴吧。他是家中長子,下有一弟一妹,父母過世後,一擔挑起長兄爲父的責任,事事讓着弟弟,愛護妹妹。他曾對我説,没有什麽比親情更爲重要的了,這使我想起《論語・學而》:“弟子入則孝,出則弟,謹而信,泛愛衆,而親仁。行有餘力,則以學文。”道生其庶幾乎。

道生愛讀書,完成碩士課程後便當上中學語文教師,可他並没有因爲就業而停却對學問的追求,在繁忙的教學工作之餘,仍堅持讀書自修,後來報讀香港浸會大學中文系博士課程。從 1994 年完成碩士課程,到 2016 年他領有博士學位,期間教讀兩忙,不是有堅持不懈的精神與毅力，是無法完成課程的。我國出版家張元濟先生晚年寫了一副對聯："數百年舊家無非積德，第一件好事還是讀書。"季羨林先生以其下聯爲題寫了《天下第一好事，還是讀書》一文。[①] 季先生說："人類之所以能够進步，永遠不停地向前邁進，靠的就是能讀書又能寫書的本領。"道生這本論文集，印證了這個道理，論集收録的是他這廿多年努力讀書的成果。論集内的七篇文章，涉獵的範疇包括版本考證和目録學、文學觀念詮釋、文學題材與時代背景的關係，處處見出作者治學基本功之堅實。文集中《〈文心雕龍・諸子〉探賾》以"目録學與文體論的交互視野，更看到劉勰的文體譜系實有三個層次"的見解；[②]《唐代貧女詩發微——以秦韜玉〈貧女〉爲中心》指出文學史上"貧士詩"和"貧女詩"之分野，與唐代文化政治背景如何影響這種新題材的出現；又以版本考證解决蘇軾《定風波》(莫聽穿林打葉聲)詞與詞序内容的矛盾問題，在在見出作者讀書與深思而得的新見。

王國維《人間詞話》云："古今之成大事業大學問者，必經過三種之境界：'昨夜西風凋碧樹，獨上高樓，望盡天涯路'，此第一境也。'衣帶漸寬終不悔，爲伊消得人憔悴'，此第二境也。'衆裏尋他千百度，驀然回首，那人却在燈火闌珊處'，此第三境也。"王氏三境界之說，衆多學者多所解說，比如葉嘉瑩教授在《談詩歌的欣賞與〈人間詞話〉的三種境界》的闡述。[③] 葉氏之說要言之爲：第一種境界是寫對崇高理想之向往，第二種境界是"擇一固執殉身無悔"的情操，而第三種境界，是對此理想追尋所經歷的種種艱苦，而一旦成功時之驚喜。中國文學研究是一門大事業，多少學者兀兀窮年，皓首窮經，然而只要有志於此，則不以爲苦，反而樂在其中。目

① 見季羨林：《談讀書治學》(北京：當代中國出版社，2006 年)。
② 本論文集作者《代前言》。
③ 見葉嘉瑩：《王國維及其文學批評》(石家莊：河北教育出版社，2000 年)。

今香港社會擾擾攘攘,道生耐得住寂寞,有爲中國學術作出貢獻的志氣,而才識足以副之,我祝願他澆灌的學術園地繁花開遍,成果纍纍。今其論文集即將刊行,囑我作數語,我欣然命筆,作爲開卷之補白。

二〇一八年一月十八日於香港

文學與觀念的交映

——代前言

本書共收論文七篇,分爲三組:“考證與詮釋”“文學的觀念”“觀念的文學形象”。七篇論文的研究對象是古典詩詞和文論。雖然論題不同,要旨各異,但除了《鈔本〈南詞〉考述》之外,其他六篇文章都在不同程度上探討了前人的觀念與心態。

要探討前人,就要讀他們的著作。後人主要通過閱讀文本來了解前人的思想感情,不過,如果讀者所讀的文本不可靠,就難免會影響到對前人的認識了。因此,歷來學者都很注重版本考證。古今中外的學者都重視前人文本的校勘與重建。西方學術傳統中的 Textual Criticism 正是研究文本校勘的問題,跟中國的校勘學性質接近。① 從事這方面研究的學者又把 Textual Criticism 稱作 Lower Criticism,如此稱呼並不是貶抑這門學問,而是要突顯其基礎意義。他們認爲,探尋作者本旨等的 Higher Criticism 就是建基於 Lower Criticism 的。畢竟,詮釋文意還先要有文本作支撐,本書之所以收入《鈔本〈南詞〉考述》,正是基於這個認識,而以之作爲全

① 蘇杰先生正把 Textual Criticism 譯作“校勘學”。見蘇杰:《西方校勘學論著選》(上海:上海人民出版社,2009 年)。若直譯,就是“文本批評”。

書的第一篇，則無非在申明一個看法：考證是文本解讀的基礎。

以下略述各組文章的大要。

一、考證與詮釋

這一組收了《鈔本〈南詞〉考述》和《蘇軾〈定風波〉詞"一蓑煙雨"辨》二文。前者是考證，後者是先考證後詮釋。

企圖藉版本考證來恢復古籍的原貌，實在過於渺茫，學者所做的，只是嘗試整理出一個接近原貌的，或者可讀的文本。要整理出文本，首先就是搜羅所有傳世的版本，然後詳加比勘。然而，近代中國内外交困，導致不少文物典籍流失海外，當年已是不易示人的秘籍，今天更是難得一見，明鈔本《南詞》就是一例。《南詞》是一套大型詞集叢編，現藏日本東京大倉集古館。王國維（1877—1927）校輯《南唐二主詞》時就以《南詞》本爲底本，認爲此本"殆即《直齋書録解題》所著録宋長沙書肆所刊行者也"。[①]《南詞》又收有《樂府補題》一種。《樂府補題》今常見的版本有《四庫全書》本及《知不足齋叢書》本，二本文句頗有不同。《四庫全書》本源自吴訥（1372—1457）《唐宋名賢百家詞》，至於《知不足齋叢書》本則莫知其淵源，其實以之與《南詞》本比對即可知道，《南詞》本《樂府補題》就是《知不足齋叢書》本的祖本。[②] 可見《南詞》對詞籍的校勘和版本溯源極具參考價值，可是此書早已流出海外，學者一時未易披閱，《鈔本〈南詞〉考述》或可提供一個參考。本文析述了鈔本《南詞》的版本特點，並就《南詞》的典藏、著録、編者、傳抄時代，以及文獻價值等

---

① 見沈宗畸：《晨風閣叢書》（北京：中國書店影印宣統元年本，2010 年）第十九種，頁 450。

② 有關《樂府補題》的版本情況，見拙著《殘蟬身世香蓴興——〈樂府補題〉研究》（南京：鳳凰出版社，2018 年）第二章"《樂府補題》版本考論"。

問題作了考釋，是傳統的文獻考證，或許也可以算是 Lower Criticism。

在詮釋文本之前，必先澄清所讀版本文句的訛脱衍倒。前人在這方面已經做了不少貢獻，所得的成果甚是豐富。不過，如果訛誤的版本流傳已久，成了人人共用的讀本，則版本考證一時間也未必容易諟正習以爲常的訛誤，蘇軾(1037—1101)的《定風波》詞(莫聽穿林打葉聲)就是個中案例。詞中有“一蓑煙雨”之句，但詞序却又分明説“雨具先去”，二者明顯是矛盾的。學者當然也注意到這個矛盾，並提出了各自的解釋，但很少有人從版本的角度解决問題。《蘇軾〈定風波〉詞“一蓑煙雨”辨》即嘗試借助既有的蘇詞版本研究的成果解决問題，指出此詞本來没有序文，矛盾原本就不存在。王水照教授也解説過這首詞，當然也知道此詞有版本上的問題，不過王教授没有就版本作討論，仍然用流行的版本作分析，認爲“一蓑煙雨”的“蓑”字是“名詞作量詞用”，猶“一身”之意，“一蓑煙雨”應是實景無疑，此句應理解爲“一身煙雨”。[①] 然而，詞學界的主流意見則視“蓑”字爲名詞。可見對一個字詞性理解的分歧，在一定程度上反映出學者對其所讀版本的態度。對於“蓑”字的詞性和“一蓑煙雨”句的詮釋，本文也有所討論。就整個蘇軾研究而言，《定風波》詞與序的矛盾並不是一個大問題，却引起了一些學者的關注，而他們的處理方法和意見，更足以啓人思考：看到可商榷之處是研究的第一步，把它陳述爲研究問題(research question)或者探究問題(inquiry question)是第二步，界定問題的性質是第三步。學者把詞與序的矛盾界定爲詞的詮釋問題；而本文則界定爲版本問題，並在解决了版本問題之後再作詮釋。對問題的陳述不同，對問題性質的界定不同，探討的方向與處理方法也自然有異。本文

① 見王水照：《“一蓑雨”和“一犁雨”——量詞的妙用》，《蘇軾傳稿》(北京：中華書局，2015 年)，頁 228—229。

正是嘗試從 Lower Criticism 和 Higher Criticism 兩個層面探討蘇軾的《定風波》。

二、文學的觀念

這一組也收了兩篇文章:《〈文心雕龍・諸子〉探賾》和《宋詞詠物"摹神"説》,探討的是文學内部觀念。

有關《文心雕龍》的研究非常豐富,不過,即使這是一部人所熟知的文論巨著,當中仍有某些方面尚未爲人所知,一旦發掘出來,就可以豐富甚或修正今人對劉勰(約 465—522)文學觀的理解。《文心》上篇"論文敘筆",今人就從文體論的角度來解讀,讀到《諸子》時,就産生了疑問:諸子是不是文體?這問題曾引起過古今學者的批評,紀昀(1724—1805)就説:"此亦泛述成篇,不見發明。蓋子書之文,又各自一家。在此書原爲讕入,故不能有所發揮。"①祖保泉教授認爲:"劉勰把'諸子'作爲文章體制之一看待,難免招來議論。"②然則,視"論文敘筆"爲純然的文體論是否妥當?《〈文心雕龍・諸子〉探賾》從目録學的視角重讀《諸子》,認爲《諸子》論的是專書,不是文體。在目録學與文體論的交互視野下,更看到劉勰的文體譜系實有三個層次:"經典—史子—文體"。至於劉勰之著《諸子》,旨在勉勵人立志撰寫子書。這樣的意見與流行的説法頗有不同,若此説成立,則對了解劉勰的文學觀應有一定的幫助,對修正流行的説法也不無參考價值。

《文心》研究之所以成爲一門顯學,首先當然是因爲它體大思

① 見《紀曉嵐評注文心雕龍》(揚州:江蘇廣陵古籍刻印社影道光十三年〔1833〕粤東省城翰墨園藏版,1997 年),頁 159。

② 見祖保泉:《文心雕龍解説》(合肥:安徽教育出版社,1993 年),頁 348—350。

精,另一方面是因爲學者的理解不同,争議亦在所難免。不過,没有争議的説法也不一定説得清楚。例如,讀者都同意,詩家詞人詠物必須形神兼備。自屈原《橘頌》以還,詠物文學代有發展,到了宋人的詠物詞,可説是發展至一個難以跨越的高度。謝章鋌(1820—1903)《賭棋山莊詞話》謂:“宋人詠物,高者摹神,次者賦形,而題中有寄托,題外有感慨,雖詞實無愧於六義焉。”[①]簡明扼要地描述了宋人詠物詞的成就。相信讀者都贊同詠物詞“高者摹神”之説,没有争論,但何謂“神”? 怎樣才寫出傳神之作? 雖然詠物文學的研究成果已很豐碩,但對此問題却又没有足够的措意,《宋詞詠物“摹神”説》就嘗試處理“神”這個術語,提出“神”有兩層含意與四種書寫,並以多首宋人詠物詞爲例作解説,試圖對詠物“摹神”的觀念有較清晰的理解。另一方面,有論者認爲詠物詞應該别寓寄托,否則就不算是上乘之作。這就涉及到評論者的詞學觀了。本文根據當代學者的定量分析結果,進一步指出:詠物描寫本身就有其獨立的審美價值,只要賦形與摹神能達至一定的藝術審美水平,獲得讀者的認可,則即使没有寄托,也一樣可以成爲名篇。

三、觀念的文學形象

這一組收了三篇論文:《〈陌上桑〉羅敷“以禮自防”探微》《唐代貧女詩發微——以秦韜玉〈貧女〉爲中心》《空留古廟號侯王:論九龍城宋季古迹的記憶及侯王廟記憶的歷史化》。討論的問題不限於文學内部的觀念,而是更多涉及不同時代不同人的觀念。

《陌上桑》是一首膾炙人口的樂府詩。近人多認爲詩中的女主

① 見謝章鋌:《賭棋山莊詞話校注》(廈門:廈門大學出版社,2013 年),劉榮平校注,頁199。

角羅敷是一個機智大膽、敢於反抗壓迫的勞動婦女，但古人不從這個角度欣賞羅敷，清初朱嘉徵《樂府廣序》認爲："《陌上桑》歌'日出東南隅'，婦人以禮自防也。漢遊女之情正，但令不可求而止，《陌上桑》之情亦正，惟言羅敷自有夫而止，以禮自防。"①這很明顯是從詩教的立場詮釋詩意，不無附會之嫌。不過爲何古人强調羅敷守禮的道德性格，而不强調她反抗壓迫的鬥争性格？羅敷的守禮形象是怎樣形成的呢？《〈陌上桑〉羅敷"以禮自防"探微》嘗試從先秦兩漢的歷史語境及禮制着手探討，指出漢人出於當時的政治教化需要，於是創作出儀態萬千而又守禮拒人的羅敷；到了近代，王權父權與傳統禮教都成了打倒的對象，於是羅敷又被詮釋成一個反抗權貴的勞動婦女。時代不同，讀者的觀念也隨之而變，對詩作的詮釋結果因而有異。本文認爲，《陌上桑》是漢人"三綱"思想下的一篇複合作品，朱嘉徵用"以禮自防"來解讀此詩，應該更接近漢人的文化心理。

外在客觀環境完全可以模塑人的心理與行爲，其中一個重要因素是制度，而與古代士人密切相關的制度則非科舉莫屬，尤其是在唐代。科舉模塑着人心與行爲，左右着當時的士風。士人在應舉過程中的悲喜哀愁，都一一寫進了他們的詩文中。閱讀唐人的干謁詩與下第詩，無疑是在閱讀唐人的心志如何被摧殘，心態如何被扭曲。秦韜玉的《貧女》書寫的不是干謁與下第，却同樣寫出了這種心態。只要回顧文學史就可以知道，在唐以前只有"貧士詩"，没有"貧女詩"，"貧女"一題是唐人新創的。《唐代貧女詩發微——以秦韜玉〈貧女〉爲中心》討論了科舉如何影響人心，如何促進新詩題的開創，"貧女詩"與傳統詩學觀的關係、與"貧士詩"的分别，以

① 見朱嘉徵：《樂府廣序》，《四庫全書存見叢書》（《四庫全書存目叢書》編纂委員會影上海師範大學藏清康熙清遠堂刻本，臺南：莊嚴文化事業有限公司，1997年）第三八五册，頁684。

及新題所反映的唐人心態。此外,雖然秦韜玉的《貧女》備受推崇,成爲了"古今口舌",[①]但紀昀却對之不滿,評曰"格調太卑",[②]評價與格調宗師沈德潛(1673—1769)的看法不同。對於秦詩備受推崇的原因、沈德潛和紀昀的詩學觀,本文也有所論述。

科舉制度隨着帝制的崩潰而成爲歷史,文人不再受科舉的折磨,却要面對新時代的衝擊。辛亥革命(1911)之後,一批前清遺老來到香港,當中就有陳伯陶(1855—1930)和賴際熙(1865—1937)兩位對香港文教影響深遠的前清太史。他們以前清舊臣的身份重修宋王臺,書寫宋王臺、侯王廟等宋季古迹,[③]名是憑弔故宋,實是憑弔前清。遺老通過唱和與文獻考證,把所謂的宋季古迹建構成一組文化景觀,寄寓了他們的宋季記憶,藉此確認他們的遺民身份。1949 年之後,古迹的記憶又爲南下香港的國民黨人所利用,不過記憶的内容却大異於前清遺老。國民黨人也進行歷史考證,而且考證得比遺老更仔細堅實。他們通過學術考證挪用(appropriate)了遺老爲宋王臺製造的"正統"記憶,同時也否定了侯王廟"忠臣死節"的記憶,結果,侯王廟的記憶被歷史化了。對於遺老和國民黨人如何運用古迹的記憶,《空留古廟號侯王:論九龍城宋季古迹的記憶及侯王廟記憶的歷史化》一文有較詳細的論述。本文根據法國史學家皮耶・諾哈(Pierre Nora)所提出的"記憶所繫之處"(lieux de mémoire)理論,藉着不同人對宋季古迹的詮釋,討論了記憶與歷史的關係、記憶與身份建構及認同的關係等問題。

這三篇論文分别論述了漢人的文化心理、唐人的扭曲心態、清

---

① 賀裳《載酒園詩話》:"秦韜玉詩無足言,獨《貧女》篇遂爲古今口舌。'苦恨年年壓金線,爲他人作嫁衣裳。'讀之輒爲短氣,不減江州夜月,商婦琵琶也。"見郭紹虞:《清詩話續編》(北京:中華書局,1983 年),頁 390。

② 見《瀛奎律髓刊誤》(臺北:佩文出版社,1960 年影光緒庚辰懺華龕重刊本)第四册卷之三十一,頁 1211。

③ 諸遺老唱和時所詠及的古迹共有四個:宋王臺、侯王廟、二王殿村、金夫人墓。這四個古迹全都在九龍城。

人的詩學觀、前清遺老和國民黨人的身份建構與身份認同,完全是不同時代和不同人物的觀念,却又同樣借用了文學的形象來表現:美貌守禮的羅敷、不甘難嫁的貧女、位處南方邊陲的宋季古迹。其實文學形象的背後本來就充滿着各種各樣的觀念與心態,可能是一個時代的觀念,可能是特定個體的心態,又或是二者兼之,因此,這一組文章就題爲"觀念的文學形象"。

四、却顧所來徑

本書的七篇論文,有的側重考證,有的側重詮釋,却始終呼應着特定時代的歷史語境(context):文本産生的時代語境、文本被接受的時代語境。考證不能取代審美和詮釋,却能爲審美和詮釋提供堅實的基礎。陳伯陶因爲考證不堅實,所以他對侯王廟的詮釋就被國民黨人否定。

通過文本解讀來聚焦某個時代議題,可以藉着議題勾勒出該時代的一個側面;如果順着時序觀察,不但可以看到時代的變遷,更可以看到議題的歷史變化。因此,把文本重置於特定的歷史語境,對觀察問題是相當有幫助的,"觀念的文學形象"中的三篇文章都采用了這個方法。令人着迷的是,在探討議題的歷史變化的過程中,一直伴隨着審美體驗、道德判斷和觀念人心的解讀。審美體驗觸發讀者對文本探究思考,探究思考指向着觀念與人心的解讀,而解讀結果又回過來覆核讀者的價值判準,促使讀者審視自己的"美"與"善"的判斷究竟是有"真"作支撑,還是被"真"所挑戰。由感性邁向理性再回應感性與德性,是一個螺旋式的遞升。

朗松(Lanson Gustave,1857—1934)在《文學史的方法》中提出

“文學史是文化史的一部分。”[①]又謂:“同一國家中具有科學精神的人都在加强他們的祖國的知識的統一。”[②]因此,他覺得自己在科學精神的指導下從事文學史研究别具意義:“我們不僅是在爲真理和人類而工作,我們也在爲祖國而工作。”[③]戴燕在回顧二十世紀初的中國文學史論述時就根據朗松的提示,指出“清末民初,中國知識分子一開始接觸到的,便是這樣的文學史”。[④] 這是中國文學史在二十世紀初的時代任務,是時代觀念影響的結果。古人説通經致用,克羅齊(Benedetto Croce,1866—1952)謂“一切真歷史都是當代史”,似乎文史之學都是爲了當下的生活而研究的,於是,文史研究又被不少學者賦予“有益於世道人心”的責任。這當然也是時代觀念影響的結果。文學史從前的任務將來會否被重提,抑或另有新的任務,還得看世道與人心。研究者在細究前人的觀念與心態的同時,也不會忘記自身所處時代的觀念與心態,而更須檢視的,應該是自己的觀念與心態。

文學是作者的自我書寫,同時也是時代的書寫。閱讀文學,既是在閱讀一個生命個體的心靈,也是在閱讀一個時代的思潮,而最終是閱讀讀者自己。沈德潛對《貧女》的評斷是一種取向,紀昀是另一種取向,今人對兩位古人的商榷,對《貧女》原詩的評斷,可能就是第三種取向。讀者的審美觀和價值取向就在這些評斷中逐漸清晰起來:“原來我是這樣想的!”接着還會追問:“爲何我會這樣想?”這樣追問下去,就會看到自己的審美觀與價值取向,除了受傳統文化的影響之外,其實也是受自身所處的時代觀念所影響的。讀者有了這份閱讀的自覺之後,就可以重新審視自己的審美觀與價值取向的合理性,摘其合理者向當世、向作者提出,藉着評論與

① 見朗松:《文學史的方法》,徐繼曾譯:《朗松文論選》(天津:百花文藝出版社,2009年),頁3。

②③ 見《文學史的方法》,頁34。

④ 見戴燕:《文學史的權力》(北京:北京大學出版社,2002年),頁2。

作者一起促進時代的進步。這樣的讀者只會嫌少,絶不嫌多。讀者本來就是一股力量,對於時代,對於作者,也能够作出自己的貢獻。時代、作者、作品、讀者,從來就是交映着的。

讀者通過閲讀前人來閲讀自己,可説是一個自我認識與自我詮釋的過程。這個過程没有止息,就如解讀文學没有止息一樣;不同之處在於,人會不斷地成長,而文學文本一經寫定,就相對穩定得多。説文本相對穩定而不是絶對,是因爲文本在流傳的過程中難免會産生變異,文句難免有訛脱衍倒,這時候,又要借助考證了。

目　次

序 ………………………………………………………………… 陳雄根 1
讀書養志
　　——代序 ………………………………………………………… 周麗娟 1
文學與觀念的交映
　　——代前言 ………………………………………………………… 1

考證與詮釋

鈔本《南詞》考述 ……………………………………………………… 1
蘇軾《定風波》詞“一蓑煙雨”辨 …………………………………… 21

文學的觀念

《文心雕龍・諸子》探賾 ……………………………………………… 36
宋詞詠物“摹神”説 …………………………………………………… 63

觀念的文學形象

《陌上桑》羅敷“以禮自防”探微 …………………………………… 95

唐代貧女詩發微
——以秦韜玉《貧女》爲中心 …………………………… 116
空留古廟號侯王:論九龍城宋季古迹的記憶及侯王廟記憶
的歷史化 ………………………………………………… 165

後記 ……………………………………………………… 209

鈔本《南詞》考述

施蟄存(1905—2003)曾解釋過"南詞"的意思:

> 詞在唐五代時稱爲曲子詞,到了南宋,簡稱爲詞。在北方,金元之間,興起了北曲,這又是另一種曲子詞了。於是北方人稱詞爲南詞,以區别於北詞(曲)。《宣和遺事》稱南渡文人爲南儒,稱詞爲南詞。歐陽玄有《漁家傲·南詞十二闋詠燕京風物》,這些都是北方人的語言,南方人不説。明代李西涯輯五代宋元詞二十三家,題作《南詞》。明初馬浩瀾自序其《花影集》云:"余始學爲南詞,漫不知其要領。"這都是明代初期人沿用元代北方人的名稱,而不自知其誤。[①]

施蟄存解釋"南詞"的意思十分清楚,不過説"明代李西涯輯五代宋元詞二十三家,題作《南詞》",則並不準確。之所以不準確,是因爲《南詞》只有一套鈔本傳世,而且已經流出海外,成了私人博物館的

① 見施蟄存:《南詞·南樂》,《詞學名詞釋義》(北京:中華書局,2005年),頁97。

珍藏,施蟄存身在國内,未能親睹《南詞》原書,於是就有以上不準確的説法。

明人編纂了多種詞集叢編,較大型而又較著名的,有吴訥(1372—1457)《唐宋名賢百家詞》(以下簡稱《百家詞》)、題西涯主人《南詞》、紫芝漫鈔本《宋元名家詞》、毛晉(1599—1659)《宋六十名家詞》(一名《宋名家詞》)。二十世紀三十年代末,林大椿獲睹明紅絲欄鈔本《百家詞》,爲之校讎闕誤,1940 年由商務印書館排印出版;而紅絲欄鈔本也於 1989 年由天津古籍出版社影印刊行。《宋六十名家詞》則收入《四庫全書存目叢書》,1997 年由臺南縣柳營鄉莊嚴文化事業有限公司出版。《百家詞》與《宋六十名家詞》業已刊布,學者不難閲覽。紫芝漫鈔本《宋元名家詞》今藏北京大學圖書館,《南詞》則藏日本東京港區大倉文化財團大倉集古館,二書尚待整理出版,讀者要讀到此二書並不容易,特别是藏在東瀛彼邦的《南詞》,更是難得一見。2011 年夏天,筆者有幸親自到大倉集古館閲覽《南詞》。現將閲覽所得,草成本文,向各位專家學者請教。

一、今傳鈔本《南詞》述略

今傳《南詞》共四帙,每帙三册,共十二册。書長 27.2 厘米,闊 18 厘米。半頁八行,行十八字。無版框邊欄界綫,鈔本,楷書,字體端正工整。首帙第一册有全書總目,每册之前則有該册目録,而各册目録則以行書書寫,與書内及總目的字體絶不相類,紙質亦異,應出於後人的整理。據總目,全書共收詞集六十四種,八十七卷,今存四十三種,五十卷。其中虞集(1272—1348)《鳴鶴餘音》有附録《馮尊師》一種,及沈禧(元朝人,生卒未詳)有附録曲集《北樂府》一種,若把此二種附録也計算在内,則全書今存詞集四十五種。卷中有朱墨校點，用墨以朱筆爲多，主要是彭元瑞(1731—1803)、吴昌綬(1867—1924)、董康(1867—1947)等的校點及朱筆識語。三家朱筆的色澤有較明顯的分别，其中彭元瑞朱筆色調偏向橙色，用朱較濃稠；吴昌綬所用朱筆的色調較鮮明，亦較濃稠；董康所用朱筆的色調較淺，也偏向橙色，但較稀淡。

吴昌綬朱筆較少，多爲斷句、校補及校改，主要見於虞集《鶴鳴餘音》及《馮尊師》，有識語一則，記其校勘情況，有署名。

董康朱筆最多，幾及全書，主要是斷句、圈點、校改、校補。有簡短識語數則，只記校勘日子。他在校語中提及的版本有汲古閣本及鮑本(知不足齋本)。

書中夾有不少校補紙片，朱筆、墨筆皆有，主要應出於董康之手，其次是吴昌綬。當中有二紙片較特别，皆是紅色格子原稿紙，一有“岡田”字樣，一有“法律館”字樣。“岡田”疑是日本法學家岡田朝太郎，至於“法律館”則暫未詳所以，或與岡田朝太郎有關。從字體、朱筆、墨色看，兩紙片的校文應出於董康之手。

據書前的總目可知，《南詞》共收詞集64種，詳目如下：

南唐二主詞一卷　李璟、李煜	龜峰詞一卷　陳人傑
蓬萊鼓吹詞一卷　夏元鼎	逍遥詞一卷　潘閬
耐軒詞一卷　王達	文湖州詞一卷　文同
珠玉詞一卷　晏殊	六一詞四卷　歐陽修
半山詞一卷　王安石	小山詞二卷　晏幾道
虚靖真君詞一卷　張繼先	屯田樂章詞三卷　柳永
東坡詞二卷　蘇軾	山谷琴趣詞三卷　黄庭堅
姑溪詞一卷　李之儀	後山詞一卷　陳師道
壽域詞一卷　杜安世	丹陽詞一卷　葛勝仲
溪堂詞一卷　謝逸	竹友詞一卷　謝薖
信齋詞一卷　葛郯	省齋詞一卷　廖行之

聖求詞一卷　吕濱老
酒邊詞一卷　向子諲
簡齋詞一卷　陳與義
竹齋詞一卷　沈瀛
稼軒詞四卷　辛棄疾
于湖詞二卷　張孝祥
竹洲詞一卷　吴儆
養拙堂詞一卷　管鑒
龍川詞一卷　陳亮
西樵語業詞一卷　楊炎正
樵隱詞一卷　毛幵
文溪詞一卷　李公昂
烘堂詞一卷　盧炳
克齋詞一卷　沈端節
金谷遺音詞二卷　石孝友
綺語一卷　張輯
樂府補題一卷
松雪詞一卷　趙孟頫
蜕巖詞二卷　張翥
古山樂府二卷　張埜
貞居詞一卷　張雨

初寮詞一卷　王安中
樂齋詞一卷　向鎬
樵歌三卷　朱敦儒
逃禪詞一卷　楊无咎
知稼翁詞一卷　黄公度
松坡詞一卷　京鏜
晦庵詞一卷　李處全
白石先生詞一卷　姜夔
龍洲詞二卷　劉過
石屏詞一卷　戴復古
履齋先生詞一卷　吴潜
空同詞一卷　洪瑹
蒲江詞一卷　盧祖皋
周士詞一卷　王以寧
白雪詞一卷　陳德武
僑庵詞一卷　李禎
東浦詞一卷　韓玉
鳴鶴餘音一卷　虞集(附《馮尊師》)
竹窗詞二卷　沈禧(附《北樂府》)
雲林樂府一卷　倪瓚
草堂詩餘三卷

《南詞》書前有西崖主人序,以隸書書寫,大字,半頁六行,行九字。全文如下:

自有詩而長短句寓焉,《南風》之操、《五子之歌》是已。周之《頌》三十一篇，長短句居十八；漢《郊祀歌》十九篇，長短句居其五；至《短簫鐃歌》十八篇，皆長短句。謂非詞之源乎？迄於六代，《江南》《采蓮》諸曲，去倚聲不遠，其不即變爲詞者，四聲猶未諧暢也。自古詩變爲近體，而五七言絕句傳於伶官樂部，長短句無所依，則不得不更爲詞。當開元盛日，王之涣、高適、王昌齡詩句，流播旗亭，而李白《菩薩蠻》等詞亦被之歌曲。古詩之於樂府，近體之於詞，分鑣並騁，非有先後；謂詩降爲詞，以詞爲詩之餘，殆非通論矣。予從故藏書家得珍秘繕本，載宋元諸名家所作詞本，凡六十八家，計八十七卷，目曰《南詞》，藏於家塾，庶幾可一洗《草堂》之陋，而倚聲者知所宗矣。時歲在天順六年(1462)夏四月上浣西崖主人書於懷麓堂之西書院。

天順是明英宗(1427—1464)的年號。李東陽(1447—1516)號西涯，有堂曰懷麓堂，序題“西崖主人”，因此自清至今不少學者都認爲《南詞》是李東陽所編纂。

今傳《南詞》在傳抄的過程中被人删去部分原編的内容。李希聖(1864—1905)《雁影齋題跋》著録《南詞》時，把全書總目都抄録下來，謂：“其有刻本者附注目下，使覽者易於檢尋焉。”①但在《文湖州詞》之下附注的不是刻本，而是一則識語：

此係喬吉《夢符樂府》。章丘李中麓有刻本，不知何以嫁名湖州。②

學者大多以爲這則識語出自李希聖之手，其實不然。今傳《南詞》總目於《文湖州詞》之下也有這則識語，却略有不同：

---

① 見李希聖：《雁影齋題跋》(與汪璐《藏書題識》及傅以禮《華廷年室題跋》合刊。上海：上海古籍出版社，2009年)，頁381。

② 見《雁影齋題跋》，頁382。

> 此係喬吉《夢符樂府》。章丘李中麓有刻本,不知何以嫁名湖州。今不録。

識語原有"今不録"三字,李希聖迻録時,不知何故脱去,且未有説明,以致後人誤會這則識語是李氏手筆。從這則識語可見,傳抄者發現原編誤將喬吉(1280—1345)的《夢符樂府》當作文同(1018—1079)的《文湖州詞》,於是刻意不録,故今本《南詞》即缺了此書。

總目之後有抄者墨筆識語:"凡汲古閣已刻者不録。"可見在傳抄過程中,不獨《文湖州詞》(或是《夢符樂府》)被删去,書中還有一些詞集也被删去。西崖序前有彭元瑞的朱筆識語,曰:

> 原集六十四家,抄者不録文同一家。又以汲古閣已刻不録二十一家。然王安中見汲古閣本第四集,吕濱老、杜安世、韓玉、黄公度、陳與義、陳師道、盧祖皋、盧炳俱見第六集,則重録之。所當補録二十二家,以存西涯之舊。癸卯(1783)中元日雨窗,芸楣。

彭元瑞别號芸楣。識語中的"汲古閣本第四集"及"第六集",指的是毛晉汲古閣《宋六十名家詞》。他曾以《宋六十名家詞》比對《南詞》,並認爲:

(1) 抄者重録王安中、吕濱老、杜安世、韓玉、黄公度、陳與義、陳師道、盧祖皋、盧炳等九家。

(2) 不録者二十一家,連同文同一家,當補二十二家。今考全書所缺二十二家如下:

文湖州詞一卷	珠玉詞一卷	六一詞四卷
小山詞二卷	屯田樂章詞三卷	東坡詞二卷
山谷琴趣詞三卷	姑溪詞一卷	丹陽詞一卷
溪堂詞一卷	酒邊詞二卷	逃禪詞一卷
稼軒詞四卷	白石先生詞一卷	龍川詞一卷

龍洲詞二卷　　西樵語業詞一卷　　石屏詞一卷
樵隱詞一卷　　文溪詞一卷　　空同詞一卷
金谷遺音詞二卷

在《南詞》總目中，除《文湖州詞》外，其他二十一家題目上均有朱筆加點，從朱筆色澤看，也應是出於董康之手。今存各詞集在全書中的編排如下：

册數	作者、詞集、卷數	種數
第 1 册	李璟、李煜《南唐二主詞》一卷、陳人傑《龜峰詞》一卷、夏元鼎《蓬萊鼓吹詞》一卷、潘閬《逍遥詞》一卷、王達《耐軒詞》一卷、王安石《半山詞》一卷。	6
第 2 册	張繼先《虚靖真君詞》一卷、陳師道《後山詞》一卷、杜安世《壽域詞》一卷、謝邁《竹友詞》一卷。	4
第 3 册	葛郯《信齋詞》一卷、廖行之《省齋詞》一卷、吕濱老《聖求詞》一卷、王安中《初寮詞》一卷。	4
第 4 册	向鎬《樂齋詞》一卷、陳與義《簡齋詞》一卷、朱敦儒《樵歌》三卷。	3
第 5 册	沈瀛《竹齋詞》一卷、黄公度《知稼翁詞》一卷、張孝祥《于湖詞》二卷。	3
第 6 册	京鏜《松坡詞》一卷、吴儆《竹洲詞》一卷、李處全《晦庵詞》一卷、管鑒《養拙堂詞》一卷。	4
第 7 册	吴潛《履齋先生詞》一卷、盧炳《烘堂詞》一卷。	2
第 8 册	盧祖皋《蒲江詞》一卷、沈端節《克齋詞》一卷、王以寧《周士詞》一卷、陳德武《白雪詞》一卷。	4
第 9 册	張輯《綺語》一卷、李禎《僑庵詞》一卷、《樂府補題》一卷、韓玉《東浦詞》一卷、趙孟頫《松雪詞》一卷、虞集《鳴鶴餘音》一卷（附《馮尊師》）。	7
第 10 册	張翥《蜕巖詞》二卷、沈禧《竹窗詞》二卷（附《北樂府》）。	3
第 11 册	張埜《古山樂府》二卷、倪瓚《雲林樂府》一卷、張雨《貞居詞》一卷。	3

續 表

册數	作者、詞集、卷數	種數
第 12 册	《草堂詩餘》三卷	1
合計		44

以上連附録共 44 種,當中包括詞集 43 種,曲集《北樂府》1 種。施蟄存謂《南詞》"輯五代宋元詞二十三家",而實際上《南詞》原編有 64 種,即使部分詞集散佚了,也仍有 45 種,都足以證明施説並不準確。

二、《南詞》的前人典藏與著録

有關《南詞》的典藏與著録,最早可考的是明代李廷相(1481—1544)《濮陽蒲汀李先生家藏目録》:"《南詞》二套,鈔,八十五本。"① 可惜李廷相未著明編者及子目。到了清代乾嘉年間,彭元瑞也著録過《南詞》。彭氏《知聖道齋讀書跋尾》卷二《宋未刻詞》云:"余舊藏李西涯輯《南詞》一部。"②其《知聖道齋書目》則著録《南詞》六本,子目四十七種。③ 晚清詞家王鵬運(1849—1904)《四印齋所刻詞·陽春集》跋文也著録了《南詞》二十五家,自言采録自《(汲古閣)未刻詞》前的"文勤(彭元瑞謚號)朱書序目"。比較二者可知,《知聖

① 見李廷相:《濮陽蒲汀李先生家藏目録》,林夕編:《中國著名藏書家書目匯刊》(北京:商務印書館,2005 年)第一册,頁 103。

② 見彭元瑞:《宋未刻詞跋》,《知聖道齋讀書跋尾》,嘉慶間刻本,中國國家圖書館編:《國家圖書館藏古籍題跋叢刊》(北京:北京圖書館出版社,2002 年)第四册,頁 583。全文:"於謙牧堂藏書中得宋元人詞二十二帙,題曰'汲古閣未刻詞',行款字數與已刻六十家詞同。每帙鈐毛子晉諸印,皆精好。余舊藏李西涯輯《南詞》一部,又《宋元人小詞》一部,合此三書,於六十家外,又可得六十二種。安得好事者續鐫爲後集?"

③ 見彭元瑞:《知聖道齋書目》,羅振玉:《羅雪堂先生全集》(臺灣:文華出版公司,1968 年)第三編第十五册,頁 6281—6283。

道齋書目》缺了謝薖《竹友詞》、廖行之《省齋詞》及《樂府補題》三種。[①]《南詞》是彭元瑞的藏書,何以其自著書目竟有遺漏? 羅振玉(1866—1940)謂:“南昌彭文勤公書目,向無刊本。光緒戊申(1908)於黄陂陳士可參事毅(1873—?)許見鈔本七卷,凌雜無叙,因迻録一册。頃病足盈旬,兀坐無俚,手爲校,併爲四卷。惜無善本可以互勘,魯魚之誤,殆所難免,爲憾事耳。宣統紀元九月,上虞羅振玉。”[②]原來今本《知聖道齋書目》是個殘本,故其有所缺漏是合理的。

就今存的書目、題跋、識語等文獻來看,晚清最重要的《南詞》著録者不是王鵬運,而是李希聖。李氏《雁影齋題跋》卷四有題跋一篇,著録《南詞》八十七卷,鈔本,並將《南詞總目》附於文後。[③] 詞人鄭文焯(1856—1918)《詞録徵存》又轉載李跋全文。[④] 在原書難見的情況下,李跋及其所附《南詞總目》,是今人討論《南詞》的重要憑藉。此外,吴昌綬和董康也分别著録過《南詞》。吴昌綬《宋金元詞集見存卷目》就指出西崖序是坊肆的僞作,而鮑廷博早已及見《南詞》。[⑤] 至於董康,《嘉業堂藏書志》載有他爲舊鈔本汲古閣未刻詞《南唐宋元詞十五種》寫的題記,謂“嘗見知聖道齋藏李西涯鈔本《南詞》”,[⑥]繆荃孫(1844—1919)《藝風藏書續記》卷七“詩文第八下”韓玉《東浦詞》録董康手跋,當中有謂:“余藏明鈔本李西涯所輯《南詞》,爲南昌彭文勤公知聖道齋故物。”[⑦]

---

① 見王鵬運:《四印齋所刻詞》(上海:上海古籍出版社,1989 年),頁 346。《知聖道齋書目》,頁 6281—6283。

② 見《羅雪堂先生全集》,頁 6285。

③ 見《雁影齋題跋》,頁 380—387。

④ 見孫克强、楊傳慶:《大鶴山人詞話》(天津:南開大學出版社,2009 年),頁 413—418。

⑤ 見吴昌綬:《宋金元見存詞集見存卷目》(上海:鴻文書局,1907 年),頁二上。

⑥ 見吴格:《嘉業堂藏書志》(上海:復旦大學出版社,1997 年),頁 1184。

⑦ 見繆荃孫:《藝風藏書續記》,《藝風藏書記》(上海:上海古籍出版社,2007 年),頁 458。

今本《南詞》可考最早的收藏者,應是趙昱(1689—1747)。鮑廷博(1728—1814)《知不足齋叢書》本張翥(1287—1368)《水龍吟·西池敗荷》下片結句有厲鶚(1692—1752)識語曰:"此詞前段妙絶,後段不全,令人悵悵不已。雍正甲辰(1724)在趙谷林(昱)小山堂得李西涯《南詞》本校添,爲之大快。"①不過,今本《南詞》中並無趙氏的藏書印記,也没有趙氏的批點識語。最早有印記與識語,並有書目著録的,是彭元瑞。《南詞》上有不少藏書印記:彭元瑞的"南昌彭氏""知聖道齋""遇讀者善";李之郇的"李之郇印""宣城李氏瞿硎石室圖書印記""宛陵李之郇藏書印""伯雨江城如畫樓""伯雨";②吴昌綬的"伯宛校勘";還有大倉集古館的"大倉文化財團藏書"。可見《南詞》曾爲以上諸家所藏或閲覽。除了這幾家之外,《南詞》又曾被方功惠(1829—1897)碧琳瑯館收藏。方功惠孫方湘賓於光緒二十四年(1898)將書運至北京琉璃廠書肆出售,並請李希聖"爲定書目"。李希聖便據寓目所得,寫成《雁影齋題跋》四卷,當中即著録了《南詞》。《南詞》繼方功惠之後,又爲董康所得。董康曾抄録其中十三種,現藏中國國家圖書館。③ 至於《南詞》就歸大倉文化財團,1964 年大倉文化財團編《大倉文化財團漢籍善本目録》,當中就著録了《南詞》。

上述諸家,或爲典藏者,或爲著録者,或二者兼之。兹據他們

---

① 見張翥:《蜕巖詞》,鮑廷博編:《知不足齋叢書》(上海:上海古書流通處,1921 年)第六集,頁十七上。

② 李之郇的生卒未詳。據張鳴珂(1829—1908)《寒松閣談藝瑣録》卷三,李之郇與詞人兼書畫家吕耀斗(1828—1895)友善。鄭偉章《文獻家通考:清—現代》(北京:中華書局,1999 年,中册,頁 1039)謂李之郇"同治間遊京師,官兵部武選司郎中"。李、吕、張三家應是同代人。按:方功惠孫湘賓於光緒二十四年(1898)把方氏碧琳琅館藏書運至北京求售,中有《南詞》,而《南詞》中又有李之郇的藏書印記,可知《南詞》先爲李之郇所藏,後流入方功惠手,方湘賓才可運至北京求售。

③ 十三種分别是:《南唐二主詞》一卷、《耐軒詞》一卷、《信齋詞》一卷、《省齋詞》一卷、《樂齋詞》一卷、《竹齋詞》一卷、《松坡詞》一卷、《竹洲詞》一卷、《白雪詞》一卷、《僑庵詞》一卷、《竹窗詞》二卷附《北樂府》、《古山樂府》二卷、《雲林樂府》一卷。

的題識、著録及藏書印記，依時代先後，表列《南詞》的典藏與著録如下：

典藏者/著録者	典藏	著録	著録出處
李廷相(1481—1544)	√	√	李廷相《濮陽蒲汀李先生家藏目録》
趙昱(1689—1747)	√		
厲鶚(1692—1752)		√	厲鶚《水龍吟・西池敗荷》下片結句識語
彭元瑞(1731—1803)	√	√	1. 彭元瑞《知聖道齋讀書跋尾》 2. 羅振玉重輯彭元瑞《知聖道齋書目》
李之郇(生卒未詳)	√		
方功惠(1829—1897)	√		
王鵬運(1849—1904)		√	王鵬運《四印齋所刻詞・陽春集》跋文
李希聖(1864—1905)		√	1. 李希聖《雁影齋題跋》 2. 鄭文焯《詞録徵存》迻録李希聖跋文
吴昌綬(1867—1924)	√	√	吴昌綬《宋金元詞集見存卷目》
董康(1867—1947)	√	√	1.《嘉業堂藏書志》載舊鈔本汲古閣未刻詞《南唐宋元詞十五種》董康題記 2. 繆荃孫《藝風藏書續記》卷七“詩文第八下”韓玉《東浦詞》董康手跋
大倉文化財團(1917—)	√	√	大倉文化財團編《大倉文化財團漢籍善本目録》

《南詞》在李廷相至趙昱之間的典藏情况如何,由於未有文獻證據可援,不敢妄加推斷,只好付諸闕如,以俟專家學者再來考證了。

三、《南詞》的編者

因爲今本《南詞》書前有西崖序,所以不少學者都認爲《南詞》的編者是李東陽。李東陽深於詩藝,又著有《懷麓堂詩話》,以聲論詩,倡"格調"之説,在詩學史上卓然有成,而未聞有論詞之作;序文稱"一洗《草堂》之陋",也與明人推崇"花草"(《花間集》與《草堂詩餘》)的時代風尚不相應。細審序文,自開首至"殆非通論矣",以及文末"庶幾"二句,與汪森(1653—1726)的《詞綜序》(作於康熙戊午〔十七年〕,1678)相同。這一點前人也注意到。吴昌綬《宋金元詞集見存卷目》:"《南詞》原題李西涯編,乃删竄汪晉賢《詞綜序》以弁卷端。雍正間鮑渌飲(鮑廷博)已於趙氏(趙昱)見之,疑當時坊肆所爲。"①吴昌綬認爲序文並非出於李東陽之手,而是坊肆所爲,時在雍正年間,鮑廷博已及見。按:鮑廷博《知不足齋叢書》本《蜕巖詞》《水龍吟·西池敗荷》下片結句有識語曰:"雍正甲辰在趙谷林小山堂得李西涯《南詞》本校添,爲之大快。"故吴昌綬以爲鮑廷博已於雍正甲辰及見《南詞》。雍正甲辰(1724),鮑廷博只得四歲,實無"在趙谷林小山堂得李西涯《南詞》本校添"《蜕巖詞》之理,"爲之大快"的應該不是鮑廷博。檢《知不足齋叢書》目録可知,《知不足齋叢書》本《蜕巖詞》用的是厲鶚校本,這"爲之大快"的應是厲鶚。因此,吴昌綬謂鮑廷博於雍正年間已見李東陽序的《南詞》,其實是一個誤會,由此推論坊肆僞作李序於此時也不準確。然而,説西崖

① 見《宋金元詞集見存卷目》,頁二上。

序是僞作,則是可以成立的。

西崖序既是僞作,則《南詞》是否李東陽所編,就很成疑問了。李廷相《濮陽蒲汀李先生家藏目録》已著録了《南詞》,李廷相與李東陽同代而稍晚,但他没有著明《南詞》的編者是李東陽,也没有列出《南詞》的子目,後人莫知其詳。文獻闕如,只能説:

(1)《南詞》編成於明代,在李廷相之前,至今只有鈔本傳世。

(2)《南詞》編者是否爲李東陽,尚難斷定,至於西崖主人序則是删竄汪森《詞綜序》而成,僞作於康熙十七年之後。

四、今傳《南詞》的傳抄時代

李希聖《雁影齋題跋》著録《南詞》八十七卷,李廷相著録的是"八十五本",可知李希聖所見到的,已非李廷相原藏本,更不可能是原編本。嚴紹璗先生《日本藏宋人文集善本鈎沉》認爲是"清抄本",但没有説明理據,大概因爲李東陽序雜有汪森《詞綜序》文字之故。嚴先生又説:"此本係據明天順六年西崖主人序本抄出。原本八十七卷,輯南詞六十四種。此本今存五十卷,四十二種(計宋人三十三種、金人一種、元人八種),多爲汲古閣所未録。卷中有朱墨校點,並乾隆四十八年(1783)彭元瑞朱筆識語、光緒三十三年(1907)吴昌綬校書手識、光緒三十四年(1908)董康據本集别鈔本作朱筆手校識語。"[①]鄧子勉先生認爲:"據此,彭氏所藏爲清抄本,疑有誤。"[②]然則今傳《南詞》究竟傳抄於何時?

《南詞》的原編已佚,但在清代仍有傳本可考。趙昱小山堂有

① 見嚴紹璗:《日本藏宋人文集善本鈎沉》(杭州:杭州大學出版社,1996年),頁292。

② 見鄧子勉:《宋金元詞籍文獻研究》(上海:上海古籍出版社,2008年),頁223。有關《南詞》的考證,亦見此書頁221—224。

李西涯《南詞》，厲鶚明言據以校勘《蜕巖詞》。趙昱之母朱氏是祁彪佳(1602—1645)的外孫女，祁氏澹生堂的藏書，有部分流到趙氏小山堂。全祖望(1705—1755)在《小山堂祁氏遺書記》中曾慨嘆“祁氏之書，其飄零流轉，而幸而得歸於彌甥，以無忘其舊也，亦已俙矣”。[①] 今傳《南詞》是彭元瑞知聖道齋藏本，前揭《知聖道齋讀書跋尾》已謂有“舊藏李西涯輯《南詞》一部”。既曰“西涯輯”，今書前又有西崖序，可知彭元瑞知聖道齋藏本實來自趙昱小山堂。因此鄧子勉先生就懷疑《南詞》可能是晚明澹生堂的舊藏。[②] 如果鄧子勉的推斷成立，則《南詞》的典藏者至少可以在趙昱之前再增添祁彪佳，甚至是彪佳父，澹生堂第一代主人祁承㸁(1563—1628)。然則今傳《南詞》是否爲晚明時期的鈔本？

從彭元瑞的朱筆識語可知，他曾以毛氏汲古閣《宋六十名家詞》比對《南詞》。毛氏汲古閣《宋六十名家詞》刊於崇禎年間，是晚明時期的一部大型詞集叢編。此外，毛氏尚有未刻詞多種。《嘉業堂藏書志》載有舊鈔本汲古閣未刻詞《南唐宋元詞十五種》，董康題記曰：“明人鈔本，半頁八行，行十八字。行款與毛氏汲古閣同，《六十家詞》即從此出。嘗見知聖道齋藏李西涯鈔本《南詞》，與此本墨迹如出一手，紙色暨裝訂俱相同，疑亦西涯故物。《南詞》各家，强半爲毛氏所刻，然足以定毛誤不少。”[③]今傳《南詞》正是半頁八行，行十八字，而《宋六十名家詞》也是半頁八行，行十八字。吴昌綬亦有題記謂《南唐宋元詞十五種》“與《南詞》同出明人手抄，中多罕遘之帙，致足珍也”。[④]董康説《南唐宋元詞十五種》“亦西涯故物”未知然否。吴昌綬既認爲西崖序是“坊肆所爲”，又認爲《南詞》“出明人手抄”，可見他是將書與序分别看待的。綜合董、吴的題記與彭元

① 見朱鑄禹：《全祖望集彙校集注》(上海：上海古籍出版社，2000 年)，頁 1075。
② 見《宋金元詞籍文獻研究》，頁 221。
③④ 見《嘉業堂藏書志》，頁 1184。

瑞的朱筆識語,可以推斷,今本《南詞》的傳抄時間應在崇禎年間,而且可能和毛晉汲古閣有關;抄手在抄録的過程中删去了《文湖州詞》,又不録二十一種。至於西崖主人序則是康熙十七年之後僞造,至遲在康熙末增入《南詞》。

今本《南詞》抄録於晚明,但爲何康熙十七年之後要爲它僞造一篇序? 作爲鈔本,不必有此序。《南詞》《南唐宋元詞十五種》《宋六十名家詞》三書都是半頁八行,行十八字,而董康更指出《南詞》與《南唐宋元詞十五種》"墨迹如出一手,紙色暨裝訂俱相同",如此一致,也未免太巧合偶然。或者,當時有將《南詞》刊刻的意圖,故僞造一西崖序以增其聲價,亦未可知。

五、《南詞》的文獻價值

珍秘的善本有助校勘,所以《南詞》甚得前人的重視,董康就説《南詞》"足以定毛誤不少"。王國維(1877—1927)曾校輯《南唐二主詞》,所用的底本就是《南詞》本,並在卷末説:"右《南詞》本《南唐二主詞》,與常熟毛氏所抄,無錫侯氏(侯文燦,1647—1711)所刻,同出一源,猶是南宋輯本,殆即《直齋書録解題》所著録宋長沙書肆所刊行者也。"①《南詞》内的詞集淵源有自,其校勘價值亦可見一斑。

《南詞》是詞集叢編,有助於詞集的校勘是理所當然的。除了詞集外,《南詞》亦有助於書目著録的考訂。今見的《南詞》子目有四種,分别見於彭元瑞《知聖道齋書目》、王鵬運《四印齋所刻詞·陽春集》跋文、李希聖《雁影齋題跋》、鄭文焯《詞録徵存》。彭、王二家遺佚頗多,前文已有説明。鄭氏則迻録李氏題跋,其實是李氏之

① 見《晨風閣叢書》第十九種,頁 450 下。

文,故四家之中,以李希聖最完備。不過,李希聖《雁影齋題跋》雖是迻録《南詞總目》,但當中仍有可議之處,例如前文提到《文湖州詞》識語脱去"今不録"已是一例。又如,虞集《鳴鶴餘音》下"附録《馮尊師》",檢原書,《鳴鶴餘音》卷後即有《馮尊師詞》一種,而李希聖著録時亦脱去。然則李希聖的題跋是否不可取?不然,李希聖在迻録《南詞總目》時,曾附注所見刻本於各詞集之下,①而鄭文焯轉載時又另注其所見刻本。② 因此,若以《南詞總目》與諸家著録互勘,既可以互補不足,也可考見諸家對《南詞總目》的加工整理,以及諸家當時所見的詞集版本。

《南詞》所收的詞集也有助於版本系統的建構。例如《樂府補題》,今常見的版本有《四庫全書》本及《知不足齋叢書》本,二本不同。《四庫全書》本源自吴訥《百家詞》,至於《知不足齋叢書》本則莫知其淵源,其實以之與《南詞》比對,即可知《南詞》本《樂府補題》就是《知不足齋叢書》本的祖本。可見《南詞》的詞集能爲個别詞集的版本源流提供追溯的線索。若把《南詞》各詞集的版本線索都一一追蹤比勘,就可以整理出《南詞》編者當時所見到的各詞集的版本淵源或流向,進而窺見宋元人詞集在後世流布的一個側面,這不啻是從文獻學的角度爲詞學研究補上一筆,也是極有意義的。

《南詞》經多家收藏及閲覽,當中留下了彭元瑞、吴昌綬、董康等名家的閲覽心得。他們的校點批識,朱墨燦然,已成了《南詞》不可分割的一部分。例如陳與義《簡齋詞·臨江仙》"漁唱起三更"句下有朱筆校語:"鮑校《簡齋集》注引毛校作'兩三聲'。"卷末識語:"戊申新歲以汲古刻本及鮑抄《簡齋集》箋互校。課花詞隱記。"戊申即光緒三十四年(1908),董康著有《課花庵詞》,故知這位課花詞隱就是董康。有時這些識語並不寫於書眉或者句旁,而是另紙書

① 見《雁影齋題跋》,頁380—387。
② 見《大鶴山人詞話》,頁415—418。

寫,夾在書頁中,這前文已有述及。例如虞集《鳴鶴餘音》脱第十二首《蘇武慢》,有朱筆紙片補。又如《鳴鶴餘音》所附《馮尊師》亦有《蘇武慢》二十首,脱第十二首下片及第十三首,也有朱筆紙片補。這些前人的閲覽心得及校勘成果見載於《南詞》,有時甚至聯繫到其他典籍,當中隱約透露出閲覽者對某種詞集的態度,其價值已不限於《南詞》本身了。這些都有待研究探討。

六、結　　語

以上簡介了今傳鈔本《南詞》的一些特點,並就《南詞》的前人典藏與著録、編者、傳抄時代,及其文獻價值等幾方面略加討論,希望能引起學界的關注。無論從文物、文學,還是文獻的角度看,《南詞》都别具價值,是不可多得的善本。若有學者能把它整理出版,對學術界而言,一定是無量的功德。兹附《南詞》書影三幀於文末,以供參考。

附記:本文的撰成,多承"中研院"文哲所陳瑋芬博士代爲翻譯日文函件,特别是早稻田大學内山精也教授熱情介紹,並專程帶我造訪日本大倉集古館,還有大倉集古館慨然提供閲覽。訪日期間,又得同事兼好友成鴻基先生沿途照應,謹此致以衷心的感謝。本文成於 2011 年 10 月,載《詞學》第 27 輯,今據第二次造訪大倉集古館看到的有關資料修訂,再刊於此。

承日本早稻田大學内山精也教授相告,東京集古館所藏的中國古籍已經售予北京大學。如此,中國學人做研究就更方便了。期望包括《南詞》在内的稀見古籍能够得到專家學者的整理和研究,並把研究結果公布,以饗讀者。

《南詞》書影之一

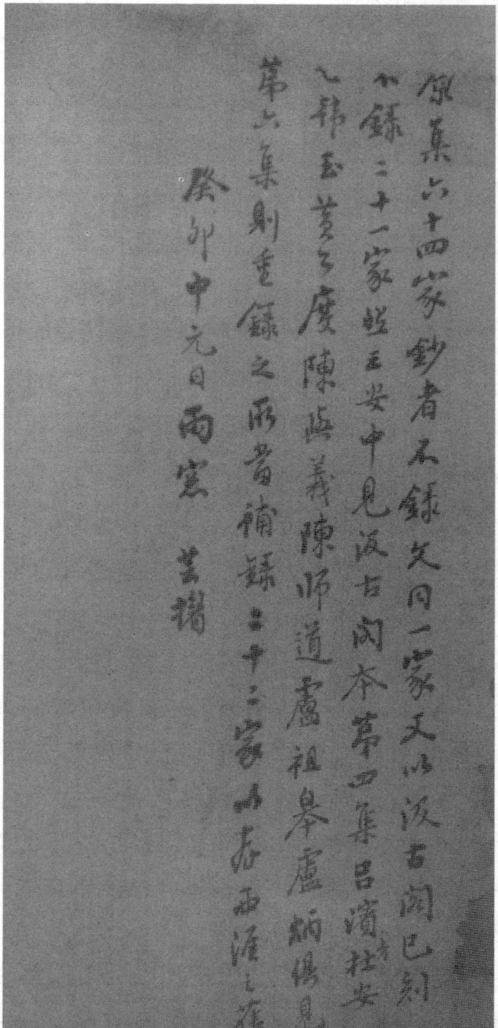
原集六十四家鈔者不錄凡同一家又以汲古閣已刻不錄二十一家然王安中見汲古閣本第四集呂濱老杜安世韓玉黃公度陳與義陳師道盧祖皋盧炳俱見第六集則重錄之所當補錄者十二家以存西溟之舊

癸卯中元日雨窗 芸楣

彭元瑞的朱筆識語

《南詞》書影之二

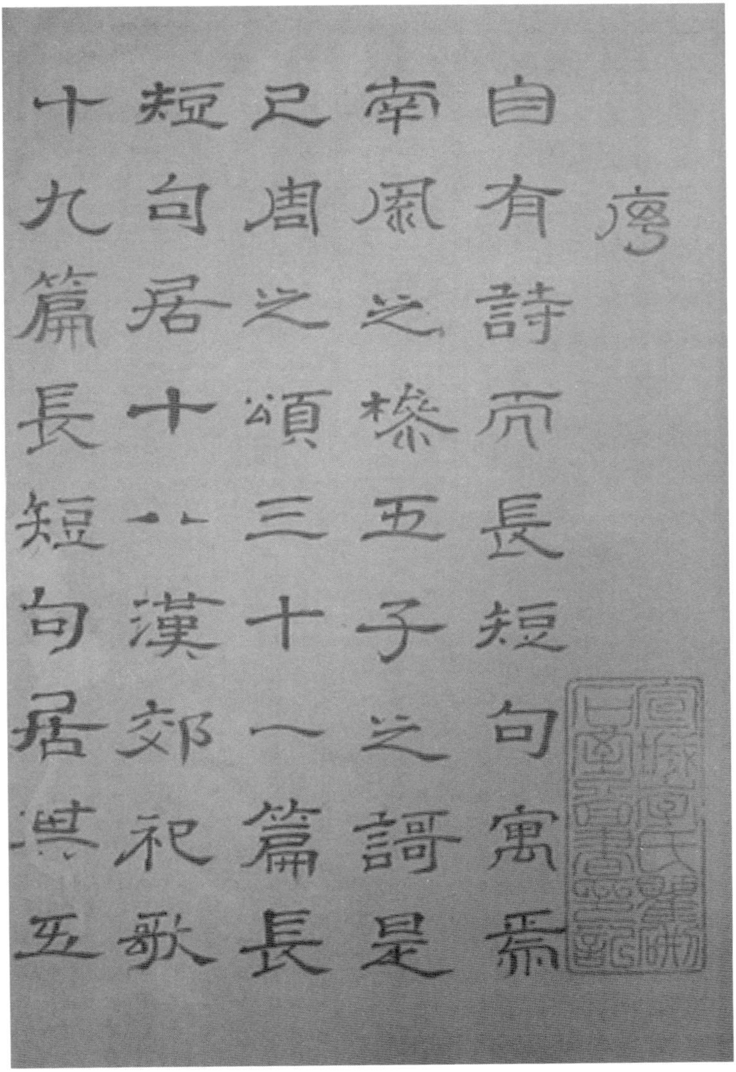

序

自有詩而長短句寓焉

南風之操五子之謌是

已周之頌三十一篇長

短句居十八漢郊祀歌

十九篇長短句居其五

西崖主人序。右下有“宣城李氏瞿硎石室圖書印記”朱印

《南詞》書影之三

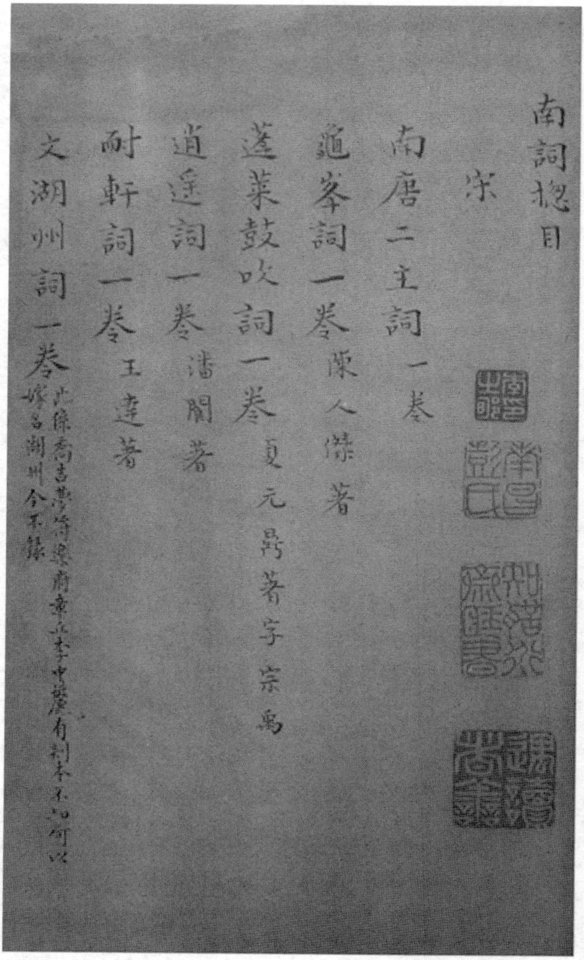

南詞總目

宗

南唐二主詞一卷

龜峯詞一卷 陳人傑著

蓬萊鼓吹詞一卷 夏元鼎著字宗禹

逍遥詞一卷 潘閬著

耐軒詞一卷 王達著

文湖州詞一卷 此係喬吉夢符樂府兼以李中麓有刻本不知何以嫁名湖州今不録

本頁是南詞總目首頁,上有“李之郇印”“南昌彭氏”“知聖道齋藏書”及“遇讀者善”藏書印四方。又,《文湖州詞》下識語原有“今不録”三字,李希聖迻録時,不知何故脱去。

蘇軾《定風波》詞“一蓑煙雨”辨

蘇軾(1037—1101)的《定風波》(莫聽穿林打葉聲)是一首千古名作,讀此詞者無不激賞其文辭,以爲文與人相稱。鄭文焯(1856—1918)《手批東坡樂府》云:“此足徵是翁坦蕩之懷,任天而動。琢句亦瘦逸,能道眼前景。以曲筆直寫胸臆,倚聲能事盡之矣。”①從《定風波》一詞中,讀者不難體會到蘇軾那種瀟灑曠達的處世態度。不過此詞頗有值得斟酌之處,今試陳所見如下。

一、“一蓑煙雨”與“雨具先去”

詞的上片結句云:“一蓑煙雨任平生。”對於這句詞,學者一般作近似的解釋。胡雲翼(1906—1965)云:

> 披着蓑衣在風雨裏過一輩子,也處之泰然。這表示能够

① 鄭説轉引自朱祖謀:《宋詞三百首箋注》(香港:中華書局,1961年),唐圭璋箋注,頁61。

> 頂得住辛苦的生活。①

朱德才先生云：

> 意謂：今後即使一生風雨，何怕之有？蓑衣一領，往來自如，其奈我何？讀此，頓覺一股清曠豪放之氣迎面撲來，使人心胸爲之舒展、振奮。②

徐中玉先生云：

> 意思是説：披上一領蓑衣，在風風雨雨中任其自然地度過一生。③

葉嘉瑩先生云：

> "蓑"是漁夫穿的那種蓑衣。漁夫常常在風雨之中駕着船到江上去捕魚，身上只穿一件蓑衣。"一蓑煙雨"是説整個蓑衣都在煙雨之中，實際上也就是説他的全身都在風吹雨打之中了。他説，我就像那漁夫一樣，在風吹雨打之中也要出去，任憑我的一生遇到多少風吹雨打，我都不怕。——寫到這裏，他寫的已是人生的風雨了。④

以上四家的解釋，頗能代表一般讀者對這句詞的理解。四家對這句詞的體會雖各有不同，但有一點是相同的：蘇軾在風雨中披着一領蓑衣。

這個解釋與詞序似有不協調之處。序云：

> 三月七日，沙湖道中遇雨。雨具先去，同行皆狼狽，余不覺。已而遂晴，故作此。

① 見胡雲翼：《宋詞選》（上海：上海古籍出版社，1982年），頁71。
② 見王思宇：《蘇軾詞賞析集》（成都：巴蜀書社，1990年），頁184。
③ 見徐中玉：《蘇東坡集導讀》（成都：巴蜀書社，1990年），頁242。
④ 見葉嘉瑩：《唐宋名家詞賞析（四）：蘇軾》（臺北：大安出版社，1991年），頁130。

如果依上述四家的解釋,則"同行皆狼狽"而蘇軾獨"不覺",是因爲他披了一領蓑衣,其他同行者却没有雨具,難怪"同行皆狼狽,余不覺"了。然而,序文分明説"雨具先去",蘇軾又何來一件蓑衣?大概蘇軾也不會暗藏蓑衣一件,留待下雨時之用,並取笑"同行皆狼狽"。然則,這句詞與序文的矛盾應如何處理?

二、元刻本:"一莎煙雨"

有些學者也注意到序文與詞的正文不一致,於是提出了别的解決方法。劉乃昌先生云:

> 這句意思是即使一生出没於煙雨,也任憑它去,没有甚麽可怕。①

劉先生不把"一蓑煙雨"當作實寫來解釋,只是取其大意而已。然則,如果進一步把披着一領蓑衣視作蘇軾的虚寫,又是否可以?這固然是一種解決方法,但相信對不少讀者而言,仍有未盡愜意之處,畢竟,文字上的矛盾也實在太明顯了。劉先生在另一篇與崔海正先生合撰的賞析文章中作以下的解説:

> "一蓑煙雨任平生","一蓑",一本作"一莎",意猶"一襲蓑衣"。煙雨彌漫,冒着漫天風雨,漫步在崎嶇的旅途上,任其自然,乃是平生的慣常經歷。至此,一個在人生道路上履險如夷,泰然自若,任天而動的詩人形象,便栩栩如生地呈現在我們面前。②

此説與前説差别不大,特别之處在"'一蓑',一本作'一莎'"這句。

---

① 見劉乃昌:《蘇軾選集》(濟南:齊魯書社,1980年),頁167。
② 見唐圭璋:《唐宋詞鑒賞集成》(香港:中華書局,1987年),頁397。

也就是説,今天流傳的"一蓑煙雨",另一個本子作"一莎煙雨"。

案:今坊間流行的本子多作"一蓑煙雨",這些本子皆以清末詞家朱祖謀(1857—1931)《彊村叢書》本《東坡樂府》爲據,此本正作"一蓑煙雨"。後來朱祖謀的弟子龍榆生(1902—1966)在編訂《唐宋名家詞選》及《東坡樂府箋》時,亦以朱本爲主要的參考本子,也作"一蓑煙雨"。朱祖謀的《彊村叢書》本《東坡樂府》及《宋詞三百首》、龍榆生的《東坡樂府箋》及《唐宋名家詞選》,均爲學林所重,是詞學愛好者與蘇詞研究者必備的讀本,四書皆作"一蓑煙雨",風行既久,遂成定本。

至於作"一莎煙雨"的,就現存的資料看,應以元代延祐庚申(1320)葉曾雲間南阜書堂刻《東坡樂府》二卷最早。這是現存東坡詞集最早的刻本,世稱元延祐本,簡稱元刻本或雲間本。王鵬運(1849—1904)《四印齋所刻詞》中的《東坡樂府》,即以此爲據,作"一莎煙雨"。

"莎"就是"莎草"。李時珍(1518—1593)《本草綱目》卷一四"草部·莎草·香附子"云:

> 《釋名》:雀頭香、草附子……時珍曰:……其草可爲笠及雨衣,而不沾,亦作"蓑"字,因其爲衣垂緌,如孝子衰衣之狀,故又從"衰"也。①

依李時珍之言,則劉、崔認爲"一莎"意猶"一襲蓑衣",是不無理據的了。不過"一襲蓑衣"仍與序文矛盾,劉、崔之説仍待深究。至於"蓑""莎"二字,又應以何者爲準?今考《廣韻》"戈部",二字同是"蘇禾切"。② 换言之,二字不僅意思相近,而且讀音完全一樣。然則,作"一莎煙雨"又當作何解?陳邇冬先生在《蘇軾詞選》中說:

① 見李時珍:《本草綱目》(上海:商務印書館,1930年),頁43。

② 見陳彭年:《新校正切宋本廣韻》(臺北:黎明文化事業股份有限公司,1985年),林尹校訂,頁162。

一莎，一件蓑（莎）衣，蓋攜雨具的人先去，臨時借得蓑衣也。①

這裏仍作"蓑衣"解。大概陳先生也看到矛盾之處，所以有"臨時借得蓑衣"這個忖測之辭，但攜雨具的人已經先去，蘇軾又如何借得蓑衣呢？陳先生在《蘇東坡詩詞選注》中有另一解釋：

一莎，這裏作一川解。②

若作此解，文意就豁然開朗了："一莎煙雨"即"一川煙雨"。這解釋既不與序文矛盾，又能配合《定風波》的情景氣氛，也可以表現出蘇軾的曠達形象，況且，宋人亦不乏用"一川煙雨"者，例如葛紹體（生卒未詳）《贈黃友把酒東皋三首》其三"好伴閑身春雨裏，一川煙雨落梨花"；孫應時（1154—1206）《黃巖溪》其一"花落空山人不到，一川煙雨起春愁"；郭應祥（生卒未詳）《傳言玉女·五月四日孫僉判四昆仲携具稽古堂觀競渡有作》"棹歌才發，漠漠一川煙雨"。如此看來，蘇詞作"一莎煙雨"，並作"一川煙雨"解，似乎是可以接受的了。

三、傅幹《注坡詞》："一蓑煙雨"

傅幹是南宋初年人，生平已無可考，所著《注坡詞》是最早的蘇軾詞注本。在看到《注坡詞》之前，主張跟隨元刻本作"一莎煙雨"是可以理解的，因爲這樣詞句才不會與序文矛盾。然而，《定風波》這句詞，《注坡詞》正作"一蓑煙雨"。《注坡詞》比元刻本早，照理應更接近蘇詞的原貌。在《注坡詞》裏，此詞並無序文，有的只是傅幹

---

① 見陳邇冬：《蘇軾詞選》（北京：人民文學出版社，1986 年），頁 61。
② 見陳邇冬：《蘇東坡詩詞選注》（香港：萬里書店，1960 年），頁 77。

的注文：

> 公舊序云："三月七日，沙湖道中遇雨，雨具先去。同行皆狼狽，余獨不覺。已乃遂晴，故作此詞。"①

傅幹的注文與今天所見到的詞序極相似。劉尚榮先生曾校證《注坡詞》，他在校勘記中說：

> 此條題注原抄於調名下，今移詞後。元本删"公舊序云"四字，徑以此注爲詞題，又脱"獨""詞"等字，"已乃"作"已而"。《二妙集》本無"雨具先去"，無"故"字。吴訥鈔本"同行"作"同去"。②

原來元刻本刊落了"公舊序云"四字，並逕以傅幹這條注文爲蘇軾的序文。元刻本影響甚大，因爲今天讀到的蘇軾詞的編年，都源自元刻本。《注坡詞》的出版，使研究者需要重新考慮兩個問題：一、《定風波》乃至其他蘇詞的題序，是否全都出自蘇軾之手？二、蘇詞的編年是否有修訂的需要？

錢曾(1629—1701)《讀書敏求記》謂："《東坡樂府》刻於延祐庚申。舊藏注釋宋本，穿鑿蕪陋，殊不足觀，棄彼留此可也。"③所謂"注釋宋本"就是《注坡詞》。若從版本校勘的角度看，錢説恐怕未易爲後世學者所認可。黄永年先生(1925—2007)在《述〈注坡詞〉》一文中，就比勘過《注坡詞》、曾慥(生卒未詳)跋吴訥(1372—1457)《四朝名賢詞》本和元刻本《東坡樂府》，並列表對照三本的異同，認

① 見傅幹：《宋傅幹注坡詞》(北京：北京圖書館出版社，2001 年)第二册，頁一下至二上。又見劉尚榮：《傅幹注坡詞》(成都：巴蜀書社，1993 年)，頁 99。劉書後更名《東坡詞傅幹注校證》(上海：上海古籍出版社，2016 年)，引文見《東坡詞傅幹注校證》，頁 118。按：本文初刊時引文用《傅幹注坡詞》，但由於《東坡詞傅幹注校證》是最新刊本，所以本文修訂時改用《東坡詞傅幹注校證》。

② 見《東坡詞傅幹注校證》，頁 119。

③ 見錢曾：《讀書敏求記》(北京：書目文獻出版社，1984 年)，頁 152。

爲元刻本刪去“公舊序”“公自序”的做法“誠可謂竄亂舊本面目，從校勘角度來衡量殆難免惡刻之誚”，因而謂“傅本(《注坡詞》)遠勝於曾(慥)本、元本”。[①] 劉尚榮先生在《注坡詞考辨》一文中也舉出了多個例子，説明《注坡詞》中標明“公自序”“公舊序”的，多是傅幹的注文：“應予指出，這類標明‘公舊序’‘公自序’的文字，並非都出自東坡手，本應存疑。元本刪除‘公舊序’‘公自序’字樣，遂不留疑迹，無助於辨僞考訂。”[②]以下是其中一個例子：

> 如《鷓鴣天》(西塞山邊白鷺飛)，元本刪“公自序”三字後將序文保留，標調名下，似爲東坡自作之詞序或詞題了。實際上那是傅幹的題注，故其可信與否尚待考辨。經查《山谷琴趣外篇》卷二，此詞原爲黄庭堅所作，應是傅幹失校而誤編入東坡詞集的。故“公自序”云云應是僞作。毛本、朱本、龍本不收此詞是明智的。由此可見，對傅本中“公舊序”“公自序”之類不可輕信，應當仔細辨别真僞。元本刪改舊本的做法不可取。[③]

元刊本爲何要刪改傅注，傅注爲何有“公自序”，“公自序”當中究竟哪篇才是蘇軾的作品，都有待考辨，元刊本《定風波》的詞序也應作如是觀。可見《注坡詞》實有其版本上的價值，錢曾“棄彼留此”(棄《注坡詞》留元刻本)之評，也未免是過苛了。

比較了《注坡詞》與元刻本之後，可以肯定，詞句應作“一蓑煙雨”；至於序文，則應該是竄改自傅幹的注。

---

① 見黄永年：《述〈注坡詞〉》，《宋傅幹注坡詞》第4册附録。

② 見《東坡詞傅幹注校證》，頁25。按：劉文原爲其《蘇軾著作版本論叢》(成都：巴蜀書社，1983年)中《蘇軾詞集版本綜述》一文的附録，原題《鈔本〈注坡詞〉考辨》，修訂後改名曰《注坡詞考辨》，並刊於《傅幹注坡詞》，用作“代前言”；《東坡詞傅幹注校證》亦以此文爲代前言，並於文末標明“二〇一五年定稿”。本文引文即據定稿本。

③ 見《東坡詞傅幹注校證》，頁25—26。

四、"一蓑煙雨"的虛筆與實寫

《注坡詞》不但有版本校勘上的意義,注文也具參考價值,得到後世學者的重視。傅幹在"一蓑煙雨任平生"句下注云:

> 鄭谷詩:"往來煙波非定居,生涯蓑笠外無餘。"魏野詩:"何日扁舟去,江上負烟蓑。"①

龍榆生《東坡樂府箋》注此句時,就一字不易的移録了傅幹這則注文。② 可見龍箋對傅注是肯定的。

傅幹注引唐人鄭谷(約 851—910)詩句,頗有超然出世之意,且爲龍榆生所認可,不過,王水照先生對此却另有體會。王先生編有《蘇軾選集》,《定風波》及序文都見於集中。他當然也思考過"一蓑煙雨"與序文的矛盾,並曾一度主張從元刻本作"一莎",作"一川"解,但最後還是采用"一蓑"。③ 他根據"蘇軾此詞脉理",認爲:

> 前半篇寫"遇雨",後半篇寫"遂晴",純用叙事筆法述説先雨而後晴的全過程,僅在上、下闋的結句("一蓑煙雨任平生"、"也無風雨也無晴"),各就眼前景生發議論,點出超曠脩然的心緒。④

---

① 見《宋傅幹注坡詞》卷四,頁一下至二上。又見《東坡詞傅幹注校證》,頁 118。

② 劉尚榮在傳注下加按語云:"此乃羅鄴《釣翁》詩句,見《全唐詩》卷六百五十四,'往來'原作'來往',題下原注云:'一作鄭谷詩。'然而《全唐詩》鄭谷卷内未收此詩。又按,《古今事文類聚・前集》卷三十七收此詩,署鄭谷作。"於魏野詩句下加按語云:"句見魏野《東觀集》卷七《暮春閒望》,上句作'扁舟何日去'。"龍箋移録傳注時似有失檢。見《東坡詞傅幹注校證》,頁 118—119。

③ 見王水照:《"一蓑雨"和"一犁雨"——量詞的妙用》,《蘇軾傳稿》(北京:中華書局,2015 年),頁 228。

④ 見《"一蓑雨"和"一犁雨"——量詞的妙用》,頁 228。

換言之,王先生肯定序文是蘇軾之作的同時又認爲“一蓑煙雨”是實寫。至於傅幹的注,王先生認爲是表達“退隱”之意,並謂:

> 當時處於被“監控”地位的蘇軾,實無歸隱的現實可能性,詞的前面又以“穿林打葉”的雨聲開篇,“一蓑煙雨”應是實景無疑。①

然則,詞與序的矛盾又應如何處理? 王先生認爲,“一蓑”不應作“一件蓑衣”解;“一蓑”中的“蓑”不是名詞,而是量詞,並謂:

> 或許可以説是量詞的一種藝術化、審美化的用法。②

王先生引用了鄭谷《試筆偶書》、朱熹(1130—1200)《水口行舟》、范成大(1126—1193)《三登樂》詞等三首作品爲佐證,這三首作品正分别用了“一蓑雨”“雨一蓑”“一蓑煙雨”,藉以指出:

> “一蓑煙雨”作爲一個相對固定的詩歌意象,由於與描寫隱士式漁翁的“蓑笠”“煙蓑”之類的聯想、比附,其含義確又超出單純的詞匯本義之外,即是説,“一蓑雨”比之“一場雨”,在人們的審美鑒賞中,還能增生出别一番感情色彩和文化意味。③

可見王先生認爲,“一蓑雨”就是“一場雨”,只不過説來更具審美鑒賞效果而已;並謂:“依日常生活言,‘雨’當然不能用‘蓑’來計量,但在藝術領域中却完全允許。”④而“蓑”字作爲量詞,其含義更“超出單純的詞匯本義之外”。至於“蓑”字作量詞,放在“一蓑煙雨任平生”句,王先生就作如下解釋:

> (一蓑句)迎着滿身煙雨行走,乃平生經慣,任其自然。一蓑,猶“一身”,蓑,名詞作量詞用,如朱熹《水口行舟》:“昨夜扁

①②③④ 見《“一蓑雨”和“一犁雨”——量詞的妙用》,頁229。

舟雨一蓑，滿江風浪夜如何?”一作“一莎”，則作“一川”解。[1]

若作此解，則詞與序當然就不矛盾了。至於這“隱士式漁翁”的聯想與比附，讀者當然知道，其遠源可以追溯到《楚辭·漁父》，而近源則是張志和(730—810)《漁歌子》的“青箬笠，緑蓑衣，斜風細雨不須歸”之句。

王先生説“一蓑煙雨”是“相對固定的詩歌意象”，無疑是一個很準確的觀察。宋人的用例也確實不少，例如陸游(1125—1210)就頗喜愛運用這個意象，他的《宿漁浦》、《寓嘆》、《雜興六首》其五、《真珠簾》(山村水館)、《鵲橋仙》(一竿風月)等，不論是詩還是詞，都用到了“一蓑煙雨”。

可以再仔細推敲的是，既然“一蓑煙雨”是一個“相對固定的詩歌意象”，則詩家詞客在運用之時，就應該不會忽略意象所負載的文化象徵意義。雖然《定風波》是“前半篇寫‘遇雨’，後半篇寫‘遂晴’，純用叙事筆法述説先雨而後晴的全過程”，但“一蓑煙雨”却未必是純然的“實景無疑”，理由正是王先生所説的：“一蓑煙雨”在閲讀的過程中“還能增生出别一番感情色彩和文化意味”。後面的“任平生”就是一個很好的提示。

“平生”一詞，有回首從前、總結經驗的意味，可作“平素”解。既是回首從前，説的就不只是眼前的事，所以王先生説這句“一蓑煙雨任平生”是“就眼前景生發議論”。“眼前景”之所以能够“生發議論”，就是因爲“一蓑煙雨”這個意象所負載的“感情色彩和文化意味”在起“前理解”的作用，召唤了《楚辭·漁父》和張志和《漁歌子》等“前文本”來參與讀者的理解建構。“前文本”與蘇詞“文本互涉”，提醒了讀者：這個意象别具寄意。蘇軾運用這個意象的目的，正是要調動讀者的“前理解”；至於意象因爲這個“前理解”而產生

[1] 見王水照:《蘇軾選集》(北京:中華書局,2015 年),頁 254。

了象徵意義,並再與蘇軾的人生際遇互涉,在詞意的解讀上,就更是自然而然的事了。蘇軾先言“遇雨”,後説“遂晴”,還有“穿林打葉聲”的描寫,這些當然是“實景無疑”,然而“前理解”與“任平生”却又提示讀者要注意意象所負載的“文化意味”。“遇雨”的“實景”與“文化意味”同時交相運作,於是,“一蓑煙雨”就能巧妙地指向了虛實兩端:眼前的風雨是實,即王先生所説的“眼前景”;而“前理解”與象徵意義是虛,能够進一步明確地把蘇軾的虛筆和“文化意味”指陳出來,引出後面的“任平生”而讀者不覺突兀,即王先生所説的“就眼前景生發議論”。葉嘉瑩先生之所以説蘇軾寫的是“人生的風雨”,也應該從這虛的一面去理解。若考慮到虛的一面,則傅幹的注也還是值得參考的。雖然“當時處於被‘監控’地位的蘇軾,實無歸隱的現實可能性”,但蘇軾抱持超然出世的態度來面對艱苦的人生,却完全是可以肯定的,正如他在下片結句所説“也無風雨也無晴”。蘇軾這種人生態度,借用鄭文焯的評語就是“坦蕩之懷,任天而動”,正好與上片的“一蓑煙雨任平生”呼應。

五、“蓑”字的詞性

詞與序的矛盾促使王先生提出“蓑”是量詞之説,而主流的意見則認爲“蓑”是名詞。“蓑”字的詞性正是兩種意見的分歧處。“蓑”字作量詞當然用例可援,王先生舉的朱熹《水口行舟二首》其一就是一例:

> 昨夜扁舟雨一蓑,滿江風浪夜如何。今朝試捲孤篷看,依舊青山緑樹多。[1]

---

① 朱詩一本作:“繫纜江邊雨一蓑,滿川煙雨夜如何。朝來捲起孤篷望,但覺青山緑樹多。”

王先生指出:

> 有學者解釋爲“作者(朱熹)在船中披蓑衣御雨”,然而,在有“篷”的船中何用再披蓑衣?且又在夜晚安息之時?①

因此,他認爲朱詩“雨一蓑”的“蓑”字應該理解爲量詞,“昨夜扁舟雨一蓑”就是“昨夜扁舟雨一場”了。把朱詩的“蓑”字理解爲量詞,應該是通的。這裏再從句式的角度作補充:若果蘇詞的“蓑”字也是量詞,則“一蓑煙雨”四字就應該一貫連讀,不能讀作“一身—煙雨”,而全句則讀作:“一蓑煙雨—任平生”,作“四—三”句式,前四字連讀。這樣的七言句當然是有的,不過較“二—二—三”句式少。

值得注意的是,“雨一蓑”也有非量詞的用例。王禹偁(954—1001)的《春晚遊太和宫》:

> 數里新萍夾岸莎,春來乘興宿烟蘿。隨風蝴蝶顛狂甚,當路花枝采折多。絳節參差抽苦筍,翠鈿狼籍撒圓荷。湖山滿眼不休去,空羡漁翁雨一蓑。

若作量詞解,則王禹偁就是因爲不能倘佯湖山,所以“空羨漁翁雨一場”或者“空羨漁翁雨一身”了。又如陳與義(1090—1138)的《夏至日與同舍會葆真二首》其二:

> 明波影千柳,紺屋朝萬荷。物新感節移,意定覺景多。游魚聚亭影,鏡面散微渦。江湖豈在遠,所欠雨一蓑。忽看帶箭禽,三嘆無奈何。

若作量詞解,則陳與義之所以不能嘯傲江湖,就是因爲“所欠雨一場”或者“所欠雨一身”了。王先生又提到范成大的《三登樂》詞,此詞用了“一蓑煙雨”:

① 見《“一蓑雨”和“一犁雨”——量詞的妙用》,頁229。

> 方帽衝寒,重檢校、舊時農圃。荒三徑、不知何許。但姑蘇臺下,有蒼然平楚。人笑此翁,又來訪古。　況五湖、元自有,扁舟祖武。記滄洲、白鷗伴侶。嘆年來、辜負了,一蓑煙雨。寂寞暮潮,喚回棹去。

若作量詞解,則范成大所慨嘆的,就是“辜負了一場煙雨”或者“辜負了一身煙雨”了。詞中“三徑”“五湖”“白鷗”等典故,說的分明是歸隱告退,結句“喚回棹去”,詞旨更是清楚明白,“一蓑煙雨”者,恐怕只是象徵性的虛寫,范成大用的,仍是“蓑衣”的“隱士式漁翁”的“聯想、比附”和“文化意味”。看來,王詩、陳詩與范詞中的“蓑”字仍是名詞,作“蓑衣”解;“雨”字在這幾首作品裏,都不過是一個虛筆的補托而已,重點在“蓑”不在“雨”,命意還在“蓑衣”這意象背後的“文化意味”。

至於以“蓑”字爲名詞的主流意見,以葉嘉瑩先生的説法爲代表。葉先生說:“‘一蓑煙雨’是説整個蓑衣都在煙雨之中,實際上也就是説他(蘇軾)的全身都在風吹雨打之中了。”很明顯,“蓑”在此是名詞,作“蓑衣”解,借代主體蘇軾,而“煙雨”則是當時的情景。葉説强調的是,在這漫天“煙雨”的情景中有一個主體,即蘇軾,所以説“他(蘇軾)的全身都在風吹雨打之中”。若此,全句就應讀作“一蓑—煙雨—任平生”,是“二—二—三”句式,也是詩詞一般常用的七言句式,與量詞的“四—三”句式(前四字連讀)不同。主流意見正是這樣理解蘇軾的“一蓑煙雨任平生”。

除了朱熹《水口行舟》和范成大《三登樂》詞等宋人之作外,王水照先生又提到鄭谷的《試筆偶書》。鄭詩是一首五言排律,共八聯十六句:

> 沙鳥與山麋,由來性不羈。可憑唯在道,[1]難解莫過詩。

---

① “可憑唯在道”一作“可憑唯有道”。

任笑孤吟僻，終嫌巧宦卑。秉慵恩地恕，冷澹好僧知。
華省慚公器，滄江負釣師。露花春直夜，煙鼓早朝時。
世路多艱梗，家風免墜遺。殷勤一蓑雨，只得夢中披。

如果“蓑”是量詞，則結句應該理解爲“一場雨”還是“一身雨”呢？王先生認爲：“天公‘殷勤’興作的是‘一蓑雨’，作者‘夢中’所披者也是‘一蓑雨’，若徑視作‘披着一件蓑衣’，興味頓失。”①動詞“披”與“一場雨”不搭配，因此，不妨把王先生的説法如此演繹：“天公‘殷勤’興作的是‘一場雨’，作者‘夢中’所披者也是‘一身雨’”。鄭詩大意是説自己“由來性不羈”，慵懶與“冷澹”的個性也沒有多少人會了解，大概就只有“好僧知”；鄭谷自知不合世情，可是自己身居卑位，爲了“家風免墜遺”，即使“世路多艱梗”也不能隨意拂袖而去，於是就生出“滄江負釣師”之嘆，而飄然出世，也唯有向夢中尋了，在現實的官場裏是沒有這份瀟灑的。這“殷勤一蓑雨，只得夢中披”的結句，正呼應着前文的“滄江負釣師”，重點似乎還在“蓑”不在“雨”，“蓑衣”的“文化意味”仍是鄭詩的命意所在。陳與義的《夏至日與同舍會葆真》和范成大的《三登樂》詞，都是蘇軾之後的作品，或有以後證前之嫌，若再以這首唐詩做參照，則主流意見對“一蓑煙雨任平生”句的看法，不論在句式還是在解讀上，都仍然是可取的：“蓑”字是名詞，作“蓑衣”解。至於以“蓑”字作量詞，則在解讀朱子《水口行舟》等一類作品時，却又有必要的參考價值。可見古典詩文詞性活用的多樣性。

---

① 見《“一蓑雨”和“一犁雨”——量詞的妙用》，頁 229。

六、結　　語

總括而言,"一蓑煙雨"這句詞没有問題,不必跟隨元刻本或者王鵬運《四印齋所刻詞》改作"一莎煙雨",現在問題出現在序文之上。只需要查考《注坡詞》便知道,所謂蘇軾的序,其實是傅幹的注。向讀《定風波》,獨賞其"一蓑煙雨任平生"的瀟灑曠達,後細讀詞序,又覺得蘇軾自相牴牾,於是主張從元刻本作"一莎",這都是據序文來懷疑正文。及見《注坡詞》,反而肯定了"一蓑煙雨",懷疑起序文來,可見版本對閱讀古籍是十分重要的。至於傅幹的注,應該是有所根據的,只是所據爲何,注中的"公舊序""公自序"等是否都出於蘇軾之手,就需要專家學者來詳加考證了;劉尚榮的"初步印象是:詞題、詞序雖'極精妙',却不多見"。[①] 就《定風波》一詞而言,本文傾向依據《注坡詞》而不從元刻本。

詞與序的矛盾曾引起過學者的思考。王水照先生之所以提出"蓑"是量詞之説,主要是爲了解决詞與序的矛盾,藉以肯定二者俱出於蘇軾之手;不過詞學界的主流意見還是以"蓑"爲名詞,作"蓑衣"解。如果從版本的角度來看問題,詞與序的矛盾就似乎較易處理了。

王先生不僅從語法的角度思考"蓑"字的意義,還從詩學的層面出發,指出"一蓑煙雨"是一個"相對固定的詩歌意象",能令讀者"生出别一番感情色彩和文化意味"。本文就在此基礎上,就"一蓑煙雨"的虚筆實寫和"文化意味"的内涵稍作討論,希望不致偏離詞旨太遠。

(本文原載 1994 年《論衡》第一卷第二期;拜讀了王水照教授的研究之後,遂進行了擴寫)

---

① 見《東坡詞傅幹注校證》,頁 26。

《文心雕龍·諸子》探賾

一、引　言

《文心雕龍》(以下稱《文心》)研究在當代已是一門顯學。劉勰(約 465—522)將《文心》全書分爲上下篇,①論文叙筆,囿别區分,綱

---

① 劉勰在《序志》中自言《文心雕龍》分上下篇。《四庫全書總目》卷一九五"集部·詩文評類一"云:"據《序志》篇稱'上篇以上','下篇以下',本止二卷,然《隋志》已作十卷,蓋後人所分。"此説引起後世學者争論《文心》的編次是否有錯亂。如萬奇認爲"上下兩篇説"與"十卷説"並不矛盾:"'上下兩篇説'着眼於《文心雕龍》的内容脉絡(按照范文瀾的説法,上篇'剖析文體',下篇'商榷文術'),'十卷説'着眼於《文心雕龍》的形式編排(五篇一卷)。從目前已掌握的唐寫本、元至正本等版本資料來看,並不能證明'十卷'就是後人所分,因此,《四庫全書總目提要》的説法只是一種推測,而非不易之論。"又認爲:"據《序志》篇所述和《文心雕龍》呈現的'文本樣態',可以看出,彦和把《文心雕龍》分爲上、下兩篇:上篇是文之'綱領',包括'文之樞紐'五篇(從《原道》至《辨騷》)和'論文叙筆'二十篇;下篇是文之'毛目',包括'剖情析采'二十四篇(從《神思》至《程器》)和'長懷《序志》'一篇。這是《文心雕龍》的原初框架。"見萬奇:《〈文心雕龍〉之書名、框架和性質今辨》[《内蒙古師範大學學報(哲學社會科學版)》2009 年第 2 期],頁 103。依萬氏之言,則上下篇與十卷之分並不是版本的問題,上下篇是理論框架,十卷是形式編排,二者不宜混爲一談。按萬説頗值得注意。今本三十三篇《莊子》分爲内、外、雜三篇,《老子》分上下篇,《抱朴子》分内外篇,這都不是版本的問題,而是與理論或者全書的組織框架有關;若以彼例此而又能成立,則《序志》所謂的"篇",就類似西方論著的 book 或者 part。上篇與下篇即是 Book A and Book B 或者 Part 1 and Part 2,施友忠的《文心雕龍》英譯正譯作 The First Part 及 The Second Part。見 Vincent Yu-chung Shih, trans. and annot., *The Literary Mind and the Carving of Dragons: A Study of Thought and Pattern in Chinese Literature* (Hong Kong: Chinese University Press, 1983), p9。四庫館臣懷疑"本止二卷",應該是混淆了篇和卷。

領毛目,剖析入微;而今之學者則精研詳究,已發表的專書專論可謂汗牛充棟,然而值得討論的問題仍多,《諸子》篇就是其中之一。

《諸子》是全書的第十七篇,次於《史傳》之後,是上篇"論文敘筆"中"敘筆"的第二篇。劉勰在《序志》中講述"論文敘筆"諸篇的撰寫原則是:"原始以表末,釋名以章義,選文以定篇,敷理以舉統。"①學者一般都從文體論的角度解讀"論文敘筆",認爲只要根據這四個原則研讀"論文敘筆",就能够對某種文體的名義、流變、名家名篇及創作方法,有一個大致的認識,並且可以着手寫作該文體。可以說,今天的文學史或文論史主要是以文體論來把握"論文敘筆"的。

劉勰以有韻爲文,以無韻爲筆。《文心》上篇"論文敘筆"的編排,是先論文,後論筆。② 諸子之作主要是無韻之筆,所以劉勰置《諸子》於"敘筆"之中,也算合乎他的體例。不過,自西漢劉歆《七略》以還,"諸子"一般都被視作一類獨立的文獻,劉勰在《諸子》篇中也是如此"釋名以章義":"諸子者,入道見志之書。"(頁622)這就不免引起後世學者的討論。王禮卿把《諸子》與《史傳》相提並論:"諸子爲專門之學,非一文之體,與《史傳》篇同。而彼篇猶分闡史傳,此則括諸子命篇,立名攸異。"③不過,只要把《諸子》與《史傳》略加比較即可知,讀了《史傳》篇之後,還能够了解到史傳的寫法,《序志》中所提出的"論文敘筆"的原則仍能用得上,但《諸子》却不然,"敷理以舉統"似乎難以應用於閱讀《諸子》篇。祖保泉就認爲:"這'敷理以舉統'失之過分簡略:他(劉勰)雖然看到了諸子散文的豐

① 見詹鍈:《文心雕龍義證》(上海:上海古籍出版社,1989年),頁1924。本文所引《文心》原文悉據詹鍈《文心雕龍義證》,隨文注明頁碼,不另出注,以省篇幅。

② 《文心》先論文,後論筆的體例編排,由劉師培揭櫫。見劉師培:《中國中古文學史講義》(上海:上海古籍出版社,2000年),頁110—111。按:有韻之文的文學性較强,劉勰先論文後論筆,是受六朝時期文學自覺的思潮影響所致。

③ 見王禮卿:《文心雕龍通解》(臺北:黎明文化事業股份有限公司,1986年),頁321。

富多采,但未能就諸子散文總結出寫作要領。這與全書其他'文體論'的'敷理以舉統'相比較,失之於過分簡略是非常明顯的。"即使把"敷理以舉統"理解爲對諸子之文的評論,祖保泉也認爲"《諸子》篇評論百家,'敷理'不暢,也未能'舉統'以啓後學"。①

一般的文學史及文論史論到《文心》上篇的"論文叙筆"時,都會認爲是文體論,但王、祖兩家却不以爲然,這就促使人思考:(一)諸子是"入道見志之書",雖然諸子主要用無韻之筆寫成,但除了"無韻"這個理由之外,劉勰撰寫《諸子》篇,並置之於"叙筆"之中,是否還有其他值得探究的原因?(二)《序志》中所提出的"敷理以舉統"這個"論文叙筆"的撰寫原則,能否應用於閱讀《諸子》篇?

二、紀昀評語所引起的回響

古今的文論家都探討過《諸子》篇的意義,首先必須要提到的是清代大儒紀昀(1724—1805)。紀昀評《史傳》曰:"彦和妙解文理,而史事非其當行。此篇文句特煩而約略依稀,無甚高論,特敷衍以足數耳。學者欲析源流,有劉子元(玄)之書在。"紀昀承認劉勰妙解文理,但同時也指出史學非其當行。評《諸子》則曰:"此亦泛述成篇,不見發明。蓋子書之文,又各自一家。在此書原爲闌入,故不能有所發揮。"②從"此亦泛述成篇"一句可以推斷,紀昀是把《史傳》與《諸子》並觀的。他認爲史子之學,本非劉勰所長,故謂《諸子》是"闌入"之篇,不見發明,亦不能有所發揮。大概在他眼中,《諸子》與《史傳》一樣"無甚高論,特敷衍以足數",本來就可以無

① 見祖保泉:《文心雕龍解説》(合肥:安徽教育出版社,1993年),頁349。

② 見《紀曉嵐評注文心雕龍》(揚州:江蘇廣陵古籍刻印社影道光十三年〔1833〕粵東省城翰墨園藏版,1997年),頁143,159。

作,遑論有探究的價值了。

後人在討論《諸子》的價值時,一般都會回顧紀昀的評論。有反對者,也有贊同者。以下是一些較具代表性的看法。

范文瀾從文學發展的角度反駁紀評:

> 案紀氏此説亦誤。柳子厚謂"參之《孟》《荀》以暢其支,參之《莊》《老》以肆其端"(《答韋中立論師道書》)。彦和論文,安可不及諸子耶![1]

范文瀾又以《諸子》取代《辨騷》,置《諸子》爲樞紐之一。[2] 可見《諸子》在他眼中是一篇頗有價值的文章。雖然他没有詳述自己的觀點,但已提示了後人,《諸子》篇中應該有尚未爲人所發掘的價值,而他正是第一位發掘《諸子》價值的近代學人。從思想内容來看,諸子之文百態紛呈;從文體的區别特徵,如語言形式、組織結構、用途及功能等方面來看,諸子之文又異如人面,故又難以視爲一種文體。既然諸子是"入道見志之書",就自有其深厚的思想内涵。可以設想,范文瀾應該是從思想資源的角度來看待《諸子》的,因此就把《諸子》視爲樞紐之一,而不當作一種文體。

張立齋《文心雕龍注訂》曰:

> 諸子之文,别於群經,然説理見道則一也。其先後尊遜有互異者,時與勢有不同耳,故《五千言》與孔《論》體相近也;《墨》《莊》《孟》《荀》體相近也。然旨雖異趣,而其爲文章大宗,派衍無窮,誰有閑言哉!彦和繼《史傳》之後有《諸子》,此必然耳,蓋《漢志》云:"合其要歸,亦六經之支與流裔也。"紀評"闌入"之説,非是。[3]

---

① 見范文瀾:《文心雕龍注》(北京:人民文學出版社,1958年),頁310。
② 見《文心雕龍注》,《原道》注釋2,頁4—5附表。
③ 見張立齋:《文心雕龍注訂》(臺北:正中書局,1967年),頁167。

紀評"闌入"之説的焦點是"不見發明",只要指出《諸子》的發明,就可以駁倒紀評了。諸子雖與群經同樣説理見道,同爲文章大宗,但這只能説明諸子之文有研究的價值,應鄭重其事,却不足以證明紀評非是,也無助於説明劉勰置《諸子》於"敘筆"之中的意義。

李曰剛認爲《諸子》有三點卓見:"一、源流區分,以戰國爲斷限;二、興衰變遷,以兩漢爲轉捩點;三、純駁總體,以五經爲要歸。"①他詳論這三點卓見之後,即提出他的結論:

> 彦和之述此篇,於諸子之定義,秦漢學術之演進,辨真别僞之態度,經子合流之思想,以及論文兼及子學,無文筆門户之見,自爲承先啓後的傑構。紀曉嵐評其"此亦泛述成篇,不見發明。蓋子書之文,又各自一家。在此書原爲闌入,故不能有所發揮"。案紀氏似未顧及論文的立場,而但就諸子學術之觀點,遽下此語,豈公論哉!柳子厚謂"參之《孟》《荀》以暢其支,參之《老》《莊》以肆其端"。彦和論文,安可不及諸子耶!②

引柳宗元(773—819)以下數語很明顯是來自范文瀾的。他提出的三點卓見以及"無文筆門户之見",旨在説明《諸子》有所發明,紀評是否正確應再考慮。其實,無論是從"論文的立場"還是從"諸子學術之觀點"看,紀昀都認爲《諸子》"泛述成篇,不見發明"。論文須及諸子,也不見得劉勰就要撰寫《諸子》篇,並置之於"敘筆"之中。

李曰剛的學生王更生繼承師説,同時又謂:

> 辭采爲構成文學創作的重要環節。誠以諸子爲我國散文大宗,就其所述,無論是形式的發展,或内容上的表現,均臻於藝術上的至高境界,爲我國散文裁成完美的藝術形態,則彦和之列諸子爲文體之一,實理所當然。方諸魏文《典論》、陸機

---

① 見李曰剛:《文心雕龍斠詮》(臺北編譯館,1972年),頁712。
② 見《文心雕龍斠詮》,頁719。

《文賦》、李充《翰林》、《昭明文選》之論"古今文體"與"選文標準",尤覺其文筆無間的見地,不僅戛戛獨造,即千古論文者皆出其下。①

王更生對《諸子》可謂推崇備至,他的結論亦與師説無異:"紀氏似未顧及論文的立場,但就諸子學術之觀點,遽下此語,信非天下之公論。柳子厚謂'參之《孟》《荀》以暢其支,參之《老》《莊》以肆其端'。彦和論文,又安可不及諸子乎!"説諸子是散文大宗,内容與形式俱臻於藝術上的至高境界,都毋庸置疑;但説因爲諸子有藝術成就,所以劉勰"列諸子爲文體之一"是理所當然,則恐怕當中還要有更仔細的論述。

對於"列諸子爲文體"這個問題,祖保泉認爲:"劉勰把'諸子'作爲文章體制之一看待,難免招來議論。"要判斷紀昀與范文瀾之間的不同,應該用劉勰在《序志》中的"論文敘筆"的原則作衡量準則。衡量的結果是,《諸子》"'敷理'不暢,也未能'舉統'以啓後學"。他進一步指出:"紀昀説'此亦泛述成篇,不見發明',未必完全不準確。至於紀氏説《諸子》篇是'闌入',則是偏執之詞,因爲這樣説便忽視了劉氏的文學發展觀點。"又説:"范氏反駁紀氏的話,正是從文學發展的角度説的。可以説范氏爲劉氏把'諸子'列爲文體之一,找到了一些理由。"②

從思想流變的角度看,有人認爲《諸子》確有卓識;從"敷理以舉統"看,有人同意紀評亦或有理。同是一句"不見發明",觀點不同,結論即異。

紀昀《諸子》之評所引起的回響豐富了後人對《諸子》篇的認識,却無助於解决劉勰置《諸子》於"敘筆"之中的疑問。不過,經過

① 見王更生:《文心雕龍讀本》(臺北:文史哲出版社,2004年),頁303—307。
② 見《文心雕龍解説》,頁348—350。

諸家反覆討論之後,問題的核心已經很清楚了:諸子是不是一種文體?若是,則諸子是怎樣的一種文體?若否,則劉勰爲何置《諸子》於“叙筆”之中?

三、文體論視野下的《諸子》篇

雖然有學者强調諸子是文章大宗,有極高的藝術成就,劉勰論文須論及諸子,甚至認爲“列諸子爲文體之一”是理所當然,但是持批評觀點的學者仍有不少,例如前引的王禮卿及祖保泉兩位就是。

既然劉勰置《諸子》於“論文叙筆”之中,則學者用文體論來檢視《諸子》,也是很正常的做法。蔣伯潛是較早從文體論的角度批評劉勰的學者,他在《文體論纂要》中批評劉勰的文體分類失當,所舉的例子正是《諸子》和《論説》。《論説》中有“議”“説”“傳”“注”“贊”“評”“序”“引”八體,蔣伯潛説:

> “議”和“説”,或爲議論,或説明,合爲論説,原屬確當。至於“傳”“注”,便和“論説”體用俱異;“贊”“評”“序”“引”,則爲序跋之文了。他把“傳”“注”“贊”“評”“序”“引”併入“論説”,却把真是議論文的“諸子”另立一體,不是分合失當了嗎?而且《論説》篇中又云:“莊周《齊物》以論名篇,不韋《春秋》六論昭列。”《莊子》和《吕氏春秋》不都是子書嗎?何以把《莊子》的《齊物論》,《吕氏春秋》的《開春》《慎行》《貴直》《不苟》《似順》《士容》六篇,舉作“論説”之例?如以這七篇的題目都有一“論”字,應該入“諸子”呢?還是應該入“論説”呢?可見“諸子”和“論説”,根本不當分爲二類。①

---

① 見蔣伯潛:《文體論纂要》(臺北:正中書局,1948年),頁24—25。

蔣伯潛認爲諸子本身就是議論文，劉勰把"諸子"分爲一體是錯的。然則"諸子"應否歸入"論説"呢？這就涉及到文體分類及分類準則了。

"議論"是一種寫作手法。用寫作手法劃分文體是一種行之有效的分類方法。大致而言，寫作手法除了議論之外，還有説明、記叙及描寫。用這四種手法檢視《諸子》中所論及的子書，一定會看到四者俱備，甚至幾種寫作手法綜合運用於一篇之中。如《晏子春秋》主要透過晏子與齊景公的故事説理，《孟子》《莊子》《韓非子》各篇《儲説》，《吕氏春秋》中的寓言故事，以及劉向《説苑》，也是透過叙事來説理；《韓非子》中的《解老》與《喻老》兩篇則主要是闡釋《老子》，以説明爲主。可見從寫作手法來劃分文體，只會得出諸子面面俱到的印象，而不僅只有議論。况且，用寫作手法作爲分類準則，是今人的做法，未必與劉勰的想法相符。

除了寫作手法之外，文體又可以用語言形式來分類。劉勰以有韻爲文，無韻爲筆，就是從語言形式着眼。不過，視諸子之文爲無韻之筆也只是就其大體而言，當中必然有例外。《老子》就雜用了韻語，[①]《荀子》中的《成相》與《賦篇》更是以韻語寫成的。可見諸子之文固多無韻之筆，却又不乏有韻之文。今人又分先秦子書爲語録體、對話體及專題論文。這有助於描述諸子之文在表達形式上的演變，却不能説明諸子之文應否獨立爲一體。用語言形式作分類，亦無助於了解《諸子》的文體意義。

古人又從功能的角度劃分文體，而不管作品的語言形式是否相同或相似。例如碑的正文前有序，正文可以是銘，也可以是誄，視乎贊勛還是述亡而定，但無論是銘抑或是誄，碑的功能都是"石墨鐫華，頹影豈戢"，所以劉勰分别撰有《誄碑》及《銘箴》，把碑獨立

① 見朱謙之：《老子校釋》（北京：中華書局，1984 年），附録《老子韻例》，頁 313—332。

爲一體，以與銘及誄區分開來。

如果從功能的角度看諸子之文，則諸子之文又備有多體，除了闡明一家學説的論體之外，還有《韓非子》中的《難勢》《難一》《難二》《難三》《難四》等專事駁論的難體；《韓非子》的《解老》是專解《老子》文句的解體；《墨子》中的《經説上》和《經説下》也是專解《經上》和《經下》的解體；《淮南子》中的《原道訓》則是解釋事物起源的原體。可見從功能的角度看，諸子之文又千姿百態，難以一概稱之曰議論。

文體論中"體"的含意很豐富，有時是指體裁，有時是指風格。諸子之文既有不同的體裁，其風格也各具面貌。《諸子》曰：

> 研夫孟、荀所述，理懿而辭雅；管、晏屬篇，事覈而言練；《列御寇》之書，氣偉而采奇；鄒子之説，心奢而辭壯；墨翟、隨巢，意顯而語質；尸佼、尉繚，術通而文鈍。鶡冠綿綿，亟發深言；鬼谷眇眇，每環奧義；情辨以澤，文子擅其能；辭約而精，尹文得其要。慎到析密理之巧，韓非著博喻之富；《吕氏》鑒遠而體周，《淮南》泛采而文麗。斯則得百氏之華采，而辭氣之大略也。（頁 648—653）

可見無論從體裁還是風格來看，諸子之文都備有多體。

六朝文論家很關注文體的分類，但由於所持的理念不同，所以文體分類的結果亦有分别，《昭明文選》的文體分類就異於《文心雕龍》。劉勰以徵聖宗經爲其文體理念，如果從宗經的角度看劉勰的文體分類，又是否有助於理解《諸子》的文體意義？《宗經》曰：

> 故論、説、辭、序，則《易》統其首；詔、策、章、奏，則《書》發其源；賦、頌、歌、贊，則《詩》立其本；銘、誄、箴、祝，則《禮》總其端；紀、傳、盟、檄，則《春秋》爲根：並窮高以樹表，極遠以啓疆；所以百家騰躍，終入環内者也。（頁 78—79）

劉勰嘗試爲不同的文體找出其經典的源頭,而當代學者則按劉勰的提示,將二十篇"論文敘筆"重新歸到五經之下,整理出一個經典的,與文體對應的譜系來。劉勰謂"百家騰躍,終入環内",不管這"百家"是指諸子還是後世作家,都可以問:《諸子》與經典如何在文體上對應? 整理對應譜系的學者都把《諸子》繫於《易》之下。鄧國光認爲《宗經》中所提到的"辭"見於《諸子》:

> 辭之一義,既泛指一切文字制作,亦可以指外交對談言辭,但歸入論體,與之直接相關的,在《文心雕龍》中只有《諸子》相應;《諸子》篇概括《孟子》《荀子》以至《淮南子》,謂"斯則得百氏之華采,而辭文之大略也",充分證明劉勰視諸子之文爲"辭"。《諸子》又謂"博明萬事爲子,適辨一理爲論",子書是綜合的論述,文非單篇,若純就單項義理發揮伸説,則稱爲論,故劉勰視子書之辨一理者爲論。《諸子》强調子書之辭"辨雕萬物,智周宇宙",正是哲人驪淵的《易》旨遠辭文的體式。①

按:"辭"這種文體見於《書記》:"辭者,舌端之文,通己於人。子產有辭,諸侯所賴,不可已也。"(頁 963)②可見辭未必是"泛指一切文字制作"或"外交對談言辭",據此謂"在《文心雕龍》中只有《諸子》相應",又謂"充分證明劉勰視諸子之文爲'辭'",則恐怕也未必盡然。不過,説子書是綜合的論述,子書中"辨一理者爲論",立説就與蔣伯潛不同。蔣伯潛從寫作手法立論,而鄧國光則從子書主於説理的内容性質立論。二家立論的基礎有别。

簡良如認爲,范文瀾提升《諸子》至樞紐地位的理由不足以概

---

① 見鄧國光:《〈文心雕龍〉本〈經〉制式的文體論研究》,澳門大學社會及人文科學學院中文系編:《中文集刊》(一)(澳門:澳門大學出版中心,2004 年),頁 37。按:"辭文之大略"應作"辭氣之大略"。

② 對於"辭"究竟指的是哪一體,學者有不同的意見,例如:黄侃認爲是指《繫辭》(《文心雕龍札記》,北京:中華書局,2006 年,頁 20),吴林伯則認爲是指《楚辭》(《文心雕龍義疏》,武昌:武漢大學出版社,2002 年,頁 48)。

括《諸子》,她根據《諸子》"博明萬事爲子,適辨一理爲論,彼(兩漢子書)皆蔓延雜説,故入諸子之流"(頁656),提出:

> 子與論的性質本來無别,僅範圍大小不同,前者萬,後者一。因此,若如《宗經》所言"論、説、辭、序,則《易》統其首",論既歸宗於《易》,那麽,諸子之書亦當本源於《易》的一類文體。這是説:包括《鬻子》與《道德經》在内,《諸子》實應作爲經典《易》下之一體,還原至《論説》等文體論篇章相同之地位。①

把《諸子》還原至《論説》等與文體論篇章相同的地位是否合乎劉勰的想法,還可以再討論;至於説子與論的性質無别,只是範圍大小不同,子萬而論一,則其立論基礎就與鄧國光相似。

從經典與文體對應的譜系看《諸子》,可以爲《諸子》找到文體論上的經典源頭,但前提是贊同子與論無别。不過,如果贊同子與論無别,甚至把《諸子》還原至與《論説》相同的地位,就無異於同意取消《諸子》了。這未必合乎劉勰的想法。

文體論中還有文類(genre)這個概念,用文類看諸子之文又如何?諸子之文備有多體,如要歸納爲一個文類,則這個文類的包容範圍必須極廣,方能把所有子書囊括在内。今天的文學史家正是這樣處理。他們一般都把先秦散文分爲説理散文及叙事散文兩大類,或曰諸子散文和歷史散文;説理散文就是諸子,叙事散文就是史傳。

劉勰"論文叙筆"的其中一個主要目的是指導後人寫作,"敷理以舉統"的意義即在此。把諸子之文歸納爲説理散文(或曰諸子散文),固然有助於文學史的描述,可是一旦作者要動筆撰述,仍須落實到這個文類之下各個具體的文體,否則便無從下筆。雖然諸子

---

① 見簡良如:《文心雕龍研究:個體智術之人文圖象》(臺北:臺灣大學出版中心,2008年),頁360—361。

之文以説理爲主,但所用的文體却非《論説》所能賅盡,既有的子書實際上涉及的文體並不只一種。如果實際的撰述必須用上不同的文體,則作者只須細閲"論文叙筆"的其他篇章並跟從寫作就可以了,《諸子》篇可暫且擱置;若可擱置,就無怪乎紀昀譏誚《諸子》是"闌入"之篇了。但劉勰不僅寫成了《諸子》篇,而且把它列爲"叙筆"的第二篇,對《諸子》篇是很重視的。然則《諸子》篇在"論文叙筆"中應如何定位?由此可見,不宜把《諸子》與《論説》等文體論篇章置於相同的地位。不過,諸子應否自爲一體,就已經很清楚了。

文體的定義、分類及分類準則難求一致,所以上文嘗試從寫作手法、語言形式、功能及風格等不同的文體分類準則來考察諸子之文,以期對諸子之文及《諸子》篇有更清晰的認識,而得出的是諸子面面俱到、備有多體的結論。從文體譜系看諸子之文,則有取消《諸子》篇之虞;從文類看諸子之文,《諸子》篇又難以定位。應該説,在文體論的視野下,《諸子》篇仍有一些問題有待探討,難怪祖保泉指出"劉勰把'諸子'作爲文章體制之一看待,難免招來議論";但有兩點倒是可以肯定的:(一)諸子誠然是文章大宗,却不能獨立爲一體;(二)《諸子》並不與《論説》等文體論篇章處於相同的地位。

四、目録學與文體論交互視野下的《諸子》篇

從文體論看《諸子》篇,可以發現篇中不乏具探討價值的問題,但要解決問題,還得借助其他學術視角。嘗試從其他學術視角看《諸子》篇,並非意味着要否定文體論的作用,而是希望做到不同學術視角的視野融合,進而更好地解決問題。羅宗强正做了這樣的示範。

羅宗强認爲班固(32—92)《漢書·藝文志·詩賦略》之區分詩

賦雖不全面、不科學,但也可以説明目録學最初即已隱約涉及文體問題,而綜合目録發展至專科目録,與文體的關係就更密切。他回顧了西晉摯虞的《文章流别論》和東晉李充的《翰林論》,又把《文心》的"論文叙筆"與《漢書·藝文志》的總序和小序作比較,指出《漢書·藝文志》已經有了辨章學術、考鏡源流的特色。這特色在叙述體式上,對劉勰文體論的"原始以表末,釋名以章義,選文以定篇,敷理以舉統"的表述方式有明顯的影響。[①] 他的結論是:

> 至此,我們可以看到從《漢書·藝文志》至摯虞《文章流别論》、李充《翰林論》、劉勰文體論的發展線索,從書籍的分類,到文章體式的辨别,主要的着眼點在考鏡源流、正名釋義、論略功能上,更多的是文體分類學的問題。在這些方面,文學與非文學的界限並不受到特别的重視。他們所面對的,是所有文章體式,至少可以説,是子、史、集三部的各種文章體式。即使發展到摯虞、李充、劉勰等人,除考鏡源流、正名釋義、論略功能之外,已經重視對於表現形式上的種種特點與要求的研究,但是,在研究不同文體的表現形式上的要求與特點時,目録學學術思想傳統的影響,亦並未消除。這就可以理解,爲什麽劉勰的文體論包含如此之廣。它不是狹義的文學的文體論,而是廣義的泛指一切文章的文體論。如果用今天的話説,似可稱之爲雜文學的文體論,或者稱之爲文章體式論。[②]

羅宗强的觀點很有啓發意義,他還指出討論文體的性質與特點不一定要回顧它的流變史。[③] 確實,曹丕(187—226)《典論·論文》只是説"銘誄尚實,詩賦欲麗";陸機(261—303)《文賦》也只説"詩緣情

① 見羅宗强:《劉勰文體論識微》,《讀文心雕龍手記》(北京:三聯書店,2007 年),頁 143—151。

② 見《劉勰文體論識微》,頁 150—151。

③ 見《劉勰文體論識微》,頁 151。

而綺靡,賦體物而瀏亮”,都没有回顧文體的歷史,僅討論文體的性質與特點而已。可見劉勰的“原始以表末”,明顯源自目録學的“考鏡源流”。

目録學發展至南北朝時期,經、史、子、集四部已然分立,[①]而子部之立,更可追溯到東漢初年劉歆《七略》的《諸子略》。《七略》原書雖已失傳,但主要内容仍保存在班固《漢書・藝文志》之中。班固明言“今删其(《七略》)要,以備篇籍”;[②]所謂“以備篇籍”,是指整理群書文獻而言。目録學家通過圖書文獻的分類來將學術分類,而讀者則即類求書,藉圖書文獻的分類結果、目録的總序、小序或提要,進而了解某書的特點,乃至學脉系統及宗派主張。這就是“辨章學術”。在《七略》及《藝文志》那裏,子書都被當作一批“六經之支與流裔”的文獻來看待。

班固對子書的總論與劉勰《諸子》篇文字多少有異同之處,[③]比對如下:

《漢書・藝文志・諸子略》	《文心雕龍・諸子》
諸子十家,其可觀者九家而已。皆起於王道既微,諸侯力政,時君世主,好惡殊方。是以九家之説(術),蜂出並作,各引一端,崇其所善,以此馳説,取合諸侯。其言雖殊,辟猶水火,相滅亦相生也。仁之與義,敬之與和,相反而皆相成也。	逮及七國力政,俊乂蜂起。孟軻膺儒以磬折,莊周述道以翱翔,墨翟執儉确之教,尹文課名實之符,野老治國於地利,騶子養政於天文,申商刀鋸以制理,鬼谷脣吻以策勛,尸佼兼總於雜術,青史曲綴於街談,承流而枝附者,不可勝算,並飛辯以馳術,饜禄而餘榮矣。(頁627)

① 南北朝時期幾乎所有官修書目都用四分法,如劉宋元嘉八年(431)的《秘閣四部目録》、元徽元年(473)的《四部書目録》、齊永明元年(483)的《秘閣四部目録》等。至《隋書・經籍志》始將四部定名曰經、史、子、集。

② 見《漢書・藝文志》(北京:中華書局,1962年),頁1701。

③ 見《漢書・藝文志》,頁1746。

續　表

《漢書・藝文志・諸子略》	《文心雕龍・諸子》
《易》曰:"天下同歸而殊途,一致而百慮。"今異家者,各推所長,窮知究慮;以明其指。雖有蔽短,合其要歸,亦六經之支與流裔。使其人遭明王聖主,得其所折中,皆股肱之材已。仲尼有言:"禮失而求諸野。"方今去聖久遠,道術缺廢,無所更索,彼九家者,不猶瘉(愈)於野乎!若能修六藝之術,而觀此九家之言,捨短取長,則可以觀萬方之略矣。	然繁辭雖積,而本體易總,述道言治,枝條五經。其純粹者入矩,踳駁者出規。(頁 637) 昔東平求諸子、《史記》,而漢朝不與;蓋以《史記》多兵謀,而諸子雜占譎術也。然洽聞之士,宜撮綱要;覽華而食實,棄邪而采正,極睇參差,亦學家之壯觀也。(頁 646—647) 夫自六國以前,去聖未遠,故能越世高談,自開户牖。兩漢以後,體勢漫(浸)弱,雖明乎坦途,而類多依采,此遠近之漸變也。(頁 660)

從以上的比對可見,劉勰的表述方式確實受目録學學術思想傳統的影響。班、劉二家不僅在文字上相似,就是對諸子的認識,也有共通之處。諸子之所以出現,班固與劉勰都同意是因爲世道衰微,諸侯力政,於是諸子"蜂出並作,各引一端,崇其所善,以此馳説,取合諸侯","並飛辯以馳術,饜禄而餘榮矣"。班固指諸子是"《六經》之支與流裔",而殊途同歸,百慮一致,這同歸與一致,借司馬談的説法,就是"務爲治者也";[①]劉勰也認爲諸子"述道言治,枝條五經"。二家又認爲研讀諸子,應以經典爲本,對諸子"捨短取長""覽華而食實,棄邪而采正"。

從上引《藝文志》可見,目録學建構了一個由道術而經典,由經典而子書的思考模式。在《藝文志》的框架裏,從道術到子書是一個下降的過程,故子書之言方略,實乃道術之一端。"辨章學術"的

① 《史記・太史公自序》引司馬談:"《易大傳》:'天下一致而百慮,同歸而殊途。'夫陰陽、儒、墨、名、法、道德,此務爲治者也,直所從言之異路,有省不省耳。"見《史記》(北京:中華書局,1959 年),頁 3288—3289。

關鍵在學術分類,而"考鏡源流"就是考察這個學術分類的流變,並折衷於經典,歸本於道。所謂目録學的視野,就是由學術的分類與分類的流變所構成。六朝之世,文章大盛,著述更豐,但不管是個别的文體還是整類的專著,劉勰都溯源到經典,並繫之於經典之下。這種隸歸溯源的思考模式,可以説是目録學思想在劉勰文體論中的體現,而又正好與他的徵聖宗經思想相配合。因此,《藝文志》與《諸子》篇有相似之處是很正常的。

班、劉二家雖有相似之處,但重點並不相同。《藝文志》與《諸子》篇對諸子均有"考鏡源流",不過,班固董理諸子之書,旨在"辨章學術";劉勰彌綸諸子之文,旨在"志共道申"。班意在書,劉志在文,《諸子》與《藝文志》,相似而不同。换句話説,面對相同的一批文獻,二家思考的立場並不一樣;同時也應該看到,同一批文獻資源,也能容受得起兩種不同的學術開發。

劉勰在《風骨》討論風骨的習得時説:"若夫鎔鑄經典之範,翔集子史之術,洞曉情變,曲昭文體,然後能孚甲新意,雕晝奇辭。"(頁 1066)之所以把子、史與經典並論,也應是受目録學四部分立的影響。然則"論文叙筆"除了用文體論來解讀之外,還可以用目録學的角度來解讀,二者都注重分類,但分類的目的有别。目録學的目的是部居群籍,辨章學術;文體論的目的是評賞與創作。從目録學"考鏡源流"的觀點看,《文心》廿篇"論文叙筆"都歸本經典;從目録學"辨章學術"的觀點看,廿篇文章則可以分爲兩組:"叙筆"中的《史傳》與《諸子》爲一組,其他十八篇文章爲一組。其實從"選文以定篇"來看廿篇文章,也可得到相同的結論:十八篇所選的是單篇作品,而《史傳》與《諸子》所選的是整部史書和子書。可見目録學的視野與文體論的視野確實是可以交融於"論文叙筆"的。

從相同處看,兩組文章都屬"論文叙筆",都以文章創作爲鵠的;從相異處看,十八篇文章着眼於各個文體的寫作,而《史傳》與

《諸子》則着眼於一部專著的撰述，層次要比十八篇文章高。劉勰“論文叙筆”，爲的是撰述，置《諸子》於“論文叙筆”中的意義，就是勉勵人立志撰寫子書；至於《史傳》，當然是勉勵人立志撰寫史書。蕭統(501—531)《昭明文選》不選諸子之文，是因他認爲“老莊之作，管孟之流，蓋以立意爲宗，不以能文爲本”。[①] 劉勰的文學觀要比蕭統寬，他固然明白諸子是“入道見志之書”，但從他的文字看，諸子之文亦自有其華采與辭氣。華采辭氣與道志並不相悖，更重要的是子書可以“述道言治，枝條五經”，所以子書也被劉勰視爲文章的一種。在他的眼中，文章的範圍甚廣，而並不只限於詩賦等文體而已。

《諸子》和《史傳》與其他十八篇文章同在“論文叙筆”之中，却並不在同一層次，然則它們之間的關係又如何？可以這樣看：在劉勰的觀念中，諸種文體與子、史都源於經典，但史家撰述，自可廣采前人的詩、賦、論、説等諸體之作，據以立傳；而史家爲前人所立之列傳及其贊論，史書中的書、表、志，本身亦是某幾體“無韻之筆”的綜合運用。可以説，史家綜合運用各體“無韻之筆”的同時，各體“有韻之文”及“無韻之筆”又被收録於史書之中。與史書相比，子書没有必須固守的書寫程式及組織結構，也不必以古人或史事爲撰述的中心，不受拘束，可以自由選擇“有韻之文”及“無韻之筆”寫作，暢所欲言，如此方能“博明萬事”。换句話説，各體“有韻之文”與“無韻之筆”皆爲我所用。就現存的先秦兩漢及魏晉子書來看，只有用“有韻之文”寫成的單篇的諸子之文，没有整部運用“有韻之文”寫成的子書；子書主要用“無韻之筆”寫成，這是因爲“無韻之筆”比“有韻之文”更適合於分析性及邏輯性的書寫，特别是論、説、辭、序、議諸體，而這幾種文體的寫法在《論説》《議對》及《書記》中

① 見蕭統:《文選序》(上海:上海古籍出版社,1986年),頁2。

均有論及,所以劉勰置《諸子》於"叙筆"之中,是合乎他自己的文學理念的,不必如范文瀾那樣改置於"文之樞紐"。

學者爲《文心》建立了文體譜系,但譜系只有"經典—文體"兩個層次,於是《諸子》篇有被取消之虞。如果在目録學與文體論的交互視野下,譜系就可以修訂爲三個層次:"經典—史子—文體"。三個層次的關係如下圖:

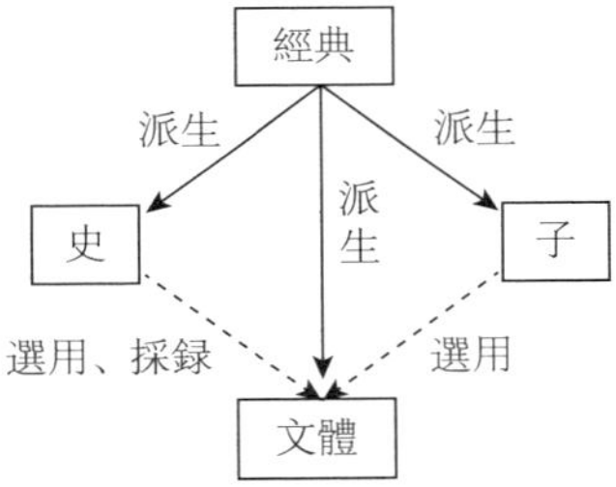

三個層次建立之後,《諸子》也就可以保留在文體譜系之中了。

五、"敷理以舉統"與以文爲子

祖保泉批評《諸子》篇"未能就諸子散文總結出寫作要領",與全書其他文體論的"敷理以舉統"相比較,失之於過分簡略。這是因爲他只從文體論的角度出發,才提出這樣的批評。劉勰並不旨在"就諸子散文總結出寫作要領",而是勉勵人立志撰寫子書。

子書"博明萬事",因此寫子書就必須用上不同的文體。諸種文體的寫法見於其他"論文叙筆"的"敷理以舉統"中,但如何選用諸種文體?用了諸種文體寫作也不見得就寫成了一部子書,然則,怎樣寫一部子書?這就涉及到《諸子》篇的"敷理以舉統"了。

劉勰寫"敷理以舉統",有時寫得比較精簡扼要,如《明詩》論四言詩及五詩的寫法云：

> 若夫四言正體，則雅潤爲本；五言流調，則清麗居宗；華實異用，惟才所安。故平子得其雅，叔夜含其潤，茂先凝其清，景陽振其麗，兼善則子建仲宣，偏美則太冲公幹。（頁 210）

這裏提出的是風格上的要求，並以張衡（78—139）等八位詩人的評論爲例加以發揮。又如《銘箴》云：

> 箴全禦過，故文資確切；銘兼褒贊，故體貴弘潤；其取事也必覈以辨，其摛文也必簡而深，此其大要也。（頁 420）

這裏提出的是行文與取事上的要求。有的"敷理以舉統"則寫得頗詳細，如《詮賦》云：

> 原夫登高之旨，蓋睹物興情。情以物興，故義必明雅；物以情觀，故詞必巧麗。麗詞雅義，符采相勝，如組織之品朱紫，畫繪之著玄黄。文雖雜而有質，色雖糅而有本。此立賦之大體也。然逐末之儔，蔑棄其本，雖讀千賦，愈惑體要。遂使繁華損枝，膏腴害骨，無貴風軌，莫益勸戒，此揚子所以追悔於雕蟲，貽誚於霧縠者也。（頁 304—307）

這裏就"立賦之大體"，從正反兩面作説明。又《哀弔》論哀云：

> 原夫哀辭大體，情主於痛傷，而辭窮乎愛惜。幼未成德，故譽止於察惠；弱不勝務，故悼加乎膚色。隱心而結文則事愜，觀文而屬心則體奢。奢體爲辭，則雖麗不哀；必使情往會悲，文來引泣，乃其貴耳。（頁 472—473）

這裏提出的是用情與措辭上的要求，寫得甚爲明確。有的"敷理以舉統"則與作家作品的評論結合來寫，如《樂府》云：

> 凡樂辭曰詩，詩聲曰歌，聲來被辭，辭繁難節；故陳思稱左

延年閑於增損古辭，多者則宜减之，明貴約也。觀高祖之詠“大風”，孝武之嘆“來遲”；歌童被聲，莫敢不協。子建士衡，咸有佳篇，並無詔伶人，故事謝絲管，俗稱乖調，蓋未思也。（頁257—260）

這裏藉着對作家作品的評論，提出樂府在聲和辭上的要求，可見“敷理以舉統”的寫法有諸多變化。而同時應看到，劉勰除了在行文風格、聲情用語等修辭上立論外，還在構思立意的寫作態度上立論。

子書不是一種文體，不能在修辭結體的操作層面上考究《諸子》篇的“敷理以舉統”，而應該從寫作態度上考慮。如果從這個角度看，則前文所引《諸子》篇對諸子風格的論述，以及下引的幾則《諸子》篇文字就很值得注意了：

諸子者，入道見志之書。（頁622）

至鬻熊知道，而文王咨詢，餘文遺事，録爲《鬻子》。子自肇始，莫先於兹。及伯陽識禮，而仲尼訪問，爰序《道德》，以冠百氏。然則鬻惟文友，李實孔師，聖賢並世，而經子異流矣。（頁624—626）

然繁辭雖積，而本體易總，述道言治，枝條五經。其純粹者入矩，踳駁者出規。（頁637）

若夫陸賈《新語》，賈誼《新書》，揚雄《法言》，劉向《説苑》，王符《潛夫》，崔寔《政論》，仲長《昌言》，杜夷《幽求》，或叙經典，或明政術，雖標論名，歸乎諸子。何者？博明萬事爲子，適辨一理爲論，彼皆蔓延雜説，故入諸子之流。（頁656）

夫自六國以前，去聖未遠，故能越世高談，自開户牖。兩漢以後，體勢浸（浸）弱，雖明乎坦途，而類多依采，此遠近之漸變也。（頁660）

從寫作態度上看這些引文,《諸子》篇的"敷理以舉統"可作如此的整合:子書應該博明萬事,述道言治,而以枝條五經、入道見志爲準。如越世高談,自開户牖,而能發明經義,則經子異流亦無害其爲純粹者。至若行文,宜有華采與辭氣。

上述的事、志、道、治、五經的關係應是:道體現於五經,子書依五經述道、明事、言治,以見其志。所謂的"志",是作者個人的獨得之見,亦是作者個性與主體性的呈現,其至者可自開户牖。若此志源於道而不同於經,却又能與經義互相發明,就是經子異流了。作者按此原則,選擇適合的文體寫作,就是在著述一部子書。也就是説,諸文體可爲子書的撰述服務。從這個角度看,二者是主從的關係。

《諸子》與《史傳》在同一層次而次於《史傳》之後,當中的編排理據劉勰没有解釋,但可以這樣考慮:《史傳》有明確的經典源頭,即所謂的"言經則《尚書》,事經則《春秋》也"(頁 560),而《諸子》只泛説"枝條五經",劉勰也承認"經子異流",可見從經典的淵源看,《史傳》比《諸子》明確,故編排在《諸子》前。如此看來,《諸子》與諸文體的關係,以及次於《史傳》之後的理由,也就都清楚了;而《諸子》篇在"論文叙筆"中的定位問題,也獲得解決了。

作者固然可以選擇從事某種文體的創作,成爲詩人、賦家等,可以名垂後世,但劉勰認爲,撰寫子書更能令作者名垂不朽。這在《諸子》篇已有很清楚的表述:

> 太上立德,其次立言。百姓之群居,苦紛雜而莫顯;君子之處世,疾名德之不章。唯英才特達,則炳曜垂文,騰其姓氏,懸諸日月焉。(頁 662)
>
> 嗟夫,身與時舛,志共道申,標心於萬古之上,而送懷於千載之下,金石靡矣,聲其銷乎!(頁 662)
>
> 贊曰:丈夫處世,懷寶挺秀。辨雕萬物,智周宇宙。立德

何隱？含道必授。條流殊述，若有區囿。（頁 663）

紀昀評“身與時舛，志共道申”一節曰“隱然自寓”，[1]實得劉勰之用心。劉勰這立名不朽的看法，與他在《序志》篇中所述的抱負是一致的：

夫宇宙綿邈，黎獻紛雜，拔萃出類，智術而已。歲月飄忽，性靈不居，騰聲飛實，制作而已。夫肖貌天地，稟性五才，擬耳目於日月，方聲氣乎風雷，其超出萬物，亦已靈矣。形同草木之脆，名逾金石之堅，是以君子處世，樹德建言，豈好辯哉？不得已也！（頁 1903）

其實，劉勰正是用上述《諸子》篇“敷理以舉統”的觀念來撰寫《文心雕龍》的。《序志》云：

敷贊聖旨，莫若注經，而馬鄭諸儒，弘之已精，就有深解，未足立家。唯文章之用，實經典枝條，五禮資之以成(文)，六典因之致用，君臣所以炳煥，軍國所以昭明，詳其本源，莫非經典。（頁 1909）

這段文字不但與他徵聖宗經、一本於儒的思想相呼應，而且與曹丕《典論·論文》謂文章乃“經國之大業，不朽之盛事”一脉相通。劉勰自覺注經“未足立家”，要成一家之言以垂不朽，就必須另覓他途。而他選的，是論文。他相信自己的《文心雕龍》亦是“經典枝條”，可以經國。

劉勰認爲文章經國，不是虛文，而是實事，所以說五禮六典與君臣軍國皆因之致用。他在“叙筆”中所論的，都不是强調文學性的文體，而是當時的實用文。他甚至在《書記》篇中廣論多種實用文，並說：

---

① 見《紀曉嵐評注文心雕龍》，頁 163。

> 夫書記廣大，衣被事體，筆劄雜名，古今多品。是以總領黎庶，則有譜、籍、簿、録；醫歷星筮，則有方、術、占、式；申憲述兵，則有律、令、法、制；朝市徵信，則有符、契、券、疏；百官詢事，則有關、刺、解、牒；萬民達志，則有狀、列、辭、諺。並述理於心，著言於翰，雖藝文之末品，而政事之先務也。（頁942）

“雖藝文之末品，而政事之先務”一語正是致用的最佳注脚。《程器》曰：“安有丈夫學文，而不達於政事哉！”（頁1888）學文須達於政事，當然也是致用。

子書既是“述道言治，枝條五經”，當然也能致用。比觀以上所引《諸子》與《序志》，劉勰撰寫《文心雕龍》的苦心也就昭然若揭了。曹學佺（1574—1646）評《諸子》曰：“彦和以子自居，末《序志》内見之。”①可謂一語中的。譚獻（1830—1901）《復堂日記》曰：

> 彦和著書，自成一子，上篇廿五，昭晰群言，下篇廿五，發揮衆妙。並世則《詩品》讓能，後來則《史通》失雋。文苑之學，寡二少雙。立言宏恉，在於述聖宗經，所以群言就冶（治），衆妙朝宗者也。②

劉永濟也認爲：雖然歷代目録學家皆將《文心》列入詩文評類，“但彦和《序志》，則其自許將羽翼經典，於經注家外，别立一幟，專論文章，其意義殆已超出詩文評之上而成爲一家之言，與諸子著書之意相同矣”。劉勰《文心》一書，實以子書自許。③

據楊明照《增訂文心雕龍校注》附録《著録第一》可知，④《文心》的歸部頗複雜，除了集部之外，也有目録學家將《文心》列入子部，

① 轉引自黄霖：《文心雕龍彙評》（上海：上海古籍出版社，2005年），頁63。

② 見譚獻：《復堂日記》，徐德明、吴平主編：《清代學術筆記叢刊》（北京：學苑出版社，2005年），卷五，頁一二下。

③ 見劉永濟：《文心雕龍校釋》（北京：中華書局，2007年），附徵引文録《前言》，頁1。

④ 見楊明照：《增訂文心雕龍校注》（北京：中華書局，2000年），頁625—642。

例如《鳴野山房書目》《紅雨樓家藏書目》等。對於《文心》歸入子部的問題,已經有學者着手研究了。① 這都足以説明:劉勰以文爲子,視自己的《文心雕龍》爲一部子書。

六、結　　語

《諸子》篇在整個《文心雕龍》研究當中並不特别受注意,但值得思考的問題仍有不少。今天的文學史或文論史主要用文體論來解讀"論文敘筆",於是就遇到諸子是不是文體的疑問。其實文體論不足以包舉"論文敘筆"。這並不意味要否定用文體論來把握"論文敘筆",相反,用文體論來把握"論文敘筆",實有其無可取代的價值。不過,如果配合目録學的視角,就能把"論文敘筆"的涵義看得更清楚,至少可以看到《文心雕龍》的文體譜系有三個層次。

劉勰撰寫《諸子》篇,並置之於"敘筆"之中,除了"無韻"這個理由之外,還有更深厚的用意,就是勉勵後人撰寫子書。子書是專著,不是文體,與史書居於同一層次。諸文體可爲子書的撰述服務,二者是主從的關係。因此,《諸子》與《史傳》的層次要比其他十八篇"論文敘筆"要高。由於《史傳》有明確的經典源頭,而子書的内容太廣,又可與經異流,只能泛説是"枝條五經",所以《諸子》被編排在《史傳》之後,但二者仍居於"敘筆"的最前。

若從寫作態度而非文體修辭的操作層面看,《諸子》篇的"敷理以舉統"仍然清晰可見,《序志》中所提出的這個"論文敘筆"的撰寫原則仍適用於閲讀《諸子》篇。劉勰躬行實踐,本着《諸子》篇的"敷理以舉統"來撰述,以文爲子,以"無韻之筆"寫成五十篇理

① 例如彭玉平、梁穗雅:《明清目録中"〈文心雕龍〉子書説"考論》,《文獻》2003 年第 3 期,頁 188—196,199。

論,以“有韻之文”寫成五十首贊,終於完成了這部亦文亦子的《文心雕龍》。

《文心雕龍》多被收於集部,但其子書的性質又令有些學者把它歸入子部。清末民初學者姚華在《論文後編·目録上》云:“家之言私,其制非一,而皆總於諸子。諸子者,史之别派(記載古事佚聞,時出評論),集之先河(文筆並録)也。其辭常郛衆説,總爲論著。”①由子到集,就只有一步之遥。如果作者不自限於“述道言治,枝條五經”,而强調其個人的情志,可以選擇的文體一定更多,詩賦論説,無不可爲,後世的文集正是如此。

子、集之别,在於是否成一家之言,是否“述道言治,枝條五經”。自《隋書·經籍志》以還,《文心雕龍》多被歸入集部,然而,《文心雕龍》又確實成一家之言,難怪有學者視它爲一部子書。其實不獨《文心雕龍》爲然,就是一些唐宋名家的文集,究竟應否歸入集部,也曾引起過前人的思考。章學誠(1738—1801)在《校讎通義·宗劉第二》説:

> 漢魏六朝著述,略有專門之意,至唐宋詩文之集,則浩如煙海矣。今即世俗所謂唐宋大家之集論之:如韓愈之儒家,柳宗元之名家,蘇洵之兵家,蘇軾之縱横家,王安石之法家,皆以生平所得見於文字,旨無旁出,即古人之所以自成一子者也。其體既謂之集,自不得强列以諸子部次矣。因集部之目録而推論其要旨,以見古人所謂言有物而行有恒者,編於著録之下,則一切無實之華言,牽率之文集,亦可因是而治之,庶幾辨章學術之一端矣。②

① 見姚華:《論著甲》,《弗堂類稿》(臺北:文海出版社,1974年),頁164。
② 見章學誠:《校讎通義通解》(上海:上海古籍出版社,1987年),王重民通解,頁10。

類似的説法亦見於《陳東浦方伯詩序》。① 在章學誠的眼中,名家之集皆能自成一子,如此方有資格載入著録,從而與“無實”與“牽率”者區别開來。② 章學誠用辨章學術的眼光,看到名家之集,也是一子。後來劉師培的《論文雜記》就繼承了這個説法,並加以發揮。③ 但後世的文集未必都能成一家之言,因其内容之龐雜,更甚於子書。章學誠《文史通義·詩教上》就認爲“子史衰而文集之體盛”,並説:“經學不專家,而文集有經義;史學不專家,而文集有傳記;立言不專家,而文集有論辨。後世之文集,捨經義與傳記、論辨之三體,其餘莫非辭章之屬也。”④可見文集的性質甚爲複雜,並非都是純文學的結集。

文集有足以成一家之言者,亦有牽率無實及應酬者。集部如此龐雜,目録學家就有責任詳加條别。章學誠在《文史通義·文集》中感慨道:“有專家之學,而後有專門之書。”“自校讎失傳,而文集類書之學起,一篇之中,先自不勝其龐雜”,後之興者,更不足以窺古人之大體;而“《文心雕龍》,劉勰專門之書也,自《集賢書目》收爲總集”,子部之目就不能“得而分之”了。校讎之例混亂,“實由文

① 《陳東浦方伯詩序》云:“顧嘗從事校讎之業,略辨詩教源流,謂六經教衰,諸子争鳴,劉向條别,其流有九,至諸子衰而爲文集。後世史官不能繼劉向條辨文集流别,故文集濫焉。六義風衰,而騷賦變體,劉向條别,其流有五,則詩賦亦非一家已也。今推其意以校後世之文,如韓出儒家,柳出名家,蘇出兵家,王出法家,子瞻縱横,子固校讎。猶可推類以治其餘。”見《章學誠遺書》(北京:文物出版社影印嘉業堂本,1985 年),頁 110—111。

② 王重民認爲章學誠在此發揮了目録學的批評作用。見《校讎通義通解》,頁 10。

③ 劉師培《論文雜記》云:“六朝以前,‘文集’之名未立。及屬文之士日多,後之君子,欲觀其體勢,以見性靈,乃彙萃成編,顔曰‘文集’。且古人學術,各有專門,故發爲文章,亦復旨無旁出,成一家言,與諸子同。試即唐、宋之文言之:韓、李之文,正誼明道,排斥異端,歐、曾繼之,以文載道,儒家之文也。子厚之文,善言事物之情。出以形容之詞,而知人論世,復能探原立論,核覈刻深,名家之文也。明允之文,最喜論兵,謀深慮遠,排兀雄奇,兵家之文也。子瞻之文,以粲花之舌,運捭闔之詞,往復舒捲,一如意中所欲出,而屬詞比事,翻空易奇,縱横家之文也。介甫之文,侈言法制,因時制宜,而文辭奇峭,推闡入深,法家之文也。立言不朽,此之謂與?”見王水照:《歷代文話》(上海:復旦大學出版社,2007 年),頁 9496—9497。

④ 見章學誠:《文史通義校注》(北京:中華書局,1985 年),葉瑛校注,頁 61。

集難定專門，而似者可亂真也”。①

章學誠在《文史通義·詩話》中把《文心雕龍》與鍾嶸(468—518)的《詩品》相提並論，後人可以從中看到《文心雕龍》在他心目中的位置：

> 《詩品》之於論詩，視《文心雕龍》之於文，皆專門名家，勒爲成書之初祖。《文心》體大而慮周，《詩品》思深而意遠；蓋《文心》籠罩群言，而《詩品》深從六藝，溯流别也。論詩論文，而知溯流别，則可以探源經籍，而進窺天地之純，古人之大體矣。此意非後世詩話家流所能喻也。②

《文心雕龍》出入子集，正是它體大慮周的一個旁證。

（本文原載 2011 年 1 月《中國文化研究所學報》第五十二期）

① 見《文史通義校注》，頁 296—298。
② 見《文史通義校注》，頁 559。

宋詞詠物"摹神"説

詠物文學發展到宋詞,已經非常精巧。謝章鋌(1820—1903)《賭棋山莊詞話》卷九"詞貴清空"條曰:"宋人詠物,高者摹神,次者賦形,而題中有寄托,題外有感慨,雖詞實無愧於六義焉。"①把宋人詠物詞的成功之處作了極簡要的概括。

雖然後人都很欣賞詠物詞的形神兼備,離形得似,虚處傳神,但究竟何謂"神"? 學者也注意到六朝以還,詠物小賦"賦形寫神"手法對詠物詞有促進作用,②但何以離形可以得似,虚處可以傳神? 對此還可以再作討論。後人又嘆賞别有感慨與寄托的詠物詞,以爲有大異於徒事賦形之作。然而感慨寄托與物象之神又有何關係? 是否必須别有寄托才是最好的詠物詞? 對此也可以再加斟酌。本文擬就這些問題作一初步探討,以期對這些問題有比較清晰的認識。

---

① 見謝章鋌:《賭棋山莊詞話校注》(廈門:廈門大學出版社,2013年),劉榮平校注,頁199。

② 詞之賦化,詞學界討論已多,有學者也注意到詠物賦對詠物詞的影響,例如曹辛華《論唐宋詞與小賦之關係》一文第三節"詠物:由賦而詞的再生"即有討論。見《唐宋詩詞的文體觀照》(北京:中華書局,2011年),頁135—152。

一、傳神:宋以前詠物文學的形神思考與主體意識的呈現

詠物文學的描寫對象極廣,大至天地山川,小至纖塵毫芥,只要作者神思所及,都可以形諸筆下。既是詠物,就必須描寫物象,而作者下筆之處,不外"形""神"二端。形神之論相當複雜,從思想史的層面看,可追溯至《莊子》貴神賤形的身體觀,①以及劉邵(? —453)《人物志》的人物品鑒,②這些都是作者思考如何處理形神關係的哲學及文化基礎;不過,如果從文藝創作的層面看,直接影響唐宋詠物詩詞摹寫物象之神手法的,是南朝山水詩之"巧構形似"和晉宋畫家之"傳神論"。③

先看南朝詩人的"巧構形似"。劉勰(約 465—522)《文心雕龍·物色》謂:"及長卿(司馬相如,約前 179—前 127)之徒,詭勢瓌聲,模山範水,字必魚貫,所謂詩人麗則而約言,辭人麗淫而繁句也。"又曰:"自近代以來,文貴形似,窺情風景之上,鑽貌草木之中。吟詠所發,志惟深遠;體物爲妙,功在密附。故巧言切狀,如印之印泥,不加雕削,而曲寫毫芥。故能瞻言而見貌,印(即)字而知時

---

① 道家重視人的精神多於人的形軀,故《莊子》内七篇中有《養生主》一篇,闡釋"緣督以爲經"的養生之道,而所養者,就是精神。《在宥》有一則故事,記黄帝問廣成子治身長久之道,廣成子答曰:"无視无形,抱神以静,形將自正。必静必清,无勞女心,无摇女精,乃可以長生。目无所見,耳无所聞,心无所知,女神將守形,形乃長生。"(見王先謙:《莊子集解》〔與劉武《莊子集解内篇補正》合刊〕,北京:中華書局,1987 年,頁 94)可見重精神而輕形軀的身體觀,是莊子的應世之道。

② 劉邵《人物志》以"神"品評人物,所謂"神",多從人的氣質、個性及心理素質言。劉義慶(403—444)《世説新語》中也有不少人物品鑒的故事,亦以"神"品評人物,當中的"神",也是就人的氣質、個性及心理素質言。

③ 此外,還有辭賦體物瀏亮的鋪陳手法,對詞體發展和詞人詠物手法均有重要的促進與積極的影響。這已是詞學界的共識,已發表的研究成果不少,故本文不再作這方面的重複。

也。”①這是當時詩壇的情况。賦家體物瀏亮,其模山範水的描寫手法滲透到詩,就促成了山水詩“巧言切狀,如印之印泥”的風貌。謝靈運、顔延之(384—456)和鮑照(約451—470)就是“巧構形似”的元嘉三大家。② 及至齊梁宫體詩興起,詩人寫形圖貌的對象由人迹罕至的山川湖泊轉到宫闈繡閣中的美人與器物,描寫對象與審美趣味大異於山水詩,但詩人的着眼點仍是物象的形貌,“巧構形似”的手法只是從山水轉移到宫體而已,形似的寫實精神始終如一,③可以説,從物象的描寫看,南朝詩人所追求的,是形似。

與詩人相比,晉宋畫家所追求的已不限於形似,還追求傳神。這應該是受老莊思想及魏晉人物品鑒的影響所致。顧愷之(348—409)提出:“四體妍蚩,本無關妙處;傳神寫照,正在阿堵中。”④又曰:“凡生人無有手揖眼視而前無所對者,以形寫神而空其實對,荃生之用乖,傳神之趣失矣。空其實對則大失,對而不正則小失,不可不察也。一像之明昧,不若悟對之通神也。”⑤這就是顧愷之著名的傳神論。⑥ 謝赫(479—502)論古畫六法時,雖以“應物象形”爲六

① 見范文瀾:《文心雕龍注》(北京:人民文學出版社,1958年),下册,頁694。

② 鍾嶸《詩品》“上品”評謝靈運:“其源出於陳思,雜有景陽之體。故尚巧似,而逸蕩過之。”“中品”評顔延之:“其源出於陸機。故尚巧似。”評鮑照:“其源出於二張。善製形狀寫物之詞……然貴尚巧似,不避危仄,頗傷清雅之調。”見曹旭箋注:《詩品箋注》(北京:人民文學出版社,2009年),頁91、160、175。

③ 林文月先生在《宫體詩人的寫實精神》一文中指出:“事實上,接替山水詩而成爲當時詩歌主流的,正是詠物詩與宫體詩。但是,儘管由山水而詠物而宫體,詩人詠歌的題材對象有所改變,山水詩所開拓的那種‘巧構形似’的寫實精神却繼續保留下來,成爲這類詩的正統寫作態度。尤其在以描寫女性及男女感情爲主的宫體詩中,這個特色更屬明顯。”見《山水與古典》(臺北:三民書局,1996年),頁134。按:這裏的寫實,是指極力呈現物象的形貌特徵。

④ 見張彦遠:《歷代名畫記譯注》(上海:上海古籍出版社,2002年),繁岡村譯注,頁263。又見余嘉錫:《世説新語箋疏》(北京:中華書局,1983年)“巧藝第二十一”,頁849。

⑤ 見《歷代名畫記譯注》,頁289。

⑥ 顧愷之强調“神”,却不貶抑“形”,例如他在《畫論》中論到醉客圖,云:“作人形骨成而製衣服慢之,亦以助醉神耳。”(《歷代名畫記譯注》,頁267)可見形體的描繪實有助於寫神。這就是他所謂的“以形寫神”。顧愷之“以形寫神”的創作原則,對後世的畫家及詩人極具指導性。

法之一,但六法之中,却以“氣韻生動”爲先,①楊維楨(1296—1370)謂:“傳神者,氣韻生動是也。”②同是文藝創作,何以畫家比詩人走得更前? 楊鑄先生對此有很好的解釋:“作爲造型藝術的繪畫,是直接由‘形似’上升到‘神似’,所以在形神觀念的確立方面先行了一步;作爲抒情藝術的詩歌,則是先由‘言志’‘抒情’走向‘形似’,再達到‘神似’,故而在形神觀念的成熟方面略晚了一些。”他又認爲就描寫物象而言,繪畫理論與詩歌理論在貴“神”賤“形”的問題上產生了時間錯位,“這種錯位的深層根源在於繪畫與詩歌作爲不同藝術樣式的自身特徵差異。繪畫是借助線條和色彩的造型藝術,把握對象的外在形狀,是其基本功能之一。”③

到了唐代,詩人詠物已不僅做到形似,也做到傳神,而且有相應的詩學理論提出。就創作方面言,唐人已用到“體物語”和側筆烘托創作,以期詠物形神兼備,所以杜甫(712—770)既能寫出“竦身思狡兔,側目似愁胡”(《畫鷹》)的體物詩句,也能寫出《火》這種

---

① 謝赫《古畫品録》:“夫畫品者,蓋衆畫之優劣也。圖繪者,莫不明勸戒、著升沈,千載寂寥,披圖可鑒。雖畫有六法,罕能盡該。而自古及今,各善一節。六法者何? 一,氣韻生動是也;二,骨法用筆是也;三,應物象形是也;四,隨類賦彩是也;五,經營位置是也;六,傳移模寫是也。唯陸探微、衛協備該之矣。然迹有巧拙,藝無古今,謹依遠近,隨其品第,裁成序引。故此所述不廣其源,但傳出自神仙,莫之聞見也。”見《文淵閣四庫全書》,頁一上至下。

② 楊維楨《圖繪寶鑒序》:“故論畫之高下者,有傳形,有傳神。傳神者,氣韻生動是也。如畫猫者,張壁而絶鼠;大士者,渡海而減風;翊聖真武者,叩之而響應,寫人真者,即能奪其精神。若此者,豈非氣韻生動,機奪造化者乎?”見《文淵閣四庫全書》本《東維子集》,卷十一,頁十三上。

③ 見楊鑄:《中國古代藝術形神觀念研究》,《北京社會科學》1998 年第 3 期,頁 88、87。另外,過曉認爲,在中國繪畫史上,“神似”一詞的提出並以之與“形似”對舉,是清末民初以後的事,古人只用“傳神”這個概念;又謂畫家必須通過“形”,方能傳出物象的神,没有形,神無由傳出,所以“神似”不應拿來與“形似”對舉,而古人用“傳神”一詞是更準確的表述。見《論作爲中國傳統繪畫美學概念的‘似’》(上海:上海人民出版社,2011 年)“引言”及第一章“‘傳神’‘形似’與‘似’的概念形成”,頁 1—47。按:總體而言,特別在繪畫方面,古人確是好用“傳神”一詞,過曉的説法很值得注意,但是否到了清末民初之後才用“神似”一詞,似可再斟酌。康熙年間的賀裳曾在其《皺水軒詞筌》中稱許史達祖的《雙雙燕 · 詠燕》“幾于形神俱似矣”。然則至少在論詞方面,清人似乎已經有“神似”的想法。

“言用不言名”的作品。[①] 韓愈(768—824)五古《詠雪贈張籍》、鄭谷(約851—910)七絶《雪中偶題》與陸龜蒙(?—881)七絶《和襲美木蘭後池三詠・白蓮》等,都是用到側筆烘托的詠物名篇,亦足以啓示宋人。至於理論方面,遍照金剛(774—835)《文鏡秘府論》有“十體”之論,第一體就是“形似體”:“形似體者,謂貌其形而得其似,可以妙求,難以粗測者是。詩曰:‘風花無定影,露竹有餘清。’又云:‘映浦樹疑浮,入雲峰似減。’(如此即形似之體也。)”[②]雖專論形似,但也强調“可以妙求,難以粗測”,可見形似之外,尚有需要“妙求”之處,只是未指明是“神”。遍照金剛所舉的詩例,曰“有餘清”、曰“樹疑浮”、曰“峰似減”,都流露出創作主體的審美情趣,可見所謂“妙求”,還要有創作主體的積極參與。題王昌齡(約690—約756)《詩格》論物境曰:“欲爲山水詩,則張泉石雲峰之境,極麗絶秀者,神之於心,處身於境,視境於心,瑩然掌中,然後用思,了然境象,故得形似。”[③]既曰“神之於心”,則所謂的“形似”已不僅止於“巧言切狀”了,“神”在當中應發揮了一定的作用。《詩格》所説的“神”與“心”,就是詩人的主體意識。到了晚唐,司空圖(837—908)《二十四詩品・形容》正式提出“離形得似”:“絶佇靈素,少迴清真。如覓水影,如寫陽春。風雲變態,花草精神。海之波瀾,山之嶙峋。俱似大道,妙契同塵。離形得似,庶幾斯人。”[④]首句“絶佇靈素”强調了創作過程中的主體意識。至此,詩家詠物,不僅有“傳神”的詩作,而且有“傳神”的詩論了。

---

① 有關“言用不言名”這種手法的討論,見張高評:《白戰體與宋詩之創意造語:禁體物詠雪詩及其因難見巧》,《中國文化研究所學報》2009年第49期,頁173—212。

② 見遍照金剛:《文鏡秘府論校注》(北京:中國社會科學出版社,1983年),王利器校注,頁147。

③ 見《詩格》,張伯偉編:《全唐五代詩格校考》(西安:陝西人民教育出版社,1996年),頁149。

④ 見司空圖:《二十四詩品》,何文焕編:《歷代詩話》(北京:中華書局,1981年),上册,頁43。

從南朝山水詩到唐人詠物詩,是一個由"形似"到"傳神"的發展過程。張謙宜(1650—1733)《絸齋詩談》評杜甫詠物詩曰:"詠物諸作,皆以自己意思,體貼出物理情態,故題小而神全,局大而味長。"[①]詩論家早已看到,詩人詠物,必定用"自己意思"去"體貼出物理情態",方能"神全"。所謂"自己意思",就是主體的參與,換言之,由形似到神似,其實就是主體意識的加强;所謂物象的神,必定染有創作主體的色彩。

二、物象之神的兩層含意

"神"是一個很抽象的審美概念,大多數的研究都指"神"就是"精神"。這解釋固然不錯,不過仍是很抽象,以"精神"一詞作論述也很籠統。蘇軾在《傳神記》中說:

> 凡人意思各有所在,或在眉目,或在鼻口。虎頭云:"頰上加三毛,覺精采殊勝。"則此人意思蓋在鬚頰間也。優孟學孫叔敖抵掌談笑,至使人謂死者復生。此豈舉體皆似,亦得其意思所在而已。使畫者悟此理,則人人可以爲顧、陸。[②]

所謂"神",就是蘇軾所說的"意思"。

蘇軾認爲,人的"意思"或在眉目,或在鼻口,或在鬚頰,或在抵掌談笑間,而眉目、鼻口、鬚頰和抵掌談笑本身並不就是"意思",並不就是"神"。换言之,"神"只是藉眉目、鼻口、鬚頰和抵掌談笑顯現出來而已。蘇軾詠物不僅傳神,還引人深思,例如他的《卜算子》詠雁就是一首被認爲别有寄托而且傳神的詠物詞。然則,依照蘇

① 見張謙宜:《絸齋詩談》,郭紹虞編:《清詩話續編》(上海:上海古籍出版社,1983年),上册,頁834。

② 見蘇軾:《蘇軾文集》(北京:中華書局,1986年),第二册,頁401。

軾的論述與實踐,則所謂“神”,應有以下兩層含意:

1. 第一層含意:物象在五塵以外的特徵

人通過感官來認識外在的事物,即所謂視覺、聽覺、嗅覺、味覺、觸覺五感。而物象則以其形貌、聲音、氣味、味道、質感等五項本有的特徵示人。當中物象的形貌具體可見,而聲音、氣味、味道、質感等四者,雖不可見,却可以感知。此五者,借用佛家語説,就是五塵:色、聲、香、味、觸,都是人可以憑感官直接感知的。一切客觀的物象,不外乎可見者(如新月、梅影),可感者(如秋聲、龍涎香),可見可感者(如蓮花、蟬)三類,不管是哪一類物象,其示人者,都不離色、聲、香、味、觸,而物象之神的第一層意義,就是物象在五塵以外的特徵。

2. 第二層含意:象徵意義

第二層是指作者賦予給物象的象徵意義。這一層通常是作者由物象的某些特徵,或是由人們對物象的認識引申類比出來的,作者一般用比興的手法引出他要賦予給物象的象徵意義,並以人情作點染。

作者用作引申類比的物象特徵,有時候就是第一層的物象之神。也就是説,作者把象徵意義賦予給第一層的物象之神。這往往就是詞人的寄興所在,必定有主體所附加的色彩,所以詞人的主體意識與物象的神是同時呈現出來的。做到這一層,就會被認爲是寫出了該物象的“精神”。梅花就是個典型的例子。梅花開於冷冬,不與繁花共時,而且春至便凋謝。這些都不是梅花形貌上的特徵,而是它生長方面的特徵,也是人們對梅花的認識。梅花開時,香氣清淡細長,並不强烈刺鼻,若不留意細聞,就容易忽略。這是梅花在嗅覺上的特徵。後人把這些認識和特徵綜合起來,概括出梅花第一層的神:冷淡。不少詩家詞客以此特徵作引申類比,用以象徵人的自甘寂寞,與世無争的品格,陸游《卜算子》(驛外斷橋邊)

詠梅就是一首典型的具象徵意義的範例:梅是陸游自家“高格勁節”的品格象徵,也是他賦予梅的象徵意義。象徵意義的着墨之處,是梅樹所處的情景(“驛外斷橋”與“黄昏”“風雨”)、先春而開(“無意苦争春”)、不與繁花共時(“一任群芳妒”),以及春至便凋謝(“零落成泥碾作塵”)等特性,都是梅在色塵(形貌)以外的特徵,亦即人對梅花的認識,凡此皆藉由梅花的香氣(“只有香如故”)召唤出來。陸游正是借香以顯神。這個層次的神,既照應着物象本身,同時又具有象徵意義,達到了一語雙關的效果。

在文學史上,某些具有象徵意義的物象因爲經過歷代文人的一再使用而凝定成語言符號,具備了特定的文化及價值指向,其象徵用法也相當穩定,於是就能够引起讀者某些已成定型的聯想(association),[①]梅花、菊花、松、竹等物象,就這樣的語言符號,在中國文化裏,其象徵意義已廣爲人知,不易動摇。

陸游並非第一個以梅象徵高尚品格的作者,他只是運用既有的語言符號而已。這些語言符號本來就由歷代作者所創造,作者當然可以沿用既有的語言符號,但他同時也可以反過來豐富這些語言符號。物象之神無盡,只要作者觀察得到,把握得住,並以自己的思想感情與之作類比,即所謂的“契合”,然後筆之於書,就可以豐富這些語言符號了。例如在周敦頤(1017—1073)之前,詠蓮花之作甚多,陸龜蒙的《和襲美木蘭後池三詠·白蓮》也是傳神之作,但不曾用蓮花作君子的象徵;自周敦頤《愛蓮説》之後,“出淤泥而不染”就成了一種美好品格的比喻,而蓮花之象徵君子,亦爲後

① 葉嘉瑩先生根據洛特曼(I. M. Lotman)的“文化符碼”(cultural code)説及艾柯(Umberto Eco)的“顯微結構”(microstructure)説,指出詩歌的語言可以分兩種:第一種詩歌語言符號“在某種文化中被使用得多了以後,便會携帶有豐富的文化信息,從而引起説詩者對文化傳統方面某些已成定型的聯想”。第二種語言符號“並没有文化中某種定型的聯想關係,但却在語言符號的結構中包含了許多可以引發讀者之聯想的細緻而豐美的質素”。見《對常州詞派張惠言與周濟二家詞學的現代反思》,香港中文大學中國語言及文學系編:《中文學刊》1997 年第 1 期,頁 151—160。

世讀者所接受,就成了今天人所共知的語言符號了。可見作者在沿用既有的語言符號的同時,也可以自行創新,以豐富這些語言符號。

第一層含意的物象之"神",當然是經過作者的設計,至於第二層的"神",更是作者的寄興所在。因此可以説,摹神,不管是哪一個層次的神,其實都是創作主體意識的展現。

三、摹寫物象之神的四種書寫表現

以上討論了"神"的兩層意義,而在實際的寫作中,"神"有以下四種比較明顯的書寫表現:

1. 情景設置

物象的"神"一般只在某個特定的情景中才會展現出來,單從其色、聲、香、味、觸着眼,是看不到的。作者須在特定的情景中仔細觀察,方能把握得到這些特徵。其實,這些特徵本來就已經存在,一般常人也曾見過,却未必特别注意,又或者無法描述,一旦經作者拈出並加以描寫,讀者就有"正是如此"的讀後感。這是作者與讀者的共同經驗,也是詠物"離形得似"的前提。將物象設置在特定的情景中以突顯其神或者意思,前代畫家早已爲之。《世説新語・巧藝》云:

> 顧長康畫謝幼輿在巖石裏。人問其所以,顧曰:"謝云:'一丘一壑,自謂過之。'此子宜置丘壑中。"①

巖石是顧愷之虚擬出來的情景,用以突出謝幼輿超乎丘壑的神。顧愷之這種以情景作襯托的手法對後世詠物詩詞的創作應有

① 見《世説新語箋疏》,頁 848。

一定的啓發。其實,安排物象於某個特定的情景中,是作者有意識的設計,因此,在描寫的過程中,物象必定着有作者的主體色彩,所以讀者心中所呈現的,是經過作者設計的、理想化了的物象,而並非實物本身。

能够寫出物象色聲香味觸以外的特徵,就做到了詠物摹神的第一層含意。這一層是基本,作品做到這一層,已可達至"傳神"的效果。史達祖的《雙雙燕・詠燕》就是這個層次公認的佳作,"飄然快拂花梢,翠尾分開紅影"二句、"愛貼地争飛,競誇輕俊"二句,是體物語,但史達祖主要摹寫的不是燕子的形貌,而是用以形寫神的手法刻劃一雙燕子或飛或止時的形態。① 詞人以簾幕、舊巢、雕梁、花叢、芳徑、紅樓等幾個室内及室外的情景作襯托,由於這些情景在詞中急速地轉换,所以就能够襯托出燕子或飛或止時形態的俊巧迅捷。這俊巧迅捷的形態就是燕子形貌(色)以外的特徵,亦即是燕子的神。

應該注意到的是,作者在作品中極力摹神,却又不曾直接點破物象之神,而是把它藏在字裏行間,讓讀者自行體會。假如作者明言點破,描寫就變成了説明,因此,史達祖只是極力寫燕子或飛或止時的形態,却不曾點出"俊巧迅捷"四字,此四字是要讀者通過字面的描寫領會出來的。詩家詞人詠物摹神,並不會直接告訴(tell)讀者,而是用描寫示現(show)給讀者看。

面對具形貌的物象,詞人固然可以用以形寫神之法摹神,因爲神就附麗在物象之上,但如果詞人要遺貌取神,不着形貌一筆,則神將焉附?神之所附,仍是情景,神就在詞人的情景設置中透現出來,而非附麗於物象的形相之上。情景之重要,於斯可見。情景是一個視覺上的空間描寫,呈現在讀者眼前的,是一個畫面,詞人把

① "以形寫神"本是畫家繪畫人物的技法,此名由顧愷之提出。見《歷代名畫記譯注》,頁 289。

物象措置於其中,而又不作正面描寫,以期達到離形得似,虛處傳神的效果。因此,只要讀到冰天雪地裏(情景)傳來淡淡幽香,就知道作者寫的物象是梅花。從一個情景的描寫聯想到某一個物象,是閱讀古典詠物詩詞時很容易出現的讀者反應。因爲作者没有正面寫過梅花一筆,故能做到"不即"。不即其形,於是離形可以得似,前引陸游《卜算子》詠梅,還有蘇軾《卜算子》詠雁,就是範例。情景是物象之神透現的空間,對詠物詞的寫作十分重要,所以詞人經常用到這種手法。

2. 運用共同經驗與文化記憶

在作者筆下,物象之神又常與讀者的生活經驗及閱讀經驗相呼應。例如草間蟲鳴,若聯繫到捕捉蟋蟀的童年經驗,以及《詩·豳風·七月》已詠及蟋蟀、蟋蟀又名促織等書上知識,即知姜夔《齊天樂》"正思婦無眠,起尋機杼","豳詩漫與,笑籬落呼燈,世間兒女"諸句寫的正是蟋蟀,而不是其他昆蟲。這就是作者在詠物時徵引典故和前文本的原因。典故和前文本是作者給讀者的提示,提示讀者他所詠的物象爲何。因爲有生活經驗與典故和前文本作閱讀框架,所以即使姜夔没有正面寫過蟋蟀一筆,也能做到"不離"。其實,典故和前文本是作者和讀者共享的文化資源,是共同的文化記憶,所以即使作者約略輕提一下某個典故,讀者也可以立即會意。可見,離開了傳統文化,離開了共同的記憶,閱讀詠物詞就會有一定的困難。

3. 藉感官描寫以傳神

作者一般通過感官的描寫來呈現物象的神。從人的感官來把握物象的"神",以視覺可把握者最容易爲人所感知,因爲視覺可把握的"神"一般都附麗於物象的某個形相之上,所以作者往往用以形寫神之法作描寫。前引史達祖詠燕詞就是一例,又例如周邦彦《蘇幕遮》"葉上初陽乾宿雨。水面清圓,一一風荷舉",王國維《人間詞話》就認爲“此真能得荷之神理者”。① 周邦彦描寫的焦點不是荷花荷葉的形貌,而是一大片荷挺直於風中水上,徐徐擺動的形態。動詞“舉”字化静爲動,配合前面的主語“一一風荷”,於是荷就彷彿懂得主動挺直於風中水上;而“風”字作形容詞用,也是爲了加强動感,寫出了荷葉的隨風擺動。綜合而言,就是“摇曳生姿”,這形態才是荷花的“神”,只是因爲它附麗於荷莖荷葉之上,於是周邦彦就以形寫神,透過一大片的荷莖、荷葉與陣陣清風寫“荷之神理”,進而引動鄉思,最後“夢入芙蓉浦”。要之,就是以體物入,以摹神出。由周詞此例可見,寫静態之物,多用化静爲動之法,關鍵在選取恰當的動詞,有時也會用到擬人法。若寫動態之物,則更多地綜合運用動詞及擬人手法,史達祖詠燕詞“還相雕梁藻井,又軟語、商量不定”諸句就是很好的例子。

從描寫的角度看,詞人吟詠具形貌(色)的物象可以用以形寫神的手法,至於聲香味觸四者,既無形可賦,要摹寫其神就不容易了,於是詞人就會運用側筆烘托之法。例如王沂孫《掃花遊·秋聲》:

> 商飆乍發,漸淅淅初聞,蕭蕭還住。頓驚倦旅。背青燈弔影,起吟愁賦。斷續無憑,試立荒庭聽取。在何許。但落葉滿階,惟有高樹。　　迢遞歸夢阻。正老耳難禁,病懷凄楚。故山院宇。想邊鴻孤唳,砌蛩私語。數點相和,更著芭蕉細雨。避無處。這閑愁、夜深尤苦。②

王沂孫把風聲、落葉聲、蟬噪、雁鳴、蛩吟、雨打芭蕉等聲音,和青燈、人影、荒庭、落葉、高樹、芭蕉、細雨等意象,措置在一個秋夜逆

① 見王國維:《人間詞話》,唐圭璋編:《詞話叢編》(北京:中華書局,2005年),第5册,頁4247。

② 見唐圭璋:《全宋詞》(北京:中華書局,1965年),第5册,頁3360。按:本文引宋詞悉據此本,隨文注明册數及頁碼,不另出注,以省篇幅。

旅的情景中,通過聽覺和視覺來烘托秋聲的"神":無處可避的寂寞與悲涼。劉熙載(1813—1881)《詩概》云:"山之精神寫不出,以煙霞寫之;春之精神寫不出,以草樹寫之。"① 王沂孫此詞正可與劉説印證。

可見吟詠無形的物象,仍不免要用到感官描寫,仍要以色聲香味觸作中介,自身無形,於是借助其他物象的形貌來透現其神。《樂府補題》中詠龍涎香一題,正是用了借形顯神的手法。色聲香味觸既是中介,則有形者亦不一定非以形寫神不可,只要是有助於摹神的中介,作者都可以用。虞世南(558—638)詠蟬,有"居高聲自遠"之句,正是借聲顯神,而不是以形寫神,儘管蟬的形貌清晰可見。

4. 以人情點染

趙尊嶽(1898—1965)討論到詠物詞的寫作時,就鄭重指出以人情作點染的個中三昧:"詠物首貴對所詠之物,無限珍秘,無限憐惜,而所以抒此珍秘憐惜之情緒,或明寫、或暗寫,或工寫,或旁寫,均無成軌。惟於點題之處,亦即正寫之處,最易犯庸滯之弊。"② 如無庸滯之弊,則寫出來的應是一首佳作。因爲作者以人情點染物象的"神",導引物象之神,使之情感化、品格化、處境化,再配合相應的情景,並用語言符號與典故來調動讀者的生活經驗和閱讀經驗,藉以引導讀者向某個特定的方向聯想,所以物象就可以用作寄托或者人格的象徵。這就是作者在詠物時徵引典故的第二個原因。經過長期的習用,不少物象的象徵意義就穩定下來,成爲了人所共知的語言符號。雪中梅之所以象徵貞士,水中蓮之所以象徵君子,孤雁之所以象徵遷客,澗底松之所以象徵不遇之士,原因

① 見袁津琥:《藝概注稿》(北京:中華書局,2009 年),上册,頁 393。按:上引文後尚有"故詩無氣象,則精神無所寓也"二句。

② 見趙尊嶽:《填詞叢話》卷五,《詞學》(上海:華東師範大學出版社,1986 年),第五輯,頁 225。

在此。

上述有關"神"的兩層含義和四種書寫表現,是從前人的創作和評賞中歸納出來的一些閱讀經驗,綜合運用這些經驗來解讀詠物摹神之作,不但可以欣賞詞人的詞藝,而且可以進一步體味詞人的題外感慨,亦即詞人的主體意識。

四、情景設置:透現物象之"神"的空間,召喚前文本的語言符號——以幾首宋人詠白蓮詞爲例

物象之"神",一般都在特定的情景中透現出來,没有這個情景,物象就失去一個透現其神的空間。詩家詞人詠物,很多時候就是把題目、"神"、情景三者結合起來,構築起一個有待讀者參與的想象場域。作者一旦成功地把三者結合,寫出了爲後世讀者所接受的名篇佳作,則其中特定的情景設置,就好像典故那樣起了極重要的提示作用,成了一個語言符號,被視爲具有典型性,足可調動後世讀者的生活經驗及閱讀經驗,只要讀者再次讀到這個情景,即使作者對物象没有多少描寫,甚至不作正面的描寫,也會聯想到該物象及其象徵意義。林逋《山園小梅》的"疏影横斜"就是一例。這種聯想的定向是文化積累的結果。離形之所以得似,虛處之所以能够傳神,是因爲作者與讀者分享着同一個文化傳統。所以,如果讀者對中國傳統文化陌生,就很難了解情景的描寫與物象之間的關係,以及當中的象徵意義。

讀者是閱讀的主體,有一定的主動性,能按詞人所詠,從日常生活經驗或所讀典籍中把該物象提取出來,與詞人的描寫相印證,並發揮其想象力,填補詞人未曾言説的空白。讀者就在作者所設置的情景裏參與物象的描繪,在腦際心間重現該物象,揣摩及體味

其神,進而詮釋作者的題外感慨。讀者就在這情景裏與作者相遇,一起充實物象的神貌和文本的意義。如此看來,作者與讀者之所以能一起充實物象的神貌,情景的設置實在起了極關鍵的作用。在作者所設置的情景裏,即使物象没有正式出現,也一様可以肖似傳神。然而,詞學界對詠物詞情景設置的研究甚少,所以下文嘗試就此再作討論。

蘇軾對詠物摹神有極深刻的體會,其説足以啓迪後人,討論就從他對前人的評價着手。他曾教導其子蘇過(1072—1123)謂:

> 詩人有寫物之功。"桑之未落,其葉沃若。"他木殆不可以當此。林逋《梅花》詩云:"疏影横斜水清淺,暗香浮動月黄昏。"决非桃、李詩。皮日休《白蓮》詩云:"無情有恨何人見,月曉風清欲墮時。"决非紅蓮詩。此乃寫物之功。若石曼卿《紅梅》詩云:"認桃無緑葉,辨杏有青枝。"此至陋語,蓋村學中體也。元祐三年十二月六日,書付過。[①]

蘇軾在此舉了《詩經·衛風·氓》、林逋(967—1028)《山園小梅》、陸龜蒙《和襲美木蘭後池三詠·白蓮》、[②]石延年(992—1040)《紅梅》四例,藉以説明詩人的"寫物之功"。石詩把紅梅與桃、杏作了比較,却未寫出紅梅的特徵,更遑論其神,故被蘇軾評爲"陋語"。至於前三例無疑是前代的詠物名句。細加比較,這三例的描寫是不同的。《氓》以"沃若"形容桑葉,是體物語;林逋詩的"疏影横斜"與"暗香浮動"是側寫梅,"水清淺"與"月黄昏"是梅所在的情景,雖然梅仍有影可見,有香可聞,但已非梅花形貌的直接描寫,而是用梅影與梅香作側筆襯托,已不是純然的直接賦形了。林詩所寫的情景在後人的閲讀過程中已被固定成一個構圖:"水邊月下,樹影横

---

① 見蘇軾:《評詩人寫物》,《蘇軾文集》,第五册,頁 2143。

② 蘇軾誤作皮日休(生卒未詳),未知何故。

斜。”後世詠梅詩詞，只要用到這個構圖，哪怕是約略一提水邊橫枝，閱讀的經驗都會令讀者聯想起林逋詩，把林逋詩召喚出來，進而聯想到梅，所以詞人根本就不必提個“梅”字。至若陸龜蒙詩，詠物更是空靈。“月曉風清”是白蓮所在的情景，“無情有恨”是人情的點染，“何人見”即無人見，側面寫蓮之白，謂白蓮之飄搖欲墮正在凌晨時分，希望讀者能藉此自行想出：月光與白蓮二者一色俱白，且白蓮在凌晨欲墮，所以無人知見，於是生出“無情有恨”之嘆。“欲”字寫白蓮之將墮未墮，固然是煉字之佳例，但白蓮之墮無所謂“欲”與“不欲”，此“欲”者是詩人；一“欲”字，主體意識便呈現出來，若與上聯“素蘤多蒙别艷欺，此花端合在瑶池”合觀，讀者就可以隱約感覺到詩人應該别有寄意。“素蘤”與“别艷”對舉，一熱一冷，一濃一淡，就了然在目；而白蓮“端合在瑶池”，無疑是出塵脱俗了，統觀全詩，詩人的寄意是很清楚的：白蓮冷淡雅潔，才質甚美，可是寂寞無聞，空自萎落，令人惋惜。這就是所謂的“無情有恨”，即人世無情，白蓮有恨。當中不無自况的意味，而“冷淡雅潔”就是陸龜蒙賦予白蓮的象徵意義，亦是白蓮的“神”，蘇軾評曰“决非紅蓮詩”，是有深刻的體味的。值得注意的是，陸龜蒙只寫了一個“月曉風清”的情景，白蓮“無情有恨”的遭遇，就在此情景中發生。白蓮“冷淡雅潔”之神也在此情景中透現出來。詩人不曾寫過白蓮的花葉，略去了白蓮的色與香，連花影也没有，走得比林逋的詠梅更前，寫出了一首離形得似的詠物詩，而所似者，已不是植物學意義的白蓮，而是具有象徵意義的人文世界的白蓮。

陸龜蒙的白蓮詩廣受後人贊賞，“月曉風清”的構圖也因此成了一個新的語言符號，已可調動讀者的閱讀經驗。後人的創作與閱讀很多時候都會透過這個情景來召喚陸詩的文本，召喚其“無情有恨”的詩旨，而作者更會在這個情景中重現陸詩的白蓮之神，或者重塑白蓮之神，所以宋詞詠白蓮，不免會寫到這個情景設置。試

舉幾個例子略作説明。仲殊(與蘇軾同時,生卒未詳)《念奴嬌》:

水楓葉下,乍湖光清淺。凉生商素。西帝宸遊羅翠蓋,擁出三千宫女。絳綵嬌春,鉛華掩晝,占斷鴛鴦浦。歌聲摇曳,浣紗人在何處。　　別岸孤裊一枝,廣寒宫殿,冷落栖愁苦。雪豔冰肌羞淡泊,偷把胭脂匀注。媚臉籠霞,芳心泣露,不肯爲雲雨。金波影裏,爲誰長恁凝佇。(第 1 册,頁 547)

詞中“別岸孤裊一枝,廣寒宫殿,冷落栖愁苦”,“金波影裏,爲誰長恁凝佇”諸句,正是從“月曉風清”的情景化出,也是白蓮的所在。此詞上片詠滿湖紅蓮,寫來一片熱鬧;下片詠一朵白蓮,寫來冷淡凄清。上片熱,下片冷,以熱襯冷,結構甚是清晰,所寫的仍是陸龜蒙“無情有恨”的詩意。白蓮別岸,孤開一朵,不與三千紅蓮共處,自始植時已然,與白蓮的色香無關,詞人用以引申出“冷落栖愁苦”,“芳心泣露,不肯爲雲雨”,白蓮“冷淡雅潔”之神於此仍清晰可見。

吴潛(1195—1262)有和作《念奴嬌·詠白蓮用寶月韻》四首,其首和曰:

一般妙質,笑樂天、誇詫小蠻樊素。萬柄參差羅翠扇,全隊西方靚女。不假施朱,也非塗碧,所樂惟幽浦。神仙姑射,算來合共遊處。　　一任冶妓穠姬,采蓮歌裏,盡是相思苦。花氣荷馨清入骨,長傍銀河東注。月澹風輕,霧晞煙細,忽灑霏微雨。此時心事,美人澤畔停佇。(第 4 册,頁 2757—2758)

此詞以幽浦白蓮襯托滿懷心事的美人。美人停佇的澤畔,正是白蓮所在的情景:“花氣荷馨清入骨,長傍銀河東注。月澹風輕,霧晞煙細,忽灑霏微雨。”這是“月曉風清”的賦化書寫。不過,吴潛不但没有像仲殊那樣重復陸龜蒙的詩旨與意境,而且進一步重塑白蓮之神。詞中的白蓮“神仙姑射,算來合共遊處”“花氣荷馨清入骨,長傍銀河東注”,一派不食人間煙火的風度。吴潛在此所召唤的是陸龜蒙“此花端合在瑶池”的詩意,是對前文本的挪用與拓展,於是白蓮之神就由“冷淡雅潔”提升爲“絶俗忘情”;而詞旨也是從陸龜蒙“無情有恨”的詩旨發展而來,但不是重復,現在,無情的是白蓮,有恨的是美人。再看第三和:

> 白蘋影裏,向何人可話,平生心素。月魄冰魂凝結就,猶薄湘妃洛女。吴沼芙蓉,陳陂菡萏,散入玄珠浦。采花蜂蝶,霧深都忘歸去。　　堪笑並蒂霞冠,雙頭酡臉,只爲多情苦。空遣隔江遊冶子,撩亂心飛目注。同出泥塗,獨標玉質,不是曼陀雨。風清露冷,有人長自遲佇。(第4册,頁2758)

詞中“風清露冷,有人長自遲佇”句,就如首和一樣都是從“月曉風清”的情景化出,而寫得較簡略。此詞起句即從白蓮的精神着筆,略去花葉的形貌,只寫其“月魄冰魂”,心素無人可訴,並以“只爲多情苦”的紅蓮和“心飛目注”的“遊冶子”襯托其“獨標玉質”,足以令人“長自遲佇”。白蓮在“風清露冷”的情景中展示其“不是曼陀雨”的“玉質”,其“笑”紅蓮之“多情苦”,似是爲了啓導人心;而呈現出來的白蓮之神,仍是那樣的“絶俗忘情”。至於詞旨,就如首和那樣,無情的是白蓮,有恨的是人,這從“不是曼陀雨”一句即可看到。第三和的詞旨比首和走得更遠,警世的意味更明顯。

再看周密(1232—1298)的《緑蓋舞風輕·白蓮賦》:

> 玉立照新妝,翠蓋亭亭,凌波步秋綺。真色生香,明璫摇淡月,舞袖斜倚。耿耿芳心,奈千縷、情絲縈繫。恨開遲、不嫁東風,顰怨嬌蕊。　　花底謾卜幽期,素手采珠房,粉艶初退。雨濕鉛腮,碧雲深、暗聚軟綃清淚。訪藕尋蓮,楚江遠、相思誰寄。櫂歌回,衣露滿身花氣。(第5册,頁3274)

上片的"真色生香,明璫摇淡月,舞袖斜倚"諸句很明顯也是從"月曉風清"化出。周密借"恨開遲"的白蓮寫"謾卜幽期"的采蓮女,是傳統婉約詞的題材,其中"楚江遠、相思誰寄"句更是《涉江采芙蓉》的文本映照:"涉江采芙蓉,蘭澤多芳草。采之欲遺誰,所思在遠道。"蓮花本是夏秋落,但詞中的白蓮竟是秋至才開,花期有誤,"開遲"了,這異於尋常的情況是這朵獨特白蓮的特徵,因此周密就爲這朵特别的白蓮别賦其神:因失時而滿懷恨怨;而且"不嫁東風"又順理成章地把"無情有恨"的主題收窄爲相思之恨。周密反用賀鑄(1052—1125)《踏莎行》詠紅蓮"當年不肯嫁春風,無端却被秋風誤"的詞意,而頗有《召南·摽有梅》的意味。結果,在這"真色生香,明璫摇淡月,舞袖斜倚"的情景裏,采蓮女與白蓮俱恨。

當然,詠白蓮不一定要寫"無情有恨"的主題,也不一定要摹寫白蓮之神。南渡詞人盧炳(生卒未詳)《念奴嬌·白蓮呈羅教、黄法》三首,寫的是豪氣之作,吴潛和作的第二、第四兩和寫的是對人生的思考,劉克莊(1187—1269)《風流子·白蓮》寫的只是"國豔天然",都不是"無情有恨"的主題,賦形而已,没有摹寫其神,白蓮在這些詞作中,只是抒情寫懷的觸媒,或是鑒賞的對象。[①] 謝章鋌所説的"次者賦形",大概就是指這類詞作。不過,如果要摹寫白蓮之神,似乎不可以繞過陸龜蒙。從上引仲殊等詞人之作可見,陸詩是被召唤的前文本,不管是重述詩旨,還是對之改寫,抑或挪用拓展,甚至另立新意,是承用還是挑戰,都多少看到陸詩的影子。最值得注意的是,陸詩"月曉風清"的情景設置,詩人的主體意識、要表達的詩旨,和物象之神,都在這情景之中呈現出來。

如果把前引宋人的白蓮詞和詠梅詩、詠梅詞合觀,可以窺見情

---

① 盧炳《念奴嬌·白蓮呈羅教、黄法》三首見《全宋詞》第3册,頁2164—2165;吴潛《念奴嬌·詠白蓮用寶月韻》第二、第四見《全宋詞》,頁2758;劉克莊《風流子·白蓮》見《全宋詞》,頁2623。

景設置在詠物詞中的功能：

1. 作爲作者與讀者共享的語言符號。作者與讀者都透過它召喚前文本。作者以之作爲創作時的參照，提示讀者他所詠物象爲何，所以不必正面描寫該物象，亦可達到離形得似、虛處傳神的效果；讀者則透過它重現物象，以更早的文本與面前之作參讀，進而體察物象之神，詮釋作者的題外感慨。宋詞詠白蓮之作，當推《樂府補題》中九家宋遺民的十首《水龍吟·浮翠山房賦白蓮》最負盛名，這十首詞當然也用到"月曉風清"的情景設置，後世讀者從中品鑒白蓮之神，同時細味詞人的黍離之悲與身世之感。

2. 作爲透現物象之"神"的空間。詞人在這空間裏賦形摹神，並邀請讀者進入這個空間填補他未曾言説的空白。詞人與讀者兩個主體在同一個空間裏對話，他們的話題圍繞該物象及其"神"，有時還有詞人的題外感慨。詞人詠物，難免要參考前人，但不見得必定要囿於前人。不管物象來自自然世界還是人文世界，只要把它放回本來所處的環境再加觀察，一樣可以發現物象之神的另一面，並寫出一個新的情景來。其實，白居易(772—846)和劉禹錫(772—842)早在陸龜蒙之前就已寫過白蓮詩，陸龜蒙的詩友皮日休也寫過白蓮詩，但陸龜蒙却能另辟蹊徑，擺脱前文本的影子，創造出"月曉風清"情景，也創造出新的語言符號。在散文的創作中，周敦頤《愛蓮説》也擺脱了前人的詠蓮之作，成了另一個成功例子。

摹神的手法雖多，但大致可歸爲以形寫神和側筆烘托兩大類，情景的設置就是側筆烘托的一種，其特點是，即使詞人不作正面描寫，也能呼喚出該物象，只要讀者再加以想象，就不難生出"正是如此"之感。接受美學家常謂文學作品的意義生成必須有讀者的參與，詠物詩詞就是此説的體現。宋人對詠物有精闢的討論，特别是經過歐陽修(1007—1072)與蘇軾禁體物語理論的提出與實踐之後,[①]側筆摹神已成了宋人詠物的慣技。當詞人綜合運用賦形與摹神的技法,其筆下的物象就能形神兼備了,章楶(127—1102)《水龍吟》詠楊花、史達祖《雙雙燕》詠燕、王沂孫《掃花遊・秋聲》、《眉嫵・新月》、張炎(1248—1320)《南浦・春水》、《解連環・孤雁》等,就是詞人綜合運用賦形與摹神寫成的詠物名篇。

五、摹神、主體意識與詠物寄托
——從張鎡與姜夔的詠蟋蟀唱和説起

摹神同時也就是呈現主體意識,謝章鋌贊賞宋人詠物詞“無愧於六義”,是因爲“高者摹神”,而且“題中有寄托,題外有感慨”。所謂寄托與感慨,其實就是詞人的主體意識。以下試以張鎡(1153—1235)的《滿庭芳・促織兒》和姜夔的《齊天樂》詠蟋蟀引入,綜合運用神的兩層含義和四種書寫表現,探討詞人如何詠物摹神,如何呈現主體意識,如何書寫題外感慨。先看張鎡的《滿庭芳・促織兒》:

> 月洗高梧,露溥幽草,寶釵樓外秋深。土花沿翠,螢火墜墻陰。静聽寒聲斷續,微韻轉、凄咽悲沉。争求侶,殷勤勸織,促破曉機心。　兒時,曾記得,呼燈灌穴,斂步隨音。任滿身花影,猶自追尋。携向華堂戲鬭,亭臺小、籠巧妝金。今休説,從渠床下,凉夜伴孤吟。(第 3 册,頁 2134)

題目“促織兒”,即是蟋蟀,沈雄(清初人,生卒未詳)《古今詞話》評

---

① 程千帆先生、張宏生先生和張高評先生對禁體物語有詳細的探討,可參。見程千帆、張宏生:《火與雪:從體物到禁體物——論白戰體及杜、韓對它的先導作用》,程千帆、莫礪鋒、張宏生著:《被開拓的詩世界》(上海:上海古籍出版社,1990 年),頁 94;又見張高評:《白戰體與宋詩之創意造語:禁體物詠雪詩及其因難見巧》。

此詞是“詠物之入神者”。[1] 張鎡没有正面描寫蟋蟀的形貌,而是把握蟋蟀的斷續鳴叫,並從不同人物的角度作襯托。蟋蟀的鳴叫就是蟋蟀的神之所在,而蟋蟀鳴叫所傳來的秋夜哀愁,也是詞人賦予給蟋蟀的象徵意義。張鎡借聲顯神,秋夜哀愁正是透過蟋蟀的鳴叫與秋夜情景呈現出來的。

把蟋蟀的鳴叫與秋夜和哀愁結合在一起,實來自宋玉《九辯》這個前文本“獨申旦而不寐兮,哀蟋蟀之宵征”“淡容與而獨倚兮,蟋蟀鳴此西堂。心怵惕而震蕩兮,何所憂之多方”[2]。於是,張鎡就把蟋蟀放置在夜月草間的情景裏。這是一個典型的秋夜情景,來自《九辯》的語言符號,而蟋蟀之神也在此夜月草間呈現。如此,題目、“神”、情景三者在此構築了一個想像界域。“静聽寒聲”一韻和煞拍,是張鎡極力以人情作點染之處。他又運用了兒童捕捉蟋蟀的生活經驗,以及“促織”、《豳風・七月》“十月蟋蟀入我床下”的典故,既是爲了照應題目,也是要提示讀者他所詠的是蟋蟀。其中“呼燈灌穴,斂步隨音。任滿身花影,猶自追尋”幾句寫兒童捕蟋蟀,寫得非常生動,躍然紙上,但其描寫重點不在兒童,而在蟋蟀的鳴叫。張鎡這裏用的就是以體物入,以摹神出的烘托手法,希望讀者能通過這個描寫憶起自己兒時也曾捕過蟋蟀,也曾聽過蟋蟀的叫聲。讀者依着詞人的提示與描寫,帶着自己的既有經驗,馳騁於這個想象界域之中,於是從題目和典故得知詞人詠的是蟋蟀,並在腦際心間涌現出幾個畫面:秋月下的斷垣草間、婦人在夜中織作、兒童在草間捕蟋蟀、在堂上鬥蟋蟀、年邁的詞人在卧聽蟋蟀。串連起題目和這些畫面的,是蟋蟀的斷續之聲,而背後則是詞人的巧思安排,亦即主體創作意識的流露。下片煞拍抒情,將蟋蟀與自己綰合,更是主體意識的直接呈現。結果,讀者不曾看見蟋蟀,却聽到

① 見沈雄:《古今詞話・詞評上》,唐圭璋編:《詞話叢編》,頁 999。
② 見洪興祖:《楚辭補注》(北京:中華書局,2002 年修訂本),頁 184,187。

蟋蟀,進而體味張鎡在此抒發的是一種年邁力衰、空虛孤寂的哀愁,亦即《九辯》"獨申旦而不寐兮,哀蟋蟀之宵征""心怵惕而震蕩兮,何所憂之多方"的命意。回過頭來,讀者就明白,這斷續之聲果然是蟋蟀的神之所在。張鎡刻鏤無形,殊不容易,沈雄以"入神"譽之,並不爲過。

張鎡《滿庭芳》摹神與抒情俱臻絶詣,其命意雖然源於《九辯》,是一首騷雅之作,主體意識也甚是清晰,但當中别無寄托;摹神並有所寄托的,是姜夔的《齊天樂》詠蟋蟀:

> 黄鍾宫。丙辰歲,與張功父會飲張達可之堂,聞屋壁間蟋蟀有聲,功父約予同賦,以授歌者。功父先成,辭甚美。予徘徊茉莉花間,仰見秋月,頓起幽思,尋亦得此。蟋蟀,中都呼爲促織,善鬭。好事者或以三二十萬錢致一枚,鏤象齒爲樓觀以貯之。
>
> 庾郎先自吟愁賦。凄凄更聞私語。露濕銅鋪,苔侵石井,都是曾聽伊處。哀音似訴。正思婦無眠,起尋機杼。曲曲屏山,夜凉獨自甚情緒。　　西窗又吹暗雨。爲誰頻斷續,相和砧杵。候館迎秋,離宫弔月,别有傷心無數。豳詩漫與。笑籬落呼燈,世間兒女。寫入琴絲,一聲聲更苦。宣政間有士大夫製蟋蟀吟。(第3册,頁2176)

從詞序可知,此詞與張鎡《滿庭芳》是同題共賦之作,寄調不同而已。姜詞一樣寫蟋蟀的鳴叫,一樣把蟋蟀放置在月下草間,一樣寫思婦夜織,一樣寫兒童捕蟋蟀,可見二詞在取材及構思上有相同之處。姜夔要寫出佳作,就要别出新意。他自言"頓起幽思",可知此詞是有感而發的,主體意識也在此呈現。姜夔從人情點染起調,極寫聽蟋蟀者的感受,即"候館迎秋"的遷客,"離宫弔月"的帝王,並且推進一層,想象他們曾經夜聽蟋蟀,亦"别有傷心無數",這是虚寫的筆法。最後自注"宣政間有士大夫製蟋蟀吟"的典故,並以無知的"世間兒女"作反襯,突出傷心人别有懷抱。這是姜夔别出新意之處,亦是他的寄托所在,其主體意識就更明顯了。許昂霄(康雍年間人,生卒未詳)《詞綜偶評》曰:“將蟋蟀與聽蟋蟀者,層層夾寫,如環無端,真化工之筆也。候館吟秋三句音響一何悲。笑籬落呼燈二句高絶。”①夏承燾先生更指出:“他(姜夔)在詞中用六種聲音,即吟聲、私語聲、機杼聲、雨聲、砧杵聲、琴聲來描繪和襯托蟋蟀的鳴聲,這六種聲音,都帶哀愁的色彩。只有小兒女‘籬落呼燈’兩句,是用歡樂來反襯愁苦的。‘候館迎秋,離宫弔月,别有傷心無數’三句,當是念二帝北行。鄭文焯所謂‘下闋寄托遥深’者,也許是指此三句而言。聯繫白石自注數語,其用意就更明顯。政和、宣和,是汴京陷落前的徽宗年號。而白石所見鬥蟋蟀的年代,南宋政局已經是日薄西山,摇摇欲墜了。白石此詞在‘愁’字背後,隱約含蓄地透露出興亡之感,這就是這首詞的寄托吧!”②姜夔正是以人情點染蟋蟀的“神”,使之與不同的人物處境化,並用語言符號與典故來調動讀者的生活經驗及閲讀經驗,藉以引導讀者向“黍離之悲”這個方向聯想,寫成了這首“題中有寄托,題外有感慨”的詠物名作。如此看來,姜夔此詞就是第二層的摹神之作。

張、姜詠蟋蟀,極力以人情點染,就如趙尊嶽所説的“對所詠之物,無限珍秘,無限憐惜”,然後藉以抒情。這種物我交感互動的心理過程,劉勰《物色》早已論及:“物色之動,心亦摇焉”,“情以物遷,辭以情發。一葉且或迎意,蟲聲有足引心”。③ 張、姜之詠蟋蟀,無疑就是“蟲聲有足引心”了。比較劉、趙之説,不難看到二家的分别:劉勰指出物之感人,似乎作者是先被外物所牽引的;趙尊嶽則强調作者主動地珍視憐惜外物。然則在詠物的過程中,物象與主

① 見許昂霄:《詞綜偶評》,唐圭璋編:《詞話叢編》,頁1558。

② 見夏承燾、吴无聞:《姜白石詞校注》(廣州:廣東人民出版社,1983年),頁115。

③ 見《文心雕龍注》,下册,頁693。鍾嶸《詩品・序》亦有類似的説法:“氣之動物,物之感人,故摇蕩性情,形諸舞詠。”見曹旭箋注:《詩品箋注》,頁1。

體的互動關係如何?《物色·贊》説:“情往似贈,興來如答”。[①] 主體與外物是雙向互動的。主體的感情固然由物象引發,姜夔在詞序中説的“頓起幽思”,就是主體感物而動的自然流露。不過,主體還須先有該種情積存於心,外物才可能有所引發。生活際遇令詞人醖釀出某種感情,外物一旦與之興會,便可以引出這種感情來,姜夔“宣政間有士大夫製蟋蟀吟”的自注,正透露了個中消息:姜夔對靖康之耻本來就早有感觸,所以月下花間與蟋蟀的鳴叫才有可能令他“頓起幽思”。物象有多個特徵,詞人察看是物象的哪個特徵使他動情,然後選取之,體味之,這就是趙尊嶽所説的對所詠之物的“珍秘”與“憐惜”。這個選取與體味並藉以抒情的過程,就是主體意識的彰顯。因此,詠物摹神,必定有主體的參與,有主體的色彩。張鎡有感於蟋蟀的鳴叫,又從《七月》和《九辯》那裏得到啓發,故結句曰“從渠床下,凉夜伴孤吟”,此中没有甚麽深厚寄托,寫的也只是他年邁寂寞之情,但流露的無疑是他的主體意識。張鎡一生富貴豪華,他在詞中流露的主體意識自然有異於江湖清客的姜夔:“年邁力衰,孤獨寂寞,雖富貴又如何?”儘管張、姜二家的主體意識有别,二家都同樣寫出了蟋蟀之神:清秋月夜裏的一片哀愁。

如果只看姜夔的詠蟋蟀詞,很容易令讀者以爲摹神所流露的主體意識,必然是詞人的言外之意,甚或是别有寄托,但如果兼看張鎡之作,讀者就會了解到,主體意識所包含的範圍應該更廣,並不只限於言外之意或者寄托。周邦彦《蘇幕遮》“葉上初陽”之詠荷諸句、章楶與蘇軾之《水龍吟》詠楊花唱和,是公認的傳神之作,但當中别無言外之意。然則他們的主體意識又是甚麽?他們的主體意識是“我能”:“我能直取其神,且能引而導之;我能交感其神,更能見諸文字。”後人之所以認爲蘇軾詠楊花比章楶更優勝,是因爲

① 見《文心雕龍注》,下册,頁695。

在摹神方面而言,蘇軾比章楶更“能”。試略加析述。章詞唱曰:

燕忙鶯懶芳殘,正堤上、柳花飄墜。輕飛點畫青林,誰道全無才思。閒趁遊絲,靜臨深院,日長門閉。傍珠簾散漫,垂垂欲下,依前被、風扶起。　　蘭帳玉人睡覺,怪春衣、雪霑瓊綴。繡床旋滿,香毬無數,才圓却碎。時見蜂兒,仰粘輕粉,魚吞池水。望章臺路杳,金鞍遊蕩,有盈盈淚。(第 1 册,頁 213—214)

蘇詞和曰:

似花還似非花,也無人惜從教墜。抛家傍路,思量却是,無情有思。縈損柔腸,困酣嬌眼,欲開還閉。夢隨風萬里,尋郎去處,又還被、鶯呼起。　　不恨此花飛盡,恨西園、落紅難綴。曉來雨過,遺蹤何在?一池萍碎。春色三分,二分塵土,一分流水。細看來,不是楊花點點,是離人淚。(第 1 册,頁 277)

王國維《人間詞話》評蘇軾“和韻而似原唱,章質夫詞,原唱而似和韻”。① 但其實章詞也很工緻。俞陛雲(1868—1950)認爲“此詞雖不及東坡和作,而‘珠簾’四句、‘繡床’三句賦本題極體物瀏亮,若無名作在前,斯爲佳製”。② 俞評比較肯定章詞的價值。③ 正如俞陛雲所言,“珠簾”四句和“繡床”三句寫得極生動,但是否僅止於“體物瀏亮”? 周邦彦《蘇幕遮》:“葉上初陽”諸句,王國維《人間詞話》

① 見《人間詞話》,《詞話叢編》,頁 4247。

② 見俞陛雲:《唐五代兩宋詞選釋》(臺北:文史哲出版社,1988 年),頁 172。

③ 魏慶之(南宋人,生卒未詳)曾爲章詞抱不平:“章質夫詠楊花詞,東坡和之。晁叔用以爲‘東坡如毛嬙西施,淨洗却面,與天下婦人鬥好,質夫豈可比,是則然矣’。余以爲質夫詞中,所謂‘傍珠簾散漫,垂垂欲下,依前被、風扶起’,亦可謂曲盡楊花妙處。東坡所和雖高,恐未能及。詩人議論不公如此耳。”見魏慶之:《詩人玉屑》(北京:中華書局,2007 年),頁 685。

評“此真能得荷之神理者”。[1] 章詞詠楊花,實不下於周詞詠荷,都一樣的生動傳神,不僅是“體物瀏亮”而已,只是後人用以比較的是蘇詞而非周詞,於是難免有高下軒輊之論。

就摹神的角度來看,章、蘇二詞確有高下之別。章詞以形寫神,並成功地點出了楊花的神:“輕盈飄渺”。蘇詞則遺貌取神,而且另辟蹊徑,由此(楊花)及彼(思婦),走得比章詞更遠,把楊花與思婦合寫,實踐其“賦詩必此詩,定非知詩人”的詠物原則。[2] 章詞只點出神,而蘇詞則極寫此神,並以人情作點染,寫閨人的遐思夢想有類楊花的輕盈飄渺,可以隨風萬里,無遠弗届,但實際正好相反,是以楊花類比閨人的遐思夢想。蘇詞將“輕盈飄渺”提升至“無遠弗届”。如此看來,章詞固不僅止於“體物瀏亮”,但蘇詞確是比章詞更能傳神。蘇詞之所以被認爲傳神,是因爲蘇軾從虛處着筆,設想一個閨人作類比,以極寫楊花的神,所以説,在摹神方面言,蘇軾比章楶更“能”。此外,後人較少注意的是,讀者在讀蘇詞之前,其實已先有章詞的描寫作閱讀的“前理解”,對楊花的形與神已有一定的把握,蘇軾正是利用此“前理解”,以章詞的描寫作起點,在章楶的未盡處着力,撇開楊花的形貌,直取其神,所以就能做到離形得似。

“我能”不僅是逞能而已,更是主體主動性的表現。章、蘇之詠楊花,周邦彦之詠荷,或者張鎡之詠蟋蟀,所展示的,都是摹神的第一層含義,即把握住物象色、聲、香、味、觸以外的特徵,並加以描寫。如果詞人摹神的同時又將物象之神導引至自己的生活遭遇,則主體意識就會與之交融,這時詞人所寫的,已是摹神的第二層含意,即摹神同時流露言外之意,蘇軾詠雁、陸游詠梅、姜夔詠蟋蟀、

---

① 見《人間詞話》,《詞話叢編》,頁 4247。

② 《書鄢陵王主簿所畫折枝二首》其一,見馮應榴輯注:《蘇軾詩集合注》,頁 1436—1437。

王沂孫詠蟬、張炎詠孤雁等,都是典型的例子。至此已不難看到詠物摹神與主體意識的關係:摹神既是描寫物象,又是展現主體意識;從物象的一方言,摹神是寫出其五塵以外的特徵;從作者的一方言,摹神是展現其主體意識。至於主體意識的呈現,首先是"我能",然後才是言外之意或者寄托。

張、姜之詠蟋蟀固然是"蟲聲有足引心"之作,而唐人更早有範例。施補華(1835—1890)《峴傭說詩》曰:"《三百篇》比興爲多,唐人猶得此意。同一詠蟬,虞世南'居高聲自遠,端不藉秋風',是清華人語;駱賓王'露重飛難進,風多響易沈',是患難人語;李商隱'本以高難飽,徒勞恨費聲',是牢騷人語。比興不同如此。"①鳴噪也是蟬在"聲"方面的特徵,詩人以之寫蟬之神,就是藉聲顯神。三位詩人在不同程度上刻劃了蟬的神:清。不過,虞、駱、李三家際遇不同,情感各異,正因爲主體不同,筆下的蟬就各具面貌,所以比興之用亦隨之不同。蟬之神是清,駱賓王以之喻自己的清高與清苦;虞世南以之喻清華;李商隱以之寫清高、清苦與清貧。唐詩詠蟬,與宋詞詠蟋蟀,體裁各異,但同樣都是藉摹神以顯主體。宋人的詠蟬詞,當以《樂府補題》的八家十首《齊天樂》最爲後人所賞,八家也寫蟬噪,但已非牢騷人語,亦非患難人語,更不可能是清華人語,八家所寫的,是亡國人語。主體不同,物之神貌亦隨之不同。

六、寄托之有無的評價問題

清代常州詞派好以寄托論詞,所以特別欣賞寄托遥深的詠物詞。常州派詞學觀影響深遠,致使今人評價詠物詞大都講求詞中

---

① 見丁福保:《清詩話》(上海:上海古籍出版社,1963 年),下册,頁 974。

的寄托。以下再以張鎡和姜夔詠蟋蟀詞爲例,略論詠物詞寄托之有無的評價問題。

張、姜二家同賦蟋蟀,同樣流露主體意識,同樣抒發感慨,但張詞無寄托,而姜詞有寄托,然則二詞可有高下之分?有寄托的詠物詞一般都會得到詞論家的贊賞,謝章鋌《賭棋山莊詞話》曰:“詠物詞雖不作可也,别有寄托如東坡之詠雁,獨寫哀怨如白石之詠蟋蟀,斯最善矣。至如史邦卿之詠燕,劉龍洲之詠指足,縱工摹繪,已落言詮。”①所謂“獨寫哀怨”,實與“别有寄托”互文見義。不過,在另一些詞論家眼中,没有寄托的詠物詞的價值也未必低,賀裳就認爲張詞比姜詞更勝:

> 稗史稱韓幹畫馬,人入其齋,見幹身作馬形,凝思之極,理或然也。作詩文亦必如此始工。如史邦卿詠燕,幾於形神俱似矣。次則姜白石詠蟋蟀:“露濕銅鋪,苔侵石井,都是曾聽伊處。哀音似訴。正思婦無眠,起尋機杼。”又云:“西窗又吹暗雨。爲誰頻斷續,相和砧杵。”數語刻劃亦工。蟋蟀無可言,而言聽蟋蟀者,正姚鉉所謂賦水不當僅言水,而言水之前後左右也。然尚不如張功甫“月洗高梧,……凉夜聽孤吟”。不惟曼聲勝其高調,兼形容處心細如絲髮,皆姜詞之所未發。常觀姜論史詞,不稱其“軟語商量”,而賞其“柳昏花暝”,固知不免項羽學兵法之恨。②

賀裳從聲情及描寫的角度作比較,認爲張詞的“曼聲”更勝姜詞的“高調”,而且“形容處心細如絲髮,皆姜詞之所未發”。此外,謝、賀

---

① 見謝章鋌:《賭棋山莊詞話》卷二,唐圭璋編:《詞話叢編》,頁 3343。
② 見賀裳:《皺水軒詞筌》,唐圭璋編:《詞話叢編》,頁 704。

二家都提到史達祖的《雙雙燕・詠燕》,史達祖此詞也無寄托,①所以二家對《雙雙燕》的評價亦有所軒輊。其實,寄托與描寫是兩個不同性質的評價標準,謝、賀二家各取一個,所以對詞作的評價就不同了。寄托是從内容立意着眼,要求詞作有政治意涵及道德情操;描寫是從詞藝審美着眼,要求詞作賦形摹神,兩者俱得。寄托與描寫兼善如張炎《解連環》之詠孤雁,固然是衆口稱善之作,但遇上張、姜詠蟋蟀的高下評價問題,就視乎詞論家的詞學觀以何者爲先了。蘇軾《水龍吟》詠楊花没有寄托,《卜算子》詠雁别有寄托,同是蘇軾的詠物名篇,試問何者更優? 古人的詞話没有作過比較,不過,王兆鵬先生就作過宋詞經典名篇的定量分析。王先生試圖用定量分析的方法,找出古今讀者心目中首一百篇宋詞經典,不以題材爲限,當中包括了詠物詞。綜觀了古今讀者的接受現象之後,王先生的分析結果是:《水龍吟》詠楊花占第 11 位,《卜算子》詠雁占第 24 位,謝、賀二家提到的史達祖《雙雙燕》占第 15 位。② 清代號稱詞學中興,對清人的首一百篇宋詞經典,王先生也作過分析,《水龍吟》仍占第 11 位,《卜算子》則占第 41 位,而《雙雙燕》則占第 5 位。③

---

① 關於《雙雙燕》的寄托問題,前人有不同的意見。謝章鋌《賭棋山莊詞話》認爲没有寄托,鄧廷楨(1776—1846)《雙硯齋詞話》認爲有寄托:"大抵寫怨銅駝,寄懷毳幕,非止流連光景,浪作艷歌也。"(見唐圭璋:《詞話叢編》,頁 2531)後來俞陛雲《唐五代兩宋詞選釋》、陳匪石《宋詞舉》、劉永濟《微睇室説詞》等均認爲此詞别有寄托。繆鉞《論史達祖詞》:"這首詞刻劃雙燕,確實做到窮形盡相,有瑰奇警邁之長,不愧爲詠物詞之上品。至求更深的托喻,則是無有的。有的論者認爲,'紅樓歸晚'二句,有弦外之音,蓋史達祖對韓侂胄所作所爲的昏暝之事均已看足,有所感覺,故發爲慨嘆。雖可備一説,但總不免有些穿鑿太深。"(見葉嘉瑩,繆鉞:《靈谿詞説》,頁 467—476)從文句看,實看不出史達祖有任何提示,今從繆説。

② 見王兆鵬、郁玉英:《宋詞經典名篇的定量考察》,《文學評論》2008 年第 6 期,頁 79—86。王先生在此文的基礎上再發展出《宋詞三百經典名篇的定量分析》一文,對《水龍吟》《卜算子》《雙雙燕》三詞的定量分析結果不變。見劉尊明,王兆鵬:《唐宋詞的定量分析》(北京:北京大學出版社,2012 年),頁 167—195。

③ 見郁玉英、王兆鵬:《清人詞學視野中的宋詞經典》,《江海學刊》2009 年第 1 期,頁 201—207。

同是詠物名篇,没有寄托的《水龍吟》與《雙雙燕》始終比有寄托的《卜算子》更受古今讀者歡迎。或者可以這樣看:詠物描寫本身就有其獨立的審美價值,這是基本;做到這個基本之後,再講求寄托,這是古今讀者的選擇。因此,在清代的定量分析裏,被認爲别有寄托的姜夔的《暗香》《疏影》詠梅依次占第3及第4位,即使綜觀古今,《暗香》《疏影》仍占第10及第12位,[①]事實上《暗香》《疏影》在王先生兩個定量分析榜上是最先出現的詠物詞。由此看來,詠物必先描寫出物象的特徵,這是基本要求,描寫與寄托兼善之作固佳(如姜夔之詠蟋蟀),但賦形與摹神俱足的詠物之作,如能達至一定的藝術審美水準,獲得讀者的稱許,則即使没有寄托,也一樣可以成爲名篇,張鎡之詠蟋蟀就是很好的例證。

七、結　　語

詞人詠物,高者摹神。所謂“神”,首先是指詞人所體察到的物象在五塵以外的特徵,然後是詞人賦予這些特徵的象徵意義,所以不論是何者,都或隱或顯的流露出詞人的主體意識,如果該首詠物詞是托物寄興之作,則主體意識的呈現就更明顯了。

神太抽象,於是詞人就要借助感官描寫。但如果詞人要遺貌取神,或者寫無具體形貌的對象,例如秋聲,就會用到側筆摹神的手法,情景的設置是常用到的一種。情景照應着題目,同時提供了一個空間,物象之神就在此空間透現,詞人的主體意識也隨着神之透現流露出來。另一方面,情景與典故一樣,都是一個語言符號,能向讀者提示詞人所詠的物象爲何,並且召喚前文本,以加强表意

① 見前揭王兆鵬、郁玉英合著二文。

及抒情,所以不必正面描寫該物象亦可達到離形得似,虛處傳神的效果;讀者則透過情景重現物象,以更早的文本與面前之作參讀,進而體察物象之神,填補詞人未曾言説的空白,詮釋詞人的題外感慨,與詞人一起充實物象的神貌。當然,詞人也可以擺脱前文本,自創新的情景和語言符號。畢竟每個情景都必有其首創者。

當詞人賦予物象之神以象徵意義,就已進入第二層次的“神”的摹寫,這往往别具題外感慨,或是書寫理想的人格,或是寓有政治寄托,都是詞人主體意識的强烈展現,最能得到後世讀者的贊賞。然而,詠物自有其獨立的審美價值,也一樣可以呈現詞人的主體意識,純粹的摹神之作只要寫得出色,爲讀者所接受,同樣可以成爲不朽名篇。

(本文原是我的博士論文的其中一節,由張宏生老師指導,現修訂擴寫,並刊於此。)

《陌上桑》羅敷"以禮自防"探微

一、前　　言

《陌上桑》古辭是一首膾炙人口的樂府詩,古今學者對這首詩都有不同的理解。全詩如下:

> 日出東南隅,照我秦氏樓。秦氏有好女,自名爲羅敷。羅敷喜蠶桑,采桑城南隅。青絲爲籠係,桂枝爲籠鈎。頭上倭墮髻,耳中明月珠。緗綺爲下裙,紫綺爲上襦。行者見羅敷,下擔捋髭鬚;少年見羅敷,脱帽著帩頭。耕者忘其犁,鋤者忘其鋤。來歸相怒怨,但坐觀羅敷。(一解)使君從南來,五馬立踟躕。使君遣吏往,問是誰家姝?秦氏有好女,自名爲羅敷。羅敷年幾何?二十尚不足,十五頗有餘。使君謝羅敷:"寧可共載不?"羅敷前置辭:"使君一何愚!使君自有婦,羅敷自有夫。"(二解)東方千餘騎,夫婿居上頭。何用識夫婿,白馬從驪

駒。青絲繫馬尾,黄金絡馬頭。腰中鹿盧劍,可直千萬餘。十五府小史,二十朝大夫。三十侍中郎,四十專城居。爲人潔白皙,鬑鬑頗有鬚。盈盈公府步,冉冉府中趨。坐中數千人,皆言夫婿殊。(三解)①

《陌上桑》是東漢時代的相和歌,源於當時的"街陌謳謡"。② 古今學者對這首詩的理解各有不同,近人多認爲詩中的女主角羅敷是一個機智大膽、敢於反抗壓迫的勞動婦女,她的一身嚴妝盛服,只是詩人的誇飾之辭;至於她盛誇其夫的尊貴顯要,也只是她人急智生的表現,是杜撰出來的退敵之辭而已,因爲一個大官的夫人是用不着親自采桑的。③ 然而,古人却不從這個角度來欣賞羅敷,例如鍾惺(1574—1624)在《古詩歸》中説:"妙在貞静之情,即以風流豔詞發之,豔亦何妨於正也。"④清初的朱嘉徵在《樂府廣序》卷一中亦云:

《陌上桑》歌"日出東南隅",婦人以禮自防也。漢遊女之情正,但令不可求而止,《陌上桑》之情亦正,惟言羅敷自有夫

---

① 見郭茂倩:《樂府詩集》(北京:中華書局,1979年),頁410—411。按鄭樵(通志》卷四十九《樂一》云:"古辭《陌上桑》有二,此則爲羅敷也。……其辭有'日出東南隅,照我秦氏樓'之句,故亦曰《日出東南隅行》,亦曰《日出行》;别有《秋胡行》,其事與此不同,以其亦名《陌上桑》,致後人差互其説,如王筠《陌上桑》云:'秋胡始停馬,羅敷未滿箱。'蓋合爲一事也。"(見《國學基本叢書》,臺北:新興書局影印,1965年,頁628)今考《秋胡行》的古辭已佚,其故事見載於《列女傳》,這故事在下文尚有討論,暫不詳述。

② 郭茂倩云:"《宋書·樂志》曰:'凡樂章古辭存者,並漢世街陌謳謡……'其後漸被於弦管,即相和諸曲是也。"有關考證見《樂府詩集》,頁376。

③ 例如胡人龍《試論陌上桑》、任哲維《關於陌上桑的人物的討論》、彭梅盛《陌上桑的人物和主題思想》、談風梁《簡析樂府詩〈陌上桑〉》、游國恩、蕭滌非等主編《中國文學史》,以及程千帆、沈祖棻選注《古詩今選》等,均以這種觀點來詮釋《陌上桑》。胡文見作家出版社:《樂府詩研究論文集》(北京:作家出版社,1957年),頁60—66;任文見同書,頁70—75;彭文見同書,頁76—79;談文見《閱讀和欣賞(古典文學部分〔三〕)》(北京:北京出版社,1980年),頁2—10。游、蕭等主編《中國文學史》於1963年由北京人民文學出版社出版;程、沈選注《古詩今選》於1983年由上海古籍出版社出版。

④ 見鍾惺、譚元春:《古詩歸》卷五,香港大學馮平山圖書館藏明閔氏朱墨藍三色套印本,頁七下。

而止，以禮自防。[1]

《周南・漢廣》首章有“漢有遊女，不可求思”的詩句，《詩序》云：“《漢廣》，德廣所及也。文王之道被於南國，美化行乎？江漢之域，無思犯禮，求而不可得也。”[2]朱嘉徵把羅敷與遊女作比較，認爲二人之“情正”，能够“以禮自防”，同樣都是“求而不可得”，所以稱許兩首詩“皆正風也”。很明顯，朱嘉徵是從詩教的角度來解讀羅敷的形象的。羅敷形象鮮明，爲古今讀者所共賞，但爲何古人只强調羅敷“貞静”守禮的道德性格，而不强調她反抗壓迫的鬥争性格？羅敷的守禮形象又是怎樣形成的呢？以下嘗試尋繹其形成的脉絡。

二、桑　林

在詩歌史上，采桑女最早見於《三百篇》，其中自然有其勞動婦女的形象，如《豳・七月》所言的“女執懿筐，遵彼微行，爰求柔桑”。[3] 然而《三百篇》中的采桑女還有另一個形象。她的勞作場所——“桑林”也具有特别的意義，而不僅僅是一個普通的勞動場地。

中國以農立國，蠶桑業在古代十分重要，有關的傳説和記載應該是不少的，只是年代久遠，今天所能見到的已經不多了。上古有名的“商湯禱雨”神話是其中之一，當中記載了上古用生人祭祀以

① 見朱嘉徵：《樂府廣序》，《四庫全書存見叢書》（《四庫全書存見叢書》編纂委員會影上海師範大學藏清康熙清遠堂刻本，臺南：莊嚴文化事業有限公司，1997 年）卷一，第三八五册，頁七上至八下（總頁 684）。

② 見《毛詩正義》卷一之三，《十三經注疏》（臺北：新文豐出版公司，1988 年），頁 41。

③ 見《毛詩正義》卷八之一，頁 281。

求止旱的故事。這故事見載於多本古籍,其中《吕氏春秋》《尸子》《尚書大傳》三本所載的很值得注意:

1.《吕氏春秋·順民》:"湯乃以身禱於桑林。"①

2.《尸子》:"禱於桑林之野。"②

3.《尚書大傳》:"而禱於桑林之社。"③

這裏明確地記載了商湯禱雨的地點:桑林。桑林、桑林之野、桑林之社其實都没有分别,都是指同一地方:

1.《周禮·地官·大司徒》:"各以其野之所宜木,遂以名其社與其野。"鄭注曰:"所宜木,謂若松、柏、栗也。若以松爲社者,則名松社之野,以别方面。"④

2.《白虎通·社稷》云:"社無屋何?達天地氣。……社稷所以有樹何?尊而識之,使民望見即敬之,又所以表功也。故《周官》曰:'司徒班社而樹之,各以土地所宜。'"⑤

3.《路史·餘論六·堯水不禱》:"桑林者,社也。"⑥

社是古人的祭祀場所,從以上三則書證可知古人的社是必然植"其野之所宜木"的。

社是祭祀聖地,所植的樹木,稱作"社樹",桑林之社就是以桑爲社樹的祭祀場所。《吕氏春秋·慎大》云:"武王勝殷,……命封夏后之後於杞,立成湯之後於宋以奉桑林。"⑦"奉桑林"就是繼續奉祭桑林之社,可見桑林在古代是一個祭祀的場所。

除了祭祀場所以外,桑林還有别的意義。《鄘·桑中》云:

---

① 見陳奇猷:《吕氏春秋集釋》(上海:學林出版社,1984年),頁479。

② 見汪繼培輯:《尸子》,《二十二子》(上海:上海古籍出版社,1986年),頁376。

③ 見陳壽祺輯:《尚書大傳》,《續經解尚書類彙編》(一)(臺北:藝文印書館,1986年),頁471。

④ 見《周禮注疏》卷十,《十三經注疏》,頁149。

⑤ 見陳立:《白虎通疏證》(北京:中華書局,1994年),頁89—90。

⑥ 見羅泌:《路史》卷六,明萬曆癸卯(1603)張鼎思豫章序刻本,頁十二下。

⑦ 見《吕氏春秋集釋》,頁844。

爰采唐矣,沬之鄉矣。云誰之思?美孟姜矣。期我乎桑中,要我乎上宫,送我乎淇之上矣。

爰采麥矣,沬之北矣。云誰之思?美孟弋矣。期我乎桑中,要我乎上宫,送我乎淇之上矣。

爰采葑矣,沬之東矣。云誰之思?美孟庸矣。期我乎桑中,要我乎上宫,送我乎淇之上矣。①

"孟姜""孟弋""孟庸"是詩中男子所要約的女子,"桑中""上宫"就是他們相期要約的地方。"桑中"之地應是桑林遍植的,而事實上,在先秦文學裏,"桑林"往往是男女幽會之地,所以《桑中》一詩在先秦時期便已用來諷刺"淫奔",這在《左傳·成公二年》已有記載:"及共王即位,……使屈巫聘於齊,……申叔跪從其父將適郢。遇之,曰:'異哉!夫子有三軍之懼,而又有《桑中》之喜,宜將竊妻以逃者也。'"②可見《桑中》一詩在春秋之時已隱含"竊妻"之意,《詩序》更説:"《桑中》,刺奔也。衛之公室淫亂,男女相奔,至於世族在位,相竊妻妾,期於幽遠。政散民流而不可止。"③《詩序》正是推衍《左傳》之的記載以釋《桑中》一詩的意義,以爲詩旨在於諷刺衛公室的"淫亂相奔""相竊妻妾",而"桑中"就是他們"期於幽遠"的地方。

除了《三百篇》之外,在屈賦中也有一處相關的記載。《天問》曰:"禹之力獻功,降省下土四方,焉得彼嵞山女,而通之於台桑。"④"通之於台桑",是指禹與嵞山女通夫婦之事於"台桑"之地,可見"台桑"跟"桑中"同樣都是男女幽會的地方。"台桑"與"桑中"應是廣植桑樹,而當時的男女便在此處相期要約。

---

① 見《毛詩正義》卷三之一,頁 113—114。
② 見《左傳正義》卷二十五,《十三經注疏》,頁 428。
③ 見《毛詩正義》卷三之一,頁 113。
④ 見洪興祖:《楚辭補注》(北京:中華書局,1983 年),頁 97。

"桑林"是男女相期要約之地,這個觀念一直流傳到漢代。班固(32—92)《漢書·地理志》云:"衛地有桑間濮上之阻,男女亦亟聚會,聲色生焉,故俗稱鄭衛之音。"顏師古(581—645)注云:"阻者,言其隱阸得肆淫僻之情也。"[①]除了"鄭衛之音"外,又有所謂"桑間濮上之音"。在傳統儒家的政教思想之中,"桑間濮上"是一種淫聲。《禮記·樂記》云:"鄭衛之音,亂世之音也,比於慢矣。桑間濮上之音,亡國之音也,其政散,其民流,誣上行私而不可止也。"[②]古人認爲衛既有"桑間濮上之阻",則産生了"桑間濮上之音"是不足爲奇的。桑林之間所得之樂是否即"亡國之音",是另一個問題,並不在本文討論範圍之内,但"桑林"是"男女亦亟聚會"之地,應不成疑問,至少在《詩》《騷》及秦漢典籍裏就是這樣記録的。

三、先秦文獻中的采桑女

"桑林"在先秦文學中的性質既明,再看采桑女這角色便更容易理解了。采桑女除了《豳·七月》中的勞動形象之外,在《魏·十畝之間》中還有另一個形象:

> 十畝之間兮,桑者閑閑兮,行與子還兮。十畝之外兮,桑者泄泄兮,行與子逝兮。[③]

《詩序》云:"《十畝之間》,刺時也。言其國削小,民無所居焉。"但讀此詩,很難看到詩中有"其國削小,民無所居"之意。如果撇開《詩序》而只觀詩句,則"桑者"的形象並不見得是"以禮自防"。"桑者"

① 見《漢書》(北京:中華書局,1962年)卷二十八,頁1665。
② 見《禮記正義》卷三十七,《十三經注疏》,頁665。
③ 見《毛詩正義》卷五之三,頁209—210。

即"采桑者",[1]也就是采桑女;"閑閑",《毛傳》云:"男女無别往來之貌。""泄泄",《毛傳》云:"多人之貌。"[2]可知"十畝之間"的采桑女"行與子還","男女無别往來";"十畝之外"更是"多人"作"行與子逝"的勾當。跟《陌上桑》中的羅敷比較,真是不可同日而語,豈但談不上"以禮自防",簡直是淫佚不經了。

從《鄘・桑中》的"桑中"、《天問》的"台桑"、《樂記》及《漢書・地理志》的"桑間",可見"桑林"確是男女相期幽會的地方,而《魏・十畝之間》更清楚地描繪出采桑女的淫佚之行。

如果後人相信"獻詩""陳詩"及"采詩"諸説,則《國風》應能在一定程度上反映到當時的一些風氣,否則便不能發揮"詩可以觀"或者"觀風俗"的作用了。然則《陌上桑》中的羅敷又如何由"淫佚"變成"守禮"? 要了解羅敷守禮形象的生成,就需要回溯到先秦兩漢的歷史文化語境了。

先秦時代的采桑女並非全都是淫佚不經的。《孟子・滕文公下》記周霄問仕於孟子時,孟子就引《禮》回答道:"諸侯耕助,以供粢盛;夫人蠶繅,以爲衣服。……"[3]夫人何以要"蠶繅"呢? 原來"蠶繅"是一種禮制。《大戴禮記・夏小正》云:"三月:……攝桑。桑攝而記之,急桑也。"[4]《説文》:"攝,引持也。"[5]在此指采桑。采桑之事也要記下來,因爲這是迫急的事情。《夏小正》又云:"妾子始蠶。先妾而後子何也? 曰:事有漸也。言事自卑者始。"[6]妾是姪娣之類的女子,子是嫡夫人,這裏記載了貴族婦女的養蠶之事。《大

① 此用陳奐之説,見《詩毛氏傳疏》,漱芳齋本(北京:中國書店影印,1984 年),卷九,頁七下。

② 見《毛詩正義》卷五之三,頁 209。

③ 見朱熹:《四書集注》(北京:中華書局,1983 年),頁 266。

④ 見王聘珍:《大戴禮記解詁》(北京:中華書局,1983 年),頁 33—34。

⑤ 見段玉裁:《説文解字注》,經韻樓本(上海:上海古籍出版社影印,1988 年),十二篇上《手部》,頁 597。

⑥ 見《大戴禮記解詁》,頁 34。

戴禮記》的記載稍嫌簡略,其他禮書有較詳細的述説。《周禮·天官·内宰》云:"中春,詔后帥外内命婦,始蠶於北郊,以爲祭服。"①原來在仲春之時,皇后要率領後宫在北郊親蠶。《禮記·月令》又云:

> 季春之月,……是月也,命野虞無伐桑柘,鳴鳩拂其羽,戴勝降於桑,具曲植籧筐。后妃齊戒,親東鄉躬桑,禁婦女毋觀,省婦使以勸蠶事。蠶事既登,分繭稱絲效功,以共郊廟之服,無有敢惰。②

這一段文獻又見於《吕氏春秋·季春》。③原來后妃不但要在仲春之月親蠶,還要在季春之月親桑。親桑之前要齋戒,以示誠敬;親桑之時又要"毋觀",即去掉容飾;④等到有收成之後,便用來做祭服。

古人不但有采桑親蠶的禮制,還有"公桑蠶室"的營設,《尚書大傳》就有這樣的記載:

> 天子諸侯必有公桑蠶室,就川而爲之築宫,有三尺,棘牆而外閉之。大昕之朝,三宫之夫人浴種於川。世婦卒蠶繭於夫人,繅三盆手。⑤

《禮記·祭義》更詳細地記載了"公桑蠶室"及蠶桑之禮的細節:

> 古者天子諸侯必有公桑蠶室,近川而爲之,築宫仞有三尺,棘牆而外閉之。及大昕之朝,君皮弁素積,卜三宫之夫人世婦之吉者,使入蠶於蠶室,奉種浴於川,桑於公桑,風戾以食

① 見《周禮注疏》卷七,頁113。
② 見《禮記正義》卷十五,頁304。
③ 見《吕氏春秋集釋》,頁122。
④ 此用孔穎達説,見《禮記正義》卷十五,頁304。
⑤ 見《尚書大傳》,頁470。

之,歲既單矣,世婦卒蠶奉繭以示於君,遂獻繭於夫人,夫人曰:“此所以爲君服與?”遂副褘而受之,因少牢以禮之。古之獻繭者,其率用此與? 及良日,夫人繅三盆手,遂布於三宫夫人世婦之吉者使繅,遂朱緑之,玄黄之,以爲黼黻文章。服既成,君服以祀先王先公,敬之至也。①

由《尚書大傳》和《禮記》的記載,可知古人有“公桑”讓后妃世婦等貴族婦女去采桑,又有“蠶室”讓她們浴蠶繅絲;而“蠶室”則建於近川澗的地方,以便浴蠶。待到有收成之時,世婦要向夫人獻繭,又擇良辰吉日,讓夫人親自繅絲,爲後宫作示範,而這些蠶絲則用作君主祭服的織作材料。

在此對“采桑親蠶”之禮可以得到一個比較具體的印象:后妃在仲春之月親蠶於北郊,在季春之月親桑於東鄉。躬桑之前要齋戒,躬桑之時又不事容飾,以示誠敬。古人又在近川之處,設有公桑蠶室,讓后妃采桑親蠶,得到的收成便用來織祭服。②

這種制度一直流傳到後世,漢人的后妃采桑親蠶之禮,比前代更周備、更隆重。東漢初年衛宏《漢舊儀》曾記載:

皇后春桑,皆衣青,手采桑,以繅三盆繭,示群臣妾從。春桑生而皇后親桑,於苑中蠶室,養蠶千薄以上。祠以中牢羊豕,祭蠶神曰苑窳婦人、寓氏公主,凡二神。群臣妾從桑還,獻於繭觀,皆賜從采桑者樂。皇后自行。凡蠶絲絮,織室以作祭服。祭服者,冕服也。天地宗廟群神五時之服。皇帝得以作縷縫衣,皇后得以作巾絮而已。置蠶官令、丞,諸天下官下法

① 見《禮記正義》卷四十八,頁819。

② 據《周禮》所載,后妃世婦采桑親蠶的收成,還有專官處理。《周禮·天官·典絲》云:“典絲掌絲入而辨其物,以其賈褐之。掌其藏與其出,以待興功之時。頒絲於外内工,皆以物授之。……凡祭祀,共黼畫組就之物。”鄭玄注:“絲入,謂九職之嬪婦所貢絲。”(《周禮注疏》,卷八,頁123—124)

皆詣蠶室,與婦人從事,故舊有東西織室作治。[①]

漢人的禮制比《禮記》所載的更清楚,皇后的衣色、繅繭的數量也有規定,蠶室則改置於苑中,養蠶達千薄以上;又設有織室,讓宮中婦女於其中織作。而且,還設有蠶令、蠶丞等官職來主理蠶桑之事。

自漢代以還,后妃采桑親蠶之禮雖然間有興廢,但總的來説,各朝都有舉行過。[②] 然則,在《三百篇》中又有没有相關的記載呢?且看《大雅·瞻卬》第三、四兩章:

懿厥哲婦,爲梟爲鴟。婦有長舌,維厲之階。亂匪降自天,生自婦人。匪教匪誨,時維婦寺。

鞫人忮忒,譖始竟背。豈曰不極,伊胡爲慝。如賈三倍,君子是識。婦無公事,休其蠶織。[③]

《詩序》云:"凡伯刺幽王大壞也。"[④]詩意是否旨在諷刺幽王暫且不問,細玩二章詩句,謂婦人干涉朝政則似無可疑。"婦無公事,休其蠶織","公事"是指朝政,"蠶織"則是指婦人當守的本分。"婦"就是后妃,[⑤]與上文所引《孟子》中那"蠶繅"的夫人,同樣都是貴族婦女。傳世的先秦文獻雖然不多,但綜觀《瞻卬》《周禮》《孟子》《尚書大傳》《大戴禮記》及《禮記》等文獻的記載,后妃的采桑親蠶之禮仍是有迹可尋的。可見貴族官家婦人也可以采桑,只是她們的采桑並不是勞動,而是一種禮節儀式罷了。至此可知,"桑林"與"采桑女"在先秦文獻中有幾個不同的形象。

"桑林":

① 見孫星衍等:《漢官六種》(北京:中華書局,1990年),頁77。

② 歷代采桑親蠶之禮的概況,可參考各正史的禮志。此外,清人秦蕙田的《五禮通考》(臺北:新興書局,1970年)已從各清以前的史志中輯出有關的記載,搜羅頗詳,便於查考。

③ 見《毛詩正義》卷十八之五,頁695。

④ 見《毛詩正義》卷十八之五,頁694。

⑤ 毛傳在"休其蠶織"句下注云:"休,息也。婦人無與外政,雖王后猶以蠶織爲事。"(《毛詩正義》卷十八之五,頁695)可見"婦"就是后妃。

1. 祭祀的聖地。如商湯禱雨的“桑林之社”。

2. 男女相期幽會的地方。如《桑中》的“桑中”、《天問》的“台桑”、《樂記》及《漢書》的“桑間”。

“采桑女”:

1. 勞動的婦女。如《七月》中“爰求柔桑”的婦人。

2. 淫佚的女子。如《十畝之間》的“桑者”。

3. 守禮的貴族婦女。如《孟子》中的“夫人”;《瞻卬》中的“哲婦”因爲過問“公事”,“休其蠶織”,所以被詩人責難。

到了漢代,采桑女“守禮”的道德形象被强化了。這是因爲漢代是一個尊儒的時代,在經學禮教的氛圍之下,漢代詩人選擇了采桑女的守禮形象是很自然的事,所以毛傳云:“婦人無與外政,雖王后猶以蠶織爲事”,並引用了《禮記・祭義》的經文來解釋“桑蠶”的禮義。這段文字在上文已經引用過了,不煩贅引。《三百篇》被視爲經,毛傳以經釋經也是很正常的。

四、漢人筆下的采桑女

后妃是天下婦女的楷模,所以漢人對她的道德操守有所要求,然則,漢人對一般的婦女又有何道德上的要求呢?徐復觀先生在《兩漢思想史》卷三《韓詩外傳的研究》“婦女地位的被重視”一節中,引用《咸卦彖傳》及《家人彖傳》,指出戰國之時“男女只有内外的分工,决没尊卑的異分。漢初吕后的政治權力,與後世女禍不同之點,在於他並非全憑牀第的恩寵而來,殆亦與戰國時期男女平等的觀念有關係。但她的凶悍之性,幾亡漢室,西漢初年的統治階層及知識分子,無不引以爲大戒。他們特別强調《關雎》之詩,各家皆發揮女德對政治影響之巨,其原因在此。韓嬰在上述各種背景之下,《詩傳》中特注意到婦女在社會、人生中的意義,而集結了有關的材料”。①

除了認爲戰國時期“男女只有内外的分工,决没尊卑的異分”這點尚可商榷之外,基本上,徐先生已經説明了漢初知識分子對婦女的道德要求。這是基於一種實際的歷史教訓,並指出因爲吕后亂政的緣故,以致《韓詩外傳》特别注意到“婦女在社會、人生中的意義”。徐先生又進一步强調《韓詩外傳》要表彰婦女的貞節,認爲“婦女的貞節,有三種意義”:

> 第一種意義,所以維護婦女自身的人格尊嚴,以見不是可任男人隨意玩弄。第二種意義,是安定社會的秩序。淫奔成風,必然影響社會正常地生活。這本是男女雙方面的責任;所以“義夫”“貞婦”,是兩個並行的觀念。而事實上責任比較偏重在女方;這是歷史條件的限制與偏差。第三是維護一個家庭的繼續存在。假定一個家庭的丈夫,三、四十歲死去,剩下的父母已老,子女尚幼,此時若妻子改嫁以去,此家庭很可能因之瓦解消滅。妻子如肯養老撫育,守節不嫁,此家庭便可延續下來;而此種婦女意志的堅强,生活的辛苦,確是高出常人一等。因此,儒家對貞婦節婦加以鼓勵,而漢代自文帝即位,賜女子百户牛酒起,至宣帝,在其社會政策中,特加入對貞女節婦的恩典,自有其重大意義,不應僅因後世流於虚僞殘酷的少數特例而完全向黑暗面去加以解釋。②

然則,《陌上桑》中的羅敷又能否符合這三個意義?在漢人那種强調道德教化的文化環境之下,羅敷不但有美麗的外表,而且勤於采桑(“羅敷喜蠶桑,采桑城南隅”),以示其持家有道;但最重要的,還

① 見徐復觀:《兩漢思想史》卷三(臺北:臺灣學生書局,1979年),頁42。

② 見《兩漢思想史》卷三,頁43—44。

是她堅拒使君之邀，詈罵"使君一何愚"，申明"使君自有婦，羅敷自有夫"，義正辭嚴地指出男女大防是不可逾越的。她對丈夫的貞忠不二，正是古人最欣賞的地方。她既維護了"自身的人格尊嚴"，也强調了"義夫""貞婦"的"社會的秩序"。雖然詩中没有涉及"養老撫育，守節不嫁"的問題，但她的貞節不二也是"維護一個家庭的繼續存在"的重要條件，可見羅敷完全符合了徐先生所提出的"三種意義"。

除了《陌上桑》之外，其他的漢人作品當然也强調了采桑女的"守禮"特徵。如劉向（前 77—前 6）《列女傳・齊宿瘤女》云：

> 宿瘤女者，齊東郭采桑女，閔王之后也。項有大瘤，故號曰"宿瘤"。初閔王出遊，至於東郭，百姓盡觀。宿瘤女采桑如故。王怪之。……宿瘤女曰："婢妾之職，屬之不二，……"王大悦之，曰："此賢女也。"命後乘載之。女曰："賴大王之力，父母在内。使妾不受父母之教而隨大王，是奔女也。大王又安用之？"王大慚曰："寡人失之。"又曰："貞女一禮不備，雖死不從。"於是王遣歸。使使者以金百鎰，往聘迎之。①

宿瘤女因知禮而卒爲齊后，在歷史上未必確有其事，但不妨視作漢人鼓勵婦女守禮的創作。又如《列女傳・秋胡潔婦》云：

> 潔婦者，魯秋胡子妻也，既納之五日，去而官於陳。五年乃歸。未至家，見路傍婦人采桑。秋胡子悦之，……婦人采桑不輟。秋胡子謂曰："力田不如逢豐年，力桑不如見國卿。吾有金，願以與夫人。"婦人曰："嘻！夫采桑力作，紡績織紝，以供衣食，奉二親，養夫子。吾不願金。所願卿無有外意，妾亦無淫泆之志。收子之齎與笥金。"秋胡子遂去。至家，奉金遺

① 見王照圓：《列女傳補注》，《龍溪精舍叢書》（北京：中國書店影印，1991 年），頁 817—818。

母,使人喚婦至,乃嚮采桑者也。秋胡子慚。婦曰:“……今也乃悦路傍婦人,下子之糧,以金予之,是忘母也;忘母不孝。好色淫泆,是污行也;污行不義。夫事親不孝,則事君不忠;處家不義,則治官不理。孝義並忘,必不遂矣。妾不忍見,子改娶矣,妾亦不嫁。”遂去而東走,投河而死。①

若説《陌上桑》和《宿瘤女》是以喜劇的手法來演繹“守禮”這個主題的話,則《秋胡潔婦》用的便是悲劇手法了。秋胡妻遭受調戲後的反應比羅敷要激烈得多,當她知道那個調戲者竟是自己的丈夫,更是羞憤不已,責數秋胡的不忠不孝,最後更赴水殉義。這故事的道德意識甚是强烈,更是徐復觀先生所提出的“三種意義”的佐證。現在再看《列女傳・陳國辯女》這故事:

辯女者,陳國采桑之女也。晉大夫解居甫使於宋,道過陳,遇采桑之女,止而戲之。……采桑女乃爲之歌曰:“墓門有棘,斧以斬之。……”……女曰:“墓門有梅,有鴞萃止。……”大夫曰:“其梅則有,其鴞安在?”女曰:“陳,小國也,攝乎大國之間,……其人且亡,而况鴞乎?”大夫乃服而釋之。②

陳辯女所歌的是《陳風・墓門》之詩,懂得引詩言志的,似乎不好把她當作一般的農家女子。與《列女傳》的宿瘤女和秋胡潔婦並觀,采桑女的義正辭嚴、以禮自防的形象便更鮮明了。

除了《列女傳》之外,在辭賦中也有采桑女出現,例如宋玉《登徒子好色賦》末段描寫章華大夫對楚王的自述:

臣少曾遠遊,周覽九土,足歷五都,出咸陽,熙邯鄲,從容鄭衛溱洧之間。是時向春之末,迎夏之陽,鶬鶊喈喈,群女出桑,此郊之姝,華色含光,體美容冶,不待飾裝。臣觀其麗者,

---

① 見《列女傳補注》,頁 804。
② 見《列女傳補注》,頁 834。

因稱詩曰:“遵大路兮攬子袪,贈以芳華辭甚妙。”於是處子怳若有望而不來,忽若有來而不見,意密體疏,俯仰異觀,含喜微笑,竊視流眄,復稱詩曰:“寤春風兮發鮮榮,絜齋俟兮惠音聲,贈我如此兮不如無生。”因遷延而辭避,蓋徒以微辭相感動,精神相依憑,目欲其顏、心顧其義,揚詩守禮,終不過差,故足稱也。①

賦文中的采桑女儀態萬千,宋玉鋪陳章華大夫的一段“微辭”,對後來《陌上桑》的寫作不無影響,而最重要的,還是采桑女懂得“揚詩守禮,終不過差”。《好色賦》是先秦之作,現在看漢人的作品。枚乘(? —前 140)《梁王菟園賦》云:

若乃夫郊采桑之婦人兮,袿裼錯紆,連袖方路,摩貤長髮,便娟數顧,芳温往來(“來”字衍,當據章樵注删)接,神連未結,已諾不分,縹併進靖,儐笑連便,不可忍視也。於是婦人先稱曰:“春陽生兮萋萋,不才子兮心哀,見嘉客兮不能歸,桑萎蠶飢,中人望奈何。”②

跟《登徒子好色賦》相似,賦文中的采桑女似有賣弄姿色之嫌,但最後還是引詩言志,“不才子兮心哀”,章樵注云:“不才子,泄語也,猶言不接男子。”③賦文又云:“桑委蠶飢,中人望奈何。”則采桑女還是“止乎禮義”的。

《登徒子好色賦》與《梁王菟園賦》對《陌上桑》應有一定的影響。羅敷濃妝艷抹地從陌上走過,與二賦之群女出桑,三者不無賣弄姿色之嫌,但結果仍是以禮自防;而《陌上桑》表現出來的比二賦更正面,詈罵“使君一何愚”,申辯“使君有婦”,“羅敷有夫”,其貞静

---

① 見《文選》(上海:上海古籍出版社,1986 年),頁 893。按《登徒子好色賦》是否出於宋玉之手,至今尚未有定論,但在未有充分證據否定是宋玉之作以前,暫沿用舊説。

② 見《古文苑》,《龍溪精舍叢書》,頁 429。

③ 見《古文苑》卷三,頁 429。

之情也就表達得更明確了,故鍾惺云:“妙在貞静之情,即以風流豔詞發之,豔亦何妨於正也。”

再如東方朔(前154—前93)《七諫·怨世》云:“路室女之方桑兮,孔子過之以自侍。”王逸注云:“言孔子出遊,過於客舍,其女方采桑,一心不視,喜其貞信,故以自侍。”①王注使人想到《韓詩外傳》中“阿谷少女”的故事:

> 孔子南遊適楚,至於阿谷之隧,有處子佩瑱而浣。孔子曰:“彼婦人可與言矣乎?”……抽琴去其軫,以授子貢曰:“善爲之辭,以觀其語。”子貢曰:“嚮子之言,穆如清風,不悖我語,和暢我心,於此有琴而無軫,願借子以調其音。”婦人對曰:“吾野鄙之人也,僻陋而無心,五音不知,安能調琴?”……②

這故事又見於《列女傳》,文字略有出入,大意不殊;而《列女傳》中“頌曰”一節更值得注意:“孔子出遊,阿谷之南。異其處子,欲觀其風。子貢三反,女辭辨深。子曰達情,知禮不淫。”③“達情知禮”就是這個故事的主旨,故《韓詩外傳》與《列女傳》俱引《周南·漢廣》“漢有遊女,不可求思”之句爲證,證明少女的守禮不可犯。《七諫》“路室桑女”的“貞信”與“阿谷少女”故事的“達情知禮”,都得到孔子的肯定,認爲是婦女應有的行爲;但與其説是孔子之言,無寧説是漢人假夫子之言以提出他們心目中的理想人物。

綜觀以上各首作品可以看到,漢人有意逐漸强化女性的守禮形象,采桑女自然也不能例外。采桑女在《十畝之間》中的淫佚之行,在漢代的詩賦中似已絶迹,若要找一些遺迹,則《梁王菟園賦》保留了一鱗半爪。《梁王菟園賦》的“儐笑連便”,雖然不無賣弄風情之嫌,但末了還是引詩言志,貞静無邪。從這些作品可以看到,

---

① 見《楚辭補注》,頁245。
② 見許維遹:《韓詩外傳校釋》(北京:中華書局,1980年),頁2—4。
③ 見《列女傳補注》,頁8。

"守禮"是漢人對采桑女的要求,也是時代的要求,所以文學中的采桑女擺脱了淫佚的形象,减輕了勞動的意味,變成了一個美麗而守禮的理想人物。

五、漢代"三綱"思想的折射

從上文所引的漢人作品來看,不難發現,儘管這些故事的人物及作者的表現手法均有不同,但其情節結構是相同的:男子調戲女子,女子堅守禮節以拒人。

這種"調戲"與"守禮"的結構模式,在漢人的作品中並不是個别的例子。從西漢初年《韓詩外傳》中的"阿谷少女",到東漢的樂府詩《羽林郎》,①這模式都重復地出現;而《陌上桑》作爲一首贊美婦女堅貞守禮的詩歌,自然也不會例外。"以禮自防"這主題貫穿了這些作品,在古代的父權社會之中,君與父是倫理及政治的中心,臣子與妻妾只居從屬地位。父權社會要求婦女不論在甚麽情况之下,都必須對丈夫完全的堅貞不二,而《陌上桑》一類作品的結構模式,似乎是文學家刻意安排的一次考驗,最終還是要婦女表現自己的堅貞,才算經得起文學家的"考驗"。不管這些作品是以喜劇的手法(如《陌上桑》)還是以悲劇的手法(如《秋胡潔婦》)來演繹,目的都是爲了突出"以禮自防"這主題。這結構模式簡潔而富

① 《羽林郎》屬雜曲歌辭,《樂府詩集》收在卷六十三《雜曲歌辭三》。清人沈德潛《古詩源·漢詩·陌上桑》評曰:"鋪陳穠至,與辛延年《羽林郎》一副筆墨。"(北京:中華書局,1990年,頁73)沈謙把《陌上桑》和《羽林郎》喻爲"雙璧",撰有《漢樂府的雙璧——〈羽林郎〉與〈陌上桑〉比較評析》一文,認爲二詩"創作背景相近""運用體裁相同""形式技巧相似""主題意識强烈"。沈文見臺灣政治大學中文所:《漢代文學與思想學術研討會論文集》(臺北:文史哲出版社,1991年),頁471—504。按《羽林郎》描述霍光家奴馮子都調戲買酒胡姬的故事,似比《陌上桑》更具時代性,末了胡姬還高唱:"男兒愛後婦,女子重前夫。人生有新故,貴賤不相踰。"其守禮與羅敷無異。

文學意味,難怪兩漢文人都有沿用,藉此以塑造他們理想中的婦女形象。

《陌上桑》等一類的作品固然反映了漢人對婦女在道德上的要求,上文所引徐復觀先生的《韓詩外傳研究》已經説明了這一點,但漢人爲甚麽對婦女有這樣的要求呢?要作進一步的探討,就必須联繫到漢代的歷史文化語境。

自漢武帝(前156—前87)獨尊儒術,儒學成爲了學術思想的主流,漢人的政治思想與行爲規範,都以儒學爲理論根據。然而,漢代的儒學並不是先秦儒學的重現,而是糅雜了其他學派的學説,以適應時代的需要。除了人所悉知的陰陽五行之説以外,漢儒思想也攙雜了法家的思想,只是法家在漢代備受貶抑,與儒學的關係比較隱微,不像陰陽五行之説那樣明顯罷了。①

漢儒所倡導的"三綱"之説,可溯源到《韓非子》,目的當然是爲了穩定當時的政治社會秩序,並爲劉氏政權的合理性提出理據。《韓非子·忠孝》云:

> 臣之所聞曰:"臣事君,子事父,妻事夫,三者順則天下治,三者逆則天下亂。此天下之常道也。"明王賢臣而弗易也,則人主雖不肖,臣不敢侵也。②

可見"天下治"正是這種思想的終極目的。《韓非子》雖然提出了"君臣""父子""夫婦"這種從屬關係的差序格局,但没有詳加發揮,也未正其名曰"三綱",這工作到了漢代才得以完成。董仲舒(前179—前104)在《春秋繁露·基義》中說:

> 君臣、父子、夫婦之義,皆取諸陰陽之道。君爲陽,臣爲

① 有關漢代儒法關係的研究,可見林聰舜:《兩漢前期思想與法家的關係》(臺北:大安出版社,1991年)。

② 見陳奇猷:《韓非子集釋》(上海:上海人民出版社,1974年),下册,頁1107—1108。

陰;父爲陽,子爲陰,夫爲陽,妻爲陰。陰道無所獨行。其始也不得專起,其終也不得分功,有所兼之義。是故臣兼功於君,子兼功於父,妻兼功於夫,陰兼功於陽,地兼功於天。……天爲君而覆露之,地爲臣而持載之;陽爲夫而生之,陰爲婦而助之;……王道之三綱,可求於天。①

這裏又增添了陰陽學説的色彩。他在《順命》中又説:

天子受命於天,諸侯受命於天子,子受命於父,臣妾受命於君,妻受命於夫。諸所受命者,其尊皆天也,雖謂受命於天亦可。②

董仲舒是西漢的大儒,甚爲武帝及時人所重,他的言論很能代表官方的觀點。東漢又如何呢? 東漢的官方意見,可以《白虎通》爲代表。《白虎通·三綱六紀·總論綱紀》云:

三綱者,何謂也? 謂君臣、父子、夫婦也。……故《含文嘉》曰:"君爲臣綱,父爲子綱,夫爲妻綱。"……所以張理上下,極齊人道也。③

《三綱六紀·論六紀之義》又云:"夫者,扶也,以道扶接也。婦者,服也,以禮屈服也。"④同樣的觀點又見於《嫁娶·論嫁娶諸名義》:"夫婦者,何謂也? 夫者,扶也,扶以人道者也。婦者,服也,服於家事,事人者也。"⑤因此,《嫁娶·論妻不得去夫》便説:"夫有惡行,妻不得去者,地無去天之義也。……悖逆人倫,殺妻父母,廢絶綱紀,亂之大者也,義絶,乃得去也。"⑥很明顯,漢人已把婦女對丈夫的服

---

① 見蘇輿:《春秋繁露義證》(北京:中華書局,1992年),頁350—351。
② 見《春秋繁露義證》,頁412。
③ 見《白虎通疏證》,頁373—374。
④ 見《白虎通疏證》,頁376。
⑤ 見《白虎通疏證》,頁491。
⑥ 見《白虎通疏證》,頁467—468。

從提升到形而上的理論層面,是天道的表現,關係到國家的治亂。金春峰先生曾指出:“在三綱中,君權與父權相結合權成所謂‘君父大義’,在封建社會是最神聖尊嚴不可侵犯的。”[①]雖然早在《禮記》便强調婦女的服從性,“但經過《白虎通》,由皇帝親自肯定、宣布,就具有了‘法典’的意義。從此以後,夫權樹立了至高無上的地位,婦女日益處於被奴役屈辱的地位”。[②] 至此已不難理解,“以禮自防”的道德主題,就是在漢人“三綱”思想這文化語境下產生的,漢人以此論詩,實在很符合當時的文化語境,最具經典地位的例子莫如《詩序》之論《召南・草蟲》的詩旨:“《草蟲》,大夫妻以禮自防也。”[③]《詩序》清楚直接地標明了“以禮自防”這主題。漢人對《三百篇》詩旨的解讀往往受到後人的批評,認爲是求之過深,有穿鑿之嫌;不過漢人如此論詩,於是就如此作詩,却是自然而然的事,用漢人的詩學觀解讀漢人的詩作,應該更接近詩旨,更接近漢人的文化心理。然則,《陌上桑》及上文所引的漢人作品,應該就是“以禮自防”的體現,也是當時“三綱”思想的折射。

六、結　　語

對於《陌上桑》一詩,古今學者的理解都有不同,是守禮還是反抗,是其中最大的分歧處,而造成分歧的一個重要原因是古今歷史文化語境的差異。漢人出於當時的政治教化的需要,於是創作出儀態萬千而又守禮拒人的羅敷;朱嘉徵身處王權仍然高漲,時人仍然注重禮教的清初,於是用詩教的觀點解讀《陌上桑》,指出其“以

① 見金春峰:《漢代思想史》(北京:中國社會科學出版社,1987 年),頁 460。
② 見《漢代思想史》,頁 462。
③ 見《毛詩正義》卷一之四,頁 51。

禮自防”的主題；到了近代，王權父權與傳統禮教都成了打倒的對象，於是羅敷又被詮釋成一個反抗權貴的勞動婦女。不同的時代需要不同形象的羅敷，可見歷史文化語境在很大程度上左右了讀者對詩歌的解讀方向。

《陌上桑》雖然源於漢世的“街陌謳謡”，但被編進了樂府官署之後，就必定經過文人的整理，而寫定這首古辭的詩人選擇了“采桑”這個古老而又廣爲人知的題材，沿用了自西漢以還那個“調戲”與“守禮”的結構模式，强化了先秦時代采桑女三個形象中的道德形象，放棄了她的淫佚形象，淡化了她的勞動意味，其最終目的，都是爲了表達“以禮自防”這個主題。至於“以禮自防”這主題，則是漢人“三綱”思想下的產物，因此可以說，《陌上桑》一詩實際上是漢人“三綱”思想的折射。《陌上桑》是漢人筆下的一篇複合作品，“守禮”與“勞動”本來是没有關係的，但最後竟在“三綱”的思想下統一起來，朱嘉徵用“以禮自防”來解讀此詩，應該更近漢人的文化心理。

（本文是我的碩士論文〔1994〕的其中一節，由先師常宗豪教授指導，原載香港中文大學《中國文化研究所學報》新第 6 期〔1997〕，修訂後又收入鄺健行師，吴淑鈿編選：《香港中國古典文學研究論文選粹〔1950—2000〕· 詩詞曲篇》〔南京：江蘇古籍出版社，2002年〕，現再修訂，並刊於此）

唐代貧女詩發微

——以秦韜玉《貧女》爲中心

一、貧女緣何成口舌:問題的提出

晚唐詩人秦韜玉以其一首七律《貧女》名傳後世。詩云:

蓬門未識綺羅香,擬托良媒益自傷。
誰愛風流高格調,共憐時世儉梳妝。
敢將十指誇偏巧,不把雙眉鬭畫長。
苦恨年年壓金線,爲他人作嫁衣裳。①

對於這首《貧女》的詩旨,詩論家的意見都頗一致,例如明人廖文炳

① 見曹寅(1658—1712)等:《全唐詩》(北京:中華書局,1960年),第20册,頁7657。按:本文所引唐詩悉據此本,隨文用阿拉伯數目字注明卷頁,以便查考,不另出注,以省篇幅。"偏巧",《全唐詩》注云:"一作纖",《唐詩三百首》作"鍼(針)巧"。施蟄存認爲:"觀原詩下句對'鬥畫長',則'針'字亦有理。"見《唐詩百話·晚唐詩話·秦韜玉:貧女》(上海:華東師範大學出版社,2001年,第二版),注釋1,頁658。李之亮:"偏:特别。"見《秦韜玉詩注》(與《李遠詩注》合刊,上海:上海古籍出版社,1989年),頁6。"苦恨",後蜀韋縠《才調集》卷五作"最恨",見傅璇琮:《才調集》,《唐人選唐詩新編》(西安:陝西人民教育出版社,1996年),頁824。

曰:“此韜(玉)傷時未遇,托貧女以自況也。”[①]沈德潛(1673—1769)曰:“語語爲貧士寫照。”[②]俞陛雲(1868—1950)曰:“此篇語語皆貧女自傷,而實爲貧士不遇者,寫牢愁抑塞之懷。”[③]詩中的貧女與詩外的貧士都令人同情動容,結句“爲他人作嫁衣裳”更觸動了不少後世讀者的心靈,成語“爲人作嫁”就出自這句詩,而以貧女比擬貧士,以媒比擬援引者,也成了人盡皆知的常識。

詠及貧窶與貧士的名篇佳作,早在先秦時代就已經有了。《邶風·北門》首章云:“出自北門,憂心殷殷。終窶且貧,莫知我艱。已焉哉! 天實爲之,謂之何哉?”《詩序》:“《北門》,刺仕不得志也。言衛之忠臣不得其志爾。”鄭玄(127—200)箋:“不得其志者,君不知己志,而遇困苦。”[④]朱熹(1130—1202)《詩集傳》:“衛之賢者處亂世,事暗君,不得其志,故因出北門而賦以自比。又嘆其貧窶,人莫知之,而歸之於天也。”[⑤]《北門》中的“賢者”猶可“事暗君”,至宋玉《九辯》就“貧士失職而志不平”了。宋玉《九辯》不但下開後世“悲秋”的文學主題,還開了“貧士不遇”的主題。可見在《詩經》和《楚辭》裏,貧困與志士是联繫在一起的。到了漢代,樂府詩人的目光從士人轉移到尋常百姓,《東門行》的作者便唱出了老百姓的貧窮之苦:“盎中無斗米儲,還視架上無懸衣!”[⑥]詩中的主人翁衣食堪憂,爲此鋌而走險,其妻兒牽衣相勸亦不能阻止,他們的苦況實不下於士人。在先秦兩漢書寫貧窮的詩作裏,士人與百姓心靈的困苦與物質的匱乏都得到詩人的關注,這就爲後世同類的詩歌定下

① 見元好問:《唐詩鼓吹箋注》(臺北:新文豐出版公司,1979 年),郝天挺注,廖文炳解,頁 268。

② 見沈德潛:《唐詩別裁》(上海:上海古籍出版社,2009 年),下册,頁 538。

③ 見俞陛雲:《詩境淺説》(北京:北京出版社,2006 年),頁 94。

④ 見孔穎達:《毛詩正義》(新文豐出版公司影嘉慶二十年阮元重刊《十三經注疏》本),頁 103。

⑤ 見朱熹:《詩集傳》(北京:中華書局,1958 年),頁 25。

⑥ 見郭茂倩:《樂府詩集》(北京:中華書局,1979 年),第二册,頁 550。

了基調。

魏晉以後的詩人繼承了先秦兩漢的傳統,正式發展出"詠貧"與"詠貧士"的詩題,①陶淵明的《詠貧士》七首就是當中的名作。可見自先秦以降就有書寫貧窶與貧士的舊題,然則,唐代詩人,包括秦韜玉,大可沿用舊題來抒發自己的貧寒不遇或者貧士失職,又何必假借女子聲口?雖然男子作閨音以寓寄托是《離騷》以還的傳統,不過,士不遇也是一個由來已久的主題,只要寫得深刻,一樣能够動人,宋玉、陶淵明就作了這樣的示範;假借女子聲口以寫不遇,若寫得不够深刻,亦不無陳辭濫調之嫌,恐怕要招來模式化之譏,唐人精研詩藝,自會深明個中的道理。然而終唐之世,詩人都没有正式繼承"詠貧士"的詩題,而是另闢"貧女"一題以寫其士之不遇。棄舊題,開新題,原是創新的表現,但新題寫的仍是士不遇的老調,這就很值得思考了。本文擬從以下三個問題作探討:(一)唐代"貧女"一題是如何生成的?(二)爲何唐人要另闢"貧女"一題?唐人的貧女詩與前代的貧士詩,除了詩中主角的性别不同之外,還有何分别?(三)秦韜玉的《貧女》固然是"世人盛傳誦之",②但在他之前和之後,寫"貧女"詩者亦不乏作手,何以只有他的《貧女》成爲"古今口舌"?③

---

① 江逌與梁朝朱超都有《詠貧詩》。江詩見逯欽立:《先秦漢魏晉南北朝詩》(北京:中華書局,1983 年),中册,頁 879。朱詩見同書,下册,頁 2096。

② 方回評語。見紀昀:《瀛奎律髓刊誤》(臺北:佩文出版社 1960 年影光緒庚辰懺華盦重刊本),第四册,頁 1211。

③ 賀裳《載酒園詩話》:"秦韜玉詩無足言,獨《貧女》篇遂爲古今口舌。'苦恨年年壓金線,爲他人作嫁衣裳。'讀之輒爲短氣,不減江州夜月,商婦琵琶也。"見郭紹虞:《清詩話續編》(北京:中華書局,1983 年),頁 390。

二、貧賤無媒出嫁難:“貧女”一題的生成歷程

一個文學新題的出現,總離不開其特定的社會政治語境,唐人另闢“貧女”一題亦然。因此,要探討唐人“貧女”一題的生成,還應從當時的社會政治語境找線索。

(一) 貧女難嫁:貧女詩生成的社會語境與貧女的角色設定

秦韜玉詩提到“貧女難嫁”。這是前代“詠貧”與“詠貧士”等詩作所不曾提及過的一個社會現象。

貧女難嫁實與唐代的財婚風尚以及結親高門有關。唐人結婚,極重視娉財,甚至把娉財寫進法律之中。《唐律疏議》:“諸許嫁女,已報婚書及有私約而輒悔者,杖六十。雖無許婚之書,但受娉財,亦是。議曰:婚禮先以娉財爲信,故《禮》云:‘娉則爲妻’。雖無許婚之書,但受娉財亦是。”[①]可見娉財之重要。既然娉財得到法律的承認,則婚姻就不免有金錢交易的意味,於是造成了財婚的現象,致使皇帝也須正視,並加以遏止。貞觀六年(631),唐太宗(599—649)對房玄齡(579—648)説,山東有崔、盧、李、鄭四姓大族“好自矜大”,“嫁女他族,必廣索娉財,以多爲貴”,“同於市賈,甚損風俗”,於是下詔改革此風,希望“自今已後,明加告示,使識嫁娶之序,合典禮,稱朕意焉”。[②] 唐高宗(628—683)顯慶四年(659)也曾下過類似的詔書,目的也是爲了遏止財婚的風氣。[③] 當時的高門大族在政治上及社會上仍極具影響力,所以不少士人希望能與高門結親。高宗的中書令薛元超(622—683)就以“不得娶五姓女”爲平

① 見長孫無忌等:《唐律疏議》(北京:中華書局,1983 年),頁 253—254。

② 見吴兢:《貞觀政要集校》(北京:中華書局,2003 年),謝保成集校,頁 396—397。

③ 唐高宗顯慶四年的詔書規定:“天下嫁女受財,三品以上之家不得過絹三百匹,四品、五品不得過二百匹,六品、七品不得過一百匹,八品以下不得過五十匹,皆充所嫁女貨裝等用,其夫家不得受陪門之財”。見杜佑:《通典》(文淵閣《四庫全書》本),頁三十五上至下。

生“三恨”之一。① 陳寅恪(1890—1969)曾藉元稹(779—831)對崔鶯鶯之始亂終棄,指出當時的社會風氣云:“若鶯鶯果出高門甲族,則微之無事更婚韋氏。惟其非名家之女,捨之而别娶,乃可見諒於時人。蓋唐代社會承南北朝之舊俗,通以二事評量人品之高下。此二事,一曰婚。二曰宦。凡婚而不娶名家女,與仕而不由清望官,俱爲社會所不齒。……捨棄寒女,而别婚高門,當日社會所公認之正當行爲也。”②當時的風氣如此。貧寒弱女的遭遇實在委屈,因此得到了詩人的同情,白居易(772—846)《議婚》就反映了這種現象:

> 天下無正聲,悦耳即爲娱。人間無正色,悦目即爲姝。
> 顔色非相遠,貧富則有殊。貧爲時所棄,富爲時所趨。
> 紅樓富家女,金縷繡羅襦。見人不斂手,嬌癡二八初。
> 母兄未開口,已嫁不須臾。緑窗貧家女,寂寞二十餘。
> 荆釵不直錢,衣上無真珠。幾迴人欲娉,臨日又踟躕。
> 主人會良媒,置酒滿玉壺。四座且勿飲,聽我歌兩途。
> 富家女易嫁,嫁早輕其夫。貧家女難嫁,嫁晚孝於姑。
> 聞君欲娶婦,娶婦意何如。③ (卷425,頁4674)

《議婚》是《秦中吟》十首的第一首,序云:“貞元元和之際,予在長安,聞見之間,有足悲者。因直歌其事,命爲《秦中吟》。”既然“直歌其事”,當然是社會實況的反映。白居易在詩中站在貧女的一方

① 薛元超:“吾不才,富貴過分,然平生有三恨:始不以進士擢第,不得娶五姓女,不得修國史。”見劉餗《隋唐嘉話》(與張鷟《朝野僉載》合刊,北京:中華書局,1979年),頁28。又見王讜:《唐語林・企羡》,周勛初校證:《唐語林校證》(北京:中華書局,1987年),頁384。按:“五姓”指的是范陽盧氏、博陵崔氏、清河崔氏、滎陽鄭氏、太原王氏、隴西李氏、趙郡李氏等七望五姓。

② 見陳寅恪:《元白詩箋證稿》第四章《豔詩及悼亡詩》(北京:三聯書店,2001年),頁116。

③ 白詩後蜀韋縠《才調集》題“貧家女”。

“議婚”,爲“貧家女難嫁”抱不平,發揚其諷喻詩的精神,與漢樂府的“感於哀樂,緣事而發”可謂一脉相承。

唐人不乏反映貧家婦女生活苦况的詩作,例如杜甫(712—770)《又呈吴郎》寫“無食無兒”的撲棗婦人“貧到骨”的遭遇,令人同情悲嘆(卷 231,頁 2541)。又如元結(719—772)《系樂府十二首・貧婦詞》“所憐抱中兒,不如山下麑。空念庭前地,化爲人吏蹊”數句,寫出了貧婦的辛酸,序稱:“天寶辛未中,元子將前世嘗可稱嘆者,爲詩十二篇。爲引其義以名之,總命曰《系樂府》。”(卷 240,頁 2696—2697)再如王建(767—830)《當窗織》慨嘆“貧家女爲富家織”,致有“當窗却羨青樓倡,十指不動衣盈箱”的想法(卷 298,頁 3380)。杜甫、元結、王建寫的並非貧女難嫁,取材與白居易《議婚》不同,却都寫出了貧家婦女生活苦况的典型,同樣得到讀者的贊賞。

必須指出的是,書寫貧家婦女生活苦况的詩作,唐人都不以“貧女”爲題,而標題“貧女”的,多是以貧女難嫁喻士之不遇的比興之作,例外者絶少。[①] 在唐詩裏,“貧女”一題自有其特定的比興功能,而這些標題“貧女”的比興之作,就是本文要討論的“貧女詩”,至於未有標題“貧女”而又同樣是以貧女難嫁喻士之不遇的比興之作,例如邵謁的《寒女行》,當然亦在討論之列,如此方能接近詩歌發展的實况。爲了作更清晰的區分,前引杜甫《又呈吴郎》等一類反映貧家婦女生活苦况的詩作可稱爲貧女書寫,標題“貧女”的才稱作貧女詩。翻檢《全唐詩》,標明“貧女”的有七首:孟郊(751—814)《貧女詞寄從叔先輩簡》、薛逢《貧女吟》、李山甫《貧女》、秦韜玉《貧女》、鄭谷(851—910)《貧女吟》、張碧(生卒未詳)[②]《貧女》、王

① 鄭谷的《貧女吟》是唯一的例外。

② 舊題貞元間進士,陳尚君考證應是唐末五代人。見《張碧生活時代考》,《文學遺産》1992 年第 3 期;《唐才子傳校箋》,第五册,頁 224—225。

喦(生卒未詳)《貧女》。王喦應是宋初人,[①]可暫置不論,故唐人貧女詩今存六首,都是中晚唐的詩作,若把邵謁《寒女行》等一類的詩作也包括在内,則可供討論的作品當然就不止六首了。

唐人以貧女難嫁爲喻,一方面因爲貧女難嫁是當時人皆熟知的社會現象,是現成的社會題材,[②]詩人采之入詩實不足爲奇。另一方面,以玉顔不字或者棄婦自傷來比喻士人的懷才不遇,是詩學上"香草美人"的比興傳統,曹植(192—232)《七哀詩·明月照高樓》《美女篇》《雜詩·南國有佳人》就是深諳此傳統的唐前典範之作。貧女難嫁是當時的社會現象,却又與美人不偶的比興傳統異質而相似:貧女難嫁是社會問題,美人不偶喻士不遇是詩學傳統,二者範疇不同,故曰異質;貧女與美人同樣材質出衆,却又欲嫁無由,以致寂寞終身,除了一富一貧的不同之外,貧女似是在重複着美人的遭遇,二者如出一轍,故曰相似。唐人以貧女難嫁喻士之不遇,可説是詩學傳統的當代演繹。這就是貧女詩中"貧女"的角色設定。

"香草美人"與貧女難嫁之所以能够結合起來,是因爲當中有兩個與士子密切相關而且不可或缺的因素在起關鍵作用:干謁與貧寒。干謁與貧寒構成了一個生成機制,詩學傳統與社會現象正是通過這個機制來生成"貧女"一題的。以下再從干謁與貧寒探討貧女詩的生成。

(二) 干謁與托媒:貧女詩生成的制度因素與"媒"的角色設定及其喻意脉絡

---

① 王喦應是宋初人。《貧女》一詩始見載洪邁《萬首唐人絶句》卷七十四:"難把菱花照素顔,試臨春水插花看。木蘭船上遊春子,笑指荆釵下遠灘。"洪氏以爲王喦是唐人,實誤。陳振孫《直齋書録解題》已有考辨。厲鶚《宋詩紀事》卷五:"喦,淳化中隱居蜀川,有集。陳氏《書録解題》:洪邁編唐人絶句萬首,可謂博矣,而多有本朝詩在其中,如李九齡、郭震、滕白、王初、王喦之屬是也"。

② 有關唐代財婚風氣及其與貧女詩關係的論述,見江合友:《財婚風尚與唐代貧女詩》,《寧夏社會科學》2003 年 11 月第 6 期(總第 121 期),頁 113—114。李志生:《唐代百姓通婚取向探析》,《河北學刊》2001 年 7 月第 21 卷第 4 期,頁 79—83。

干謁是唐代科舉及銓選制度下的士人習尚,史家已多所論列,實在不必重複。至於唐代科舉及銓選與文學創作的關係,專家學者也討論得相當深入,較早的專著有程千帆先生的《唐代進士行卷與文學》和傅璇琮先生的《唐代科舉與文學》,此後還有王勛成的《唐代銓選與文學》和王佺的《唐代干謁與文學》。相關的專著應還有不少,而專題論文就更多了。這些研究都指出,科舉不但讓平民士子有入仕的機會,而且造就了大量的干謁詩文。科舉制度推行之初,確實在社會上營造出一種樂觀奮發的時代精神,所謂的"盛唐氣象"與此不無關係。未及第者儘管當下失意,但總相信自己就是下一名進士。

士子對自己的前途充滿自信,因爲科舉制度給了他們希望,不過,他們同時也明白到,朝中名公的評價最能影響他們應舉的結果,加上時人皆推崇進士科,而進士的取録名額又太少,[①]競争異常激烈,必須得到名公的賞譽,方有機會及第,所以舉子視干謁爲及第的必由之路是很正常的。至於能否及第,還要看名公的意向,舉子是完全被動的。[②] 當樂觀自信的熱情一旦平静下來,士子還須面對叩門干謁的現實。可見一個制度的設計與實施,既能模塑人的行爲,即舉子干謁;也能造就某些人的關鍵角色,即名公舉薦。

不少干謁詩與下第詩都提到"媒"。名公就是干謁詩與下第詩中的"媒"。"媒"在干謁詩及下第詩裏具有相當穩定的喻意功能,只要把有關的詩作排列出來,就可以清楚地看到"媒"的喻意形成了一條脉絡貫穿其中。應該指出,"媒"是貧女詩中的一個重要角色,李山甫《貧女》就有"終日求媒即道狂"句,秦韜玉《貧女》也有

① 進士名額一般維持在 20—30 人,間中也超過 30 人至 40 人。唐玄宗先天二年(731)取額最多,也只有 77 人。見陶易:《唐代進士科一覽表》,《唐代進士録》(合肥:安徽大學出版社,2010 年),頁 463—482。

② 白居易《見尹公亮新詩偶贈絶句》就寫出了此中的實況:"袖裏新詩十首餘,吟看句句是瓊琚。如何持此將干謁,不及公卿一字書。"(卷 436,頁 4835)

"擬托良媒益自傷"句。簡言之,就是"貧女"與"媒"共同演繹"貧女難嫁"的戲碼。這並不是偶然或者巧合的現象,而是中晚唐之世的政治社會語境、詩學語境,以及詩人的個人語境三者綜合的結果。至於"媒"之所以進入貧女詩,就政治社會語境層面而言,當然是因爲干謁之故。

唐代科舉制度的設計令士子不得不干謁。不過,世家大族壟斷政治的局面雖然被打開了一個缺口,但他們的既有優勢却不曾被打破。王偉就作過統計:"唐代進士科共取士 830 人,其中士族占 589 人,比重高達 71%,士族在科舉考試特别是進士科考試中無疑具有絶對優勢。"①寒士即使文才出衆,要登第入仕,機會實在太微了。② 世族子弟憑恃其財勢、地望,更重要的是他們在官場中的人脉關係,使他們在科舉及銓選制度中處處占盡利益。這朝中人脉,就是"媒"。

士子長年不第在唐代是普遍的現象,也是常態。③ 除非絶意於仕途,否則,絶大多數的寒士都無法打破科舉制度給他們設定的宿命,墮入"干謁—下第"的循環。至於未釋褐的"前進士"以及六品以下的官員,則墮入銓選制度下"干謁—守選"的循環。④ 能脱離這

① 見王偉:《進退之際:唐代士族與科舉取士制之關係及其影響》,《北方論壇》2010 年第 5 期(總第 223 期),頁 70—74。另見《唐代科舉與社會階層流動之關係及其意義——以士族爲考察中心》,《中華文化論壇》2010 年第 4 期,頁 76—80。

② 《唐語林·賞譽》"宣宗舅"條頗能看到個中情況:"宣宗舅鄭僕射光,鎮河中。封其妾爲夫人,不受,表曰:'白屋同愁,已失鳳鳴之侶;朱門自樂,難容烏合之人。'上大喜,問左右曰:'誰教阿舅作此好語?'對曰:'光多任一判官田詢者掌書記。'上曰:'表語尤佳,便好與翰林一官。'論者以爲不由進士,又寒士,無引援,遂止。"見《唐語林校證》,頁 282。

③ 時人就有"五十少進士"之説。見王定保:《唐摭言校注》,姜漢椿校注,"散序進士"條,頁 10。

④ 唐制,科舉由禮部主持,士子進士及第後仍不能立即入仕,稱"前進士",他們還須由禮部介紹至吏部,再通過吏部關試,成爲吏部候選人,並守選幾年,方可授官。至於六品以下官員,任滿後須停官罷秩守選,直至升到五品,方脱離吏部銓選,改由中書省或門下省授制。士人爲了自己的仕途,在入仕之後,升至五品之前,仍要干謁名公。這就解釋了爲何已及第爲官的士人還須撰寫干謁詩文。有關的論述,見王勛成:《唐代銓選與文學》(北京:中華書局,2001 年)。

兩個循環的人甚少,失敗者大多滯留長安,寫下第詩以抒發其失意,爲了考科舉,“决心住城中,百敗望一成”,[①]開始下一次的循環。這對士子而言是一種無休止的折磨。他們認爲,之所以要承受此折磨,完全是因爲自己欠缺朝中人脉之故。早在玄宗年間,王泠然以《論薦書》干謁張説(667—730)時,就直接道出這種不滿:“僕竊謂今之得舉者,不以親,則以勢;不以賄,則以交。未必能鳴鼓四科,而裹糧三道。其不得舉者,無媒無黨,有行有才,處卑位之間,仄陋之下,吞聲飲氣,何足算哉?”[②]文中“媒”的喻意很清楚,就是名公,就是朝中人脉,“無媒”就是名公不顧,無人提拔,“無媒無黨”就是貧寒士子屢舉不第的原因。

以“媒”喻援引者,《楚辭》早已用之,屈原《離騷》:“理弱而媒拙兮,恐導言之不固。世溷濁而嫉賢兮,好蔽美而稱惡。”《九章·思美人》:“媒絶路阻兮,言不可結而詒。”[③]曹植《美女篇》就繼承了這個比喻。《美女篇》中的佳人一身金翠羅衣,“采桑歧路間”,雖貌美勤勞,却仍然待字閨中:

> ……容華耀朝日,誰不希令顔? 媒氏何所營? 玉帛不時安。佳人慕高義,求賢良獨難。衆人徒嗷嗷,安知彼所觀? 盛年處房室,中夜起長嘆。[④]

詩中的佳人追問“媒氏何所營”,致使她仍然“盛年處房室”,這當然是懷才不遇的比喻。[⑤] 曹植的“佳人”、“媒氏”、“盛年處房室”等比喻,已爲唐人“貧女詩”的發展作了角色設計和難嫁情節的必要準

① 見姚合:《寄楊茂卿校書》,《全唐詩》,頁 5634。
② 見王泠然:《論薦書》,董誥等編:《全唐文》(北京:中華書局,1983 年),頁 2982。
③ 見洪興祖:《楚辭補注》(北京:中華書局,2002 年),頁 34,146。
④ 《美女篇》全文見趙幼文:《曹植集校注》(北京:人民文學出版社,1998 年),頁 385。
⑤ 唐人早就指出了,《文選》張銑注:“以美女喻君子。言君子既有美行,上願得明君而事之,若不得其人,雖見徵求,終不能屈。”見李善等:《六臣注文選》(北京:中華書局,1987 年),中册,頁五一五下。

備,而《美女篇》更可視作解讀“貧女詩”的參照。李山甫《貧女》曰“終日求媒”,秦韜玉《貧女》曰“擬托良媒”,若以《美女篇》的“媒氏”作參照,則二家的“求媒”與“托媒”,無疑就是“干謁”了。

“媒”雖然早在《楚辭》裏就已經出現,但在唐以前的詩歌裏並不常見,用到“媒”的唐前名篇,今所見者,大概就只有曹植《美女篇》一詩,現在却因爲科舉之故而頻繁地出現在唐人的干謁詩及下第詩中,例如劉駕《長安旅舍紓情投先達》:“静女頭欲白,良媒況我鄰。”(卷 585,頁 6774)又如趙嘏《下第後歸永樂里自題二首》:“無地無媒只一身,歸來空拂滿床塵。”(卷 550,頁 6368)有時詩人在酬贈之間,也會提到“媒”,宋之問(656? —712)《酬李丹徒見贈之作》:“以予慚拙宦,期子遇良媒。”(卷 53,頁 649—650)杜荀鶴(846—904)《贈張員外兒》:“月裏桂枝知有分,不勞諸丈作梯媒。”(卷 692,頁 7952)杜荀鶴在《寄從叔》中説得更直接:“三族不當路,長年猶布衣。”(卷 691,頁 7929)在《投從叔補闕》中又謂:“空有篇章傳海内,更無親族在朝中。”(卷 692,頁 7952)杜荀鶴詩的文本互涉給予讀者極大的提示,完全可以確定,這“媒”就是名公,就是朝中的人脉。

由此可見,在唐以前,“媒”只泛指援引者,其角色還未特指某類人,但到了唐人筆下,“媒”的喻意就明確地特指名公或者朝中人脉。干謁明確化了“媒”的喻意,並爲唐人一直相承沿用。“媒”頻繁地出現於干謁詩、下第詩,還有本文所討論的貧女詩,只要把這些詩作排列起來,就可以看到“媒”的喻意已形成了一條頗爲清晰的脉絡,而且喻意相當穩定。

“媒”是貧女一題生成的必要條件。貧寒難嫁固然是貧女的不幸遭遇,但只有媒出現並且拒絶説親,貧女遭遇的悲劇性方能突顯出來:“我因爲被你拒絶而令生命留下了永遠無法彌補的缺憾!”這就是“媒”的角色設定,也是詩人爲貧女安排的不能逆轉的宿命!可見媒在貧女詩中的重要性。

媒與貧女的相遇是詩人的情節設計,藉以表達"干謁無成,貧寒不遇"的主題。不過,這兩個角色還要等到晚唐之世才得以相遇。士子堅執於應舉,[①]所以干謁就成了一個詛咒,它雖然給了士子晉身的希望,但同時又注定了絶大多數士子要失望。士子就在這希望與失望之間虛度光陰,並在心理上形成了一種患得患失的張力,不滿和怨憤之情開始積累,從他們的下第詩中可以看到,一代又一代的士子覺得自已備受壓抑、懷才不遇。這種怨憤之情至晚唐達到了極點,秦韜玉《貧女》要抒發的,正是這種不滿。

(三) 貧寒與無媒:人生困境的解讀與貧女詩的生成(之一)

只要"媒"肯傳語給有司,士子方可能及第或者升遷。因此,詩人往往把落第歸因爲"無媒",例如祖詠(約 699—746)《送丘爲下第》:

> 無媒既不達,予亦思歸田。(卷 131,頁 1337)

劉長卿(709—780)《硤石遇雨宴前主簿從兄子英宅》:

> 吾兄此爲吏,薄宦知無媒。(卷 149,頁 1538)

岑參(約 715—770)《送二十二兄北遊尋羅中》:

> 無媒謁明主,失計干諸侯。(卷 200,頁 2069)

錢起《送孫十尉温縣》:

> 雲衢有志終驤首,吏道無媒且折腰。(卷 239,頁 2669)

元稹《三月三十日程氏館餞杜十四歸京》:

> 謀身誠太拙,從宦苦無媒。(卷 423,頁 4650)

---

① 《唐語林·企羡》"苗給事子"條頗能看到士子對應舉的堅執:"苗給事子纘應舉次,而給事以中風語澀,而心中至切。臨試,又疾亟。纘乃爲狀,請許入試否。給事猶能把筆,淡墨爲書,曰:'入!'其父子之情切如此。其年纘及第。"見《唐語林校證》,頁 357。

就如無名氏的《絶句》所説:

傳聞天子訪沈淪,萬里懷書西入秦。早知不用無媒客,恨別江南楊柳春。(卷 786,頁 8864)

無媒不達,凄苦難言。士子認爲,他們之所以"無媒",全是因爲貧寒之故。朱慶餘《宿山居》:

山店燈前客,疇身未有媒。鄉關貧後别,風雨夜深來。
上國求丹桂,衡門長緑苔。堪驚雙鬢雪,不待歲寒催。(卷 515,頁 5888)

武元衡(758—815)《長安叙懷寄崔十五》:

無媒守儒行,榮悴紛相映。家甚長卿貧,身多公幹病。(卷 316,頁 3547)

許渾(約 791—858)《山居冬夜喜魏扶見訪因贈》:

霜風露葉下,遠思獨裴回。夜久草堂静,月明山客來。
遣貧相勸酒,憶字共書灰。何事清平世,干名待有媒。(卷 532,頁 6078)

雍陶(805—?)《人問應舉》:

莫驚西上獨遲迴,只爲衡門未有媒。惆悵賦成身不去,一名閒事逐秋回。(卷 518,頁 5922)

從以上詩句又可再一次看到"媒"這條喻意脉絡,同時也看到詩人對其人生困境的解讀:"貧寒—無媒—下第"。這儼然構成了因果關係,如果再結合唐代科舉,更可以看到寒士詩人的宿命:"干謁—'貧寒—無媒—下第'"。

貧窮微賤,不免要遭人白眼。詩人如此解讀其人生困境,是有其實際的生活經驗作基礎的,這就是詩人的個人語境。白居易干謁顧况時,顧况就以“居易”之名戲説:“長安百物皆貴,‘居’大不‘易’”。[①] 確實,不少詩人爲了應考科舉而滯留長安,可是“長安古來名利地,空手無金行路難”,[②]詩人慨嘆居不易,[③]食堪憂,[④]逼不得已,只好以賒借典賣度日,[⑤]以致債務纏身,[⑥]有時甚至淪落到乞錢求食的不堪境地,[⑦]無怪乎李商隱有“十年京師寒且餓”之嘆。[⑧]長安成了貧寒士子和貧寒下僚的聚落。他們年復年地過着“空手無金行路難”的生活,消磨生命,虚度光陰,真是“賺得英雄盡白頭”。貧困的生活逼得詩人苦不堪言,而士子又貧賤無媒,以致無法打破“干謁—下第”或“干謁—守選”的循環,結果他們的怨憤就愈積愈深,致使秦韜玉慨嘆“蓬門未識綺羅香,擬托良媒益自傷”了。

---

① 見傅璇琮:《唐才子傳校箋》(北京:中華書局,1990 年),第三册,頁 3。

② 見白居易:《送張山人歸嵩陽》,卷 435,頁 4812。

③ 慨嘆居不易者如白居易《卜居》:“遊宦京都二十春,貧中無處可安貧。長羨蝸牛猶有舍,不如碩鼠解藏身。且求容立錐頭地,免似漂流木偶人。但道吾廬心便足,敢辭湫隘與囂塵!”(卷 442,頁 4934)。又如杜荀鶴《感秋》:“年年名路謾辛勤,襟袖空多馬上塵。畫戟門前難作客,釣魚船上易安身。冷煙黏柳蟬聲老,寒渚澄星雁叫新。自是儂家無住處,不關天地窄於人。”(卷 692,頁 7955)

④ 慨嘆食堪憂者如賈島《朝飢》:“市中有樵山,此舍朝無煙。井底有甘泉,釜中乃空然。我要見白日,雪來塞青天。坐聞西牀琴,凍折兩三弦。飢莫詣他門,古人有拙言。”(卷 571,頁 6618)又如姚合《送李餘及第歸蜀》:“長安米價高,伊我常渴飢。”(卷 496,頁 5625)

⑤ 慨嘆賒借者如杜甫《曲江二首》之二:“朝回日日典春衣,每日江頭盡醉歸。酒債尋常行處有,人生七十古來稀。”(卷 225,頁 2410)慨嘆典賣者如林寬《獻同年孔郎中》:“炊瓊爇桂帝關居,賣盡寒衣典盡書。”(卷 606,頁 7003)

⑥ 例如李播《見志》:“去歲買琴不與價,今年沽酒未還錢。門前債主雁行立,屋里醉人魚貫眠。”(卷 491,頁 5555)

⑦ 慨嘆求食者如杜甫《奉贈韋左丞丈二十二韻》:“騎驢三十(十三)載,旅食京華春。朝扣富兒門,暮隨肥馬塵。殘杯與冷炙,到處潛悲辛。”(卷 216,頁 2252)又如薛能《聞李夷遇下第東歸因以寄贈》:“囊中書是居山寫,海畔家貧乞食還。吾子莫愁登第晚,古人惟愛賤遊閒。”(卷 560,頁 6497)再如姚合《送王求》:“士有經世籌,自無活身策。求食道路間,勞困甚徒役。我身與子同,日被飢寒迫。側望卿相門,難入堅如石。”(卷 496,頁 5626)慨嘆乞錢者如張籍《贈令狐博士》:“頭白新年六十餘,近聞生計轉空虚。久爲博士誰能識,自到長安賃舍居。騎馬出隨尋寺客,呼兒散寫乞錢書。古來賢哲皆如此,應是才高與衆疏。”(卷 385,頁 4334)

⑧ 見《樊南文甲集序》,《李商隱文編年校注》,第四册,頁 1713。

媒的工作是引介男女,撮合婚姻。上引詩句用的主要是以“引介”這個功能爲比喻。只要詩人再運用“撮合婚姻”作比喻,以强調女子的出嫁,就可以接上《楚辭》與《美女篇》的比興傳統了。儘管“媒”在《美女篇》中已經與“佳人”一同出現,但這對組合在先唐詩歌中並不多見。“媒”在唐人筆下已經發展成一條喻意脉絡,在“貧寒—無媒—下第”的困境解讀中,媒這個角色已經進入了詩人的視野,現在等待的是“佳人”化爲“貧女”,並讓她與“媒”相遇。只要這兩個角色同時出現,組成一對組合,貧女詩便生成了;而“佳人”之化爲“貧女”,實質上是士子貧困生活的反映。在詩人眼中,貧困既是他仕途多舛的原因,也是詩歌創作中佳人化爲貧女的原因。可以説,詩人對其人生困境的解讀,從作者個人語境角度看,是綰合人生際遇與詩歌創作的主體性因素,也是“貧女”一題生成的决定性條件。畢竟,没有詩人,就没有“貧女詩”。

(四) 從社會現象到詩歌意象:人生困境的解讀與貧女詩的生成(之二)

孟郊的《貧女詞寄從叔先輩簡》是六首貧女詩中的第一首,詩云:

> 蠶女非不勤,今年獨無春。二月冰雪深,死盡萬木身。
> 時令自逆行,造化豈不仁。仰企碧霞仙,高控滄海雲。
> 永别勞苦場,飄飖遊無垠。(卷 372,頁 4181)

孟詩以“貧女”爲喻,抒發下第的悲痛,當然是一首比興之作。大意謂二月下雪,使桑樹無葉,蠶無所食,並非蠶婦不努力采桑。孟郊藉此以緊扣“貧女”詩題,如此,易題爲“蠶女”亦可。孟郊雖以貧女爲喻,但比喻的焦點不是貧寒難嫁,媒還未出現並拒絶貧女的請托,换言之,孟詩只算是“貧女詩”生成的起步。

士子能否及第,下僚能否升遷,當中有很複雜的因素,例如制度設計、政治爭鬥、政策方向、資源運用、制度執行者的素質等。不過,士子和下僚大都把問題聚焦於士族子弟與寒士之間的矛盾。在他們的詩文之中,成敗得失繫於身世背景,干謁之所以失敗,名公之所以不顧,是因爲他們出自貧寒素族;子弟之所以得到提拔,及第入仕,是因爲有名公關顧。士庶之間的矛盾在詩文中化約成貧富之間的對立,於是,錯綜複雜的士庶及科第問題就簡化爲貧富問題。貧困不遇,有求無助,令詩人一眼就看到與自己處身同一時空下難嫁的貧女,原來有相似之處。特定的社會語境爲詩人提供了特定的創作素材。在孟郊之後,雍陶的《感興》很值得注意:

貧女貌非醜,要須緣嫁遲。還似求名客,無媒不及時。(卷518,頁5918)

詩題"感興",即有感於貧女難嫁而興起求名客的失意。對古代的女性而言,能够嫁夫生子才是完整的人生,《地驅歌樂辭》就直呼:"老女不嫁,蹋地喚天。"①對士人來説,登第入仕才是完整的人生。兩種人生的性質原是不同,但在詩學比興的傳統之下,女之不偶可類比士之不遇。詩人看到,自己與貧女的生活境況相同,都是貧困不堪;自己與貧女的生命軌迹相似,二者都在追求自己完整人生,却又因出身貧寒而理想落空。貧困的生活促使詩人看到貧女,比興的傳統促使士子以貧女爲喻,雍陶《感興》已把這個比喻説得很清楚,所不同者是雍陶以求名客喻貧女,似是與其他詩人的寫法相反,不過,詩裏還有一個"求名客",而詩題是"感興",二者都使讀者一望即知,雍陶正言若反,真正吟詠的對象其實是"求名客",並非"貧女";"還似求名客"一句表面看來與其他詩人的寫法相反,但實際的解讀與其他同類詩作並無二致:不是貧女似求名客,而是求名客似貧女。讀者一定看到,在《感興》中,佳人終於化爲貧女了。雍

① 見《樂府詩集》,第二十五卷,頁366。

詩無疑是向"貧女詩"邁出了重要的一步。

貧女難嫁本來只是一個社會現象,詩人却用作比喻,而且也相承沿用,是另一條喻意的脉絡。從角色設定的角度看,"貧女"這條脉絡比"媒"更重要,因爲貧女才是"貧女詩"的主角。如果將兩條脉絡相比較,讀者便能看到當中的異同:就其相同處看,媒和貧女的喻意都相當穩定;就其相異處看,媒自始至終都只是一個比喻,而貧女却最終發展成一個意象,成爲了詩人獨立吟詠的對象。以下繼續勾勒貧女意象的生成歷程。

施肩吾(780—861)《上禮部侍郎陳情》:

> 九重城裏無親識,八百人中獨姓施。弱羽飛時攢箭險,蹇驢行處薄冰危。晴天欲照盆難反,貧女如花鏡不知。却向從來受恩地,再求青律變寒枝。(卷494,頁5587)

劉駕(822—?)《贈先達》:

> 終南蒼翠好,未必如故山。心期在榮名,三載居長安。
> 昔蒙大雅匠,勉我工五言。業成時不重,辛苦只自憐。
> 皎皎機上絲,盡作秦箏弦。貧女皆罷織,富人豈不寒。
> 驚風起長波,浩浩何時還。待君當要路,一指王化源。
> (卷585,頁6780—6781)

李群玉(約813—860)《將離澧浦置酒野嶼奉懷沈正字昆弟三人聯登高第》:

> 春月三改兔,花枝成綠陰。年光東流水,浩嘆傷羈心。
> 酌桂煙嶼晚,鳩鳴江草深。良圖一超忽,萬恨空相尋。
> 上國刈翹楚,才微甘陸沈。無燈假貧女,有淚沾牛衾。
> 衡岳三麒麟,各振黄鍾音。卿雲被文彩,芳價搖詞林。
> 夫子芸閣英,養鱗湘水潯。晴沙踏蘭菊,隱几當青岑。

明月洞庭上,悠揚掛離襟。停觴一摇筆,聊寄生芻吟。(卷 568,頁 6580)

施、劉二詩是干謁陳情之作,而李詩則是傷懷企羡之篇,都不離求第的理想。“貧女”在這些詩裏都是詩人的自喻,但同時也只是衆多比喻中的一個,仍是配角而已,尚未成爲獨立的吟詠對象,所以形象不見突出,而且媒還未與貧女相遇。如果以曹植《美女篇》作參照,應該看到,“良媒不顧”的宿命並未被詩人采用,“貧女難嫁”這個社會現象仍未用作類比,“媒”這位名公亦未走進“貧女詩”,所以“干謁無成,貧寒不遇”的主題仍未與“貧女難嫁”結合成一語雙關的象徵關係。只有詩人以“貧女”爲題,以貧女難嫁入詩,讓“貧女”與“媒”同時出現,“感士不遇”的“貧女詩”才算生成。接上比興傳統的工作,要由晚唐詩人來完成。

晚唐詩人運用了比興一語雙關的特質,同時又立足於當代,比興傳統與當代社會語境均有兼顧,做到既繼承,又創新。貧女可供寫作的題材應不少,例如貧病、勞苦、饑寒等,前引杜甫、元結或者王建等的貧女書寫就是這些方面的創作。然而只有“嫁”才可讓“貧女”與“媒”走在一起,從而接上比興的傳統。詩人以“嫁”爲切入點,用比興的手法重新塑造貧女的形象,使之有血有肉,貧女才可以由一個比喻發展成一個意象,薛逢(會昌元年〔841〕進士)的《貧女吟》正是從這個方向構思:

殘妝滿面淚闌干,幾許幽情欲話難。雲髻懶梳愁拆鳳,翠蛾羞照恐驚鸞。南鄰送女初鳴珮,北里迎妻已夢蘭。惟有深閨顦顇質,年年長凭繡牀看。(卷 548,頁 6325)

薛詩寫的是“羡嫁”,士不遇的詩旨已很清楚,貧女的形象也很豐滿,心理描寫也很細緻,但陳文忠先生認爲:“詩題爲‘貧女’,詩中若‘宫娥’;倘無點示,讀者難有言外之想,易題爲‘宫女’也不妨。

總之,薛逢的《貧女吟》遠不是一語雙關、言近旨遠的'貧士詩'。韋莊《又玄集》、韋縠《才調集》均選録薛逢詩,但未收此篇。不過,詩體與秦(韜玉)詩相同,詩境也有相近之處,比孟郊的《貧女詞》,大大向秦詩迫近了一步。"①貧女詩(包括《貧女吟》)是否爲貧士詩,可以再作討論,須注意的是,媒仍未在詩中出現。邵謁《寒女行》:

寒女命自薄,生來多賤微。家貧人不娉,一身無所歸。
養蠶多苦心,繭熟他人絲。織素徒苦力,素成他人衣。
青樓富家女,纔生便有主。終日著羅綺,何曾識機杼。
清夜聞歌聲,聽之淚如雨。他人如何歡,我意又何苦。
所以問皇天,皇天竟無語。(卷605,頁6996)

邵詩不但寫了貧女之貧與難嫁,寫了她的形貌與心理,而且還以富家女"有主"作襯托,比興的意味相當明顯,既照應了"貧女難嫁"的社會現象,也接上了《美女篇》的傳統。到了邵謁,"貧女詩"已向前邁出了重要的一步,所欠的仍是"媒",只要"媒"出現,干謁求第的喻意才會突顯出來。王貞白《妾薄命》:

薄命頭欲白,頻年嫁不成。秦娥未十五,昨夜事公卿。
豈有機杼力,空傳歌舞名。妾專修婦德,媒氏却相輕。
(卷701,頁8057)

"媒"與難嫁的女子一同出現了,"干謁無成,貧寒不遇"的主題甚是清楚,也接上了比興傳統,媒氏相輕,更突顯了薄命女子生命的悲劇性。只要將薄命女子確定爲貧女,貧女詩就完成了。這一步由李山甫《貧女》邁出:

平生不識繡衣裳,閒把荆釵亦自傷。鏡裏只應諳素貌,人

① 見陳文忠:《中國古典詩歌接受史研究》(合肥:安徽大學出版社,1998年),頁170。按:陳書第三編,第三章第二節"貧女自傷與貧士寫照",以及第三節"貧士貧女的並行發展"對"貧女詩"的發展亦有勾勒,頗有值得參考,見頁168—182。

間多自信紅妝。當年未嫁還憂老，終日求媒即道狂。兩意定知無説處，暗垂珠淚濕蠶筐。（卷 643，頁 7364）

“貧女”一題所藴涵的寫作上的可能，李山甫都發掘了不少，所以他筆下的“貧女”形象比之前諸作都豐滿：貧寒、貌美、婦功、未嫁、無媒，都寫到了，既照顧到貧女難嫁的社會現象，又接上了曹植《美女篇》的比興傳統：“紅妝”指的是子弟，“素貌”當然是士子；“當年未嫁”，“終日求媒”，一語雙關，既寫“貧女難嫁”，也寫貧寒士子干謁無成，兩個社會現象都兼顧了，而且結合得很自然。“貧女”與“媒”兩條脉絡本來是各自相承沿用的，至雍陶《感興》曾一度一同出現，但雍詩“還似求名客”的點破説明，使“貧女”仍裹足於比喻的階段。“貧女”與“媒”在李山甫此詩中再次一同出現，不過李山甫把喻意本旨隱在詩句背後，字面純是描寫貧女，緊扣詩題，於是貧女就由一個比喻發展成一個獨立的意象，而貧女的“貧寒—無媒—難嫁”的因果關係亦得以完成，並藉着比興的手法，與士子的“貧寒—無媒—下第”的因果關係联繫起來。細審詩意，不論詩旨、構思、用韻等，李山甫《貧女》都與秦韜玉《貧女》極相類，二詩不僅押同一韻部，所用韻字亦有裳、傷、妝三字相同，且二人取用貧女之女功及美貌亦同，可見秦詩的靈感，應來自李山甫。後蜀何光遠《鑒誡録》：“李山甫有《詠貧女》，天下稱奇。秦侍郎韜玉繼之，意轉殊絶。”[①]大有青出於藍之意。胡震亨（1569—1645）《唐音癸籤》亦謂“秦韜玉調似李山甫”。[②] 曹植《美女篇》的立意要比李、秦二家《貧女》高，不過，如果從運意構思及比興的手法看，則李、秦二家的《貧女》或可説是《美女篇》在晚唐的嗣響。稍後於李山甫和秦韜玉的張碧也寫了一首《貧女》：

① 見鄧星亮、鄔宗玲、楊梅等：《鑒誡録校注》（成都：巴蜀書社，2011 年），頁 190。
② 見胡震亨：《唐音癸籤》（上海：上海古籍出版社，1981 年），頁 79。

> 豈是昧容華，豈不知機織。自是生寒門，良媒不相識。（卷 469，頁 5337）

張詩無疑是李、秦詩意的概括，不過貧女的形象寫來不及李、秦詩的豐滿。

讀者一定不會忽略鄭谷的《貧女吟》：

> 塵壓鴛鴦廢錦機，滿頭空插麗春枝。東鄰舞妓多金翠，笑剪燈花學畫眉。（卷 675，頁 7729）

鄭詩是六首標題“貧女”詩的其中一首，詩中的貧女企羡東鄰舞妓，荒廢織作。鄭谷以舞妓的金翠襯托貧女之貧，結句狀其貧而痴態可掬，當中都没有寫到媒及難嫁，與貧士不遇的主題無涉。鄭詩是六首標題“貧女”詩中唯一的例外。由此可見，如果詩人不以貧士不遇作主題，就不會用到媒及難嫁爲喻，貧女的形象還可用作别的比喻，于濆的《里中女》就是一例：

> 吾聞池中魚，不識海水深。吾聞桑下女，不識華堂陰。
> 貧窗苦機杼，富家鳴杵砧。天與雙明眸，只教識蒿簪。
> 徒惜越娃貌，亦蘊韓娥音。珠玉不到眼，遂無奢侈心。
> 豈知趙飛燕，滿髻釵黄金。（卷 955，頁 6927—6928）

于詩以貧富作對比，詩旨是“遂無奢侈心”，並非難嫁，是品德的自喻，不是士不遇的主題。

唐以前並没有“貧女”之題，“貧女”一題的出現，實源於唐代的政治社會語境，即結親高門與財婚風氣之下的貧女難嫁，更重要的是科舉制度下寒士的干謁無成。中唐時期白居易已寫到貧女難嫁，但那是寫實之作，不是比興之篇，喻士不遇的貧女詩要到中晚唐才真正發展起來。這實與當時的科第情况有關。唐武宗曾經實行過“不放子弟”的政策，並以王起(760—847)知貢舉，而王起之主文柄,更贏得當時不少士人一再賦詩稱善,僧廣宣致詩王起就有“再辟文場無枉路,兩開金榜絶冤人”之句。[①] 當時“凡有親戚在朝者,不得應舉,遠人得路,皆相賀慶而已。”[②]這給了貧寒士子很大的希望,不過,此政策很快就取消了。唐宣宗大中元年(847)二月,“禮部侍郎魏扶奏:‘臣今年所放進士三十三人,其封彦卿、崔琢、鄭延休等三人,實有詞藝,爲時所稱,皆以父兄見居重位,不得令中選。’詔令翰林學士承旨、户部侍郎韋琮重考覆,敕曰:‘彦卿等所試文字,並合度程,可放及第。有司考試,祇在至公,如涉請托,自有朝典。今後但依常例放牓,不得别有奏聞。’”[③]“不放子弟”的政策至此取消,大族子弟於是又重獲優勢,寒士登第的機會相應減少。宣宗又以崔瑶主文柄,“崔瑶知貢舉,以貴要自恃,不畏外議。榜出,率皆權豪子弟”。[④] 與武宗時“凡有親戚在朝者,不得應舉,遠人得路”相比,反差何啻天壤。[⑤] 孫棨《北里志序》又謂“大中皇帝(唐宣宗)好儒術,特重科第”,“故進士自此尤盛,曠古無儔。然多膏粱子弟,平進歲不及三數人”。[⑥] 孫序寫於唐僖宗(862—888)中和甲辰(884),距離唐亡只有廿三年。自大中元年(847)至天祐四年(907)唐亡,六十年間,取士最多的是唐懿宗咸通十二年(871),共40人;其次是光化三年(900),有36人;再次是咸通四年(863)及中

---

① 王起知貢舉,時人認爲公允。據《唐摭言》,時人致詩王起以賀者不少,會昌三年,周墀以爲“况新榜既至,衆口稱公”,致詩王起以賀,而當時王起門生一榜和周墀詩者有二十二人(見《唐摭言校注》卷三“慈恩寺題名遊賞賦詠雜紀”條,頁62—68)。如此之盛,是因爲“不放子弟”政策令平路人及第機會得以增加之故,這對貧寒士子來説是極大的鼓舞。

② 《雲溪友議》卷中“贊皇勛”條注:“光福王起侍郎,自長慶三年知舉,後二十一歲復爲僕射。武皇朝猶主國,凡有親戚在朝者,不得應舉,遠人得路,皆相賀慶而已。”文淵閣《四庫全書》本,卷中,頁40下至41上。

③ 見劉昫等:《舊唐書》(北京:中華書局,1975年),頁617。

④ 見《唐語林校證》,卷三“方正”,頁214。

⑤ 有關的論述見宗國:《唐代科舉制度研究》(北京:北京大學出版社,2010年),頁214—228。

⑥ 見孫棨:《北里志》(與崔令欽《教坊記》及夏庭芝《青樓集》合刊,上海:古典文學出版社,1957年),頁22。

和五年(885),兩年各有35人;最少的是唐僖宗光啓二年(886),只9人,[①]其他各年人數都維持在30名之内,而"平進歲不及三數人",就令本來已激烈的競争變得更激烈,晚唐膏粱子弟及第的比率,又豈止前引史家所統計的71%?士子貧寒的境况没有改變,登第的機會更少,若與武宗朝"不放子弟"的情况相比,感受就更强烈,怨憤之情就更深了。

從作者的個人語境看,詩人有感於自己在科舉制度之下掙扎無成,回顧前輩的干謁詩及下第詩,看見了"媒"和"貧女",在比興的傳統中看到了待字閨中的佳人,在同一時空下又看見貧女難嫁的社會現象,於是詩人就以"難嫁"來綜合這些元素,自製並戴上一個貧女的面具,僞裝成貧女,用比興的老調子,唱出自己貧寒不遇的切身事。至此,貧女就由一個比喻,發展成一個意象,具有其象徵意義,成爲了一個文化符號,供後人沿用、反用,或發揮其他形象特徵以另賦新意。[②]

唐人貧女詩與干謁詩及下第詩有重叠之處,但又有不同。干謁詩以行爲作歸類,下第詩以際遇作歸類。二者可因時代及制度的改變而衰微,元代廢科舉,詩人當然也寫干謁詩,却没有機會寫下第詩。貧女詩以人物類型作歸類,於是就有形象可供塑造,而詩人的寄意就可賦予這形象之中。

在唐人的干謁詩及下第詩中,"貧女"與"媒"兩條脉絡各有其喻意,亦各自沿用,到了晚唐,詩人再透過"貧女難嫁"的社會現象

---

① 見《唐代進士科一覽表》,頁478—482。

② 例如南宋吴曾《能改齋漫録》"曹衍托意爲鷺鷥貧女絶句"條記宋初曹衍《貧女》云:"'自恨無媒出嫁遲,老來方始遇佳期。滿頭白髮爲新婦,笑殺豪家年少兒。'(宋)太宗大喜,召試學士院,除東宫洗馬、監泌陽酒税。"曹詩用的是反用手法(上海:上海古籍出版社,1979年,頁333)。又如陳寅恪也寫過一首《貧女》:"綺羅高價等珠璣,白叠雖廉限敢違。幸有阿婆花布被,挑燈裁作入時衣。"胡文輝:《陳寅恪詩箋釋》(台山:廣東人民出版社,2008年,頁570—571),下卷:陳詩是"模仿秦韜玉的名作","當是詠棉布統購統銷,實爲舊題新詠,意在刺今"。可見意象一旦生成,就自有其生命力,當中的寓意,亦可因時而换。

及比興的手法,把兩條脉絡交融爲一,以類比其人生困境的解讀,正式開出"貧女"一題。依時序看,從白居易《議婚》、孟郊《貧女詞寄從叔先輩簡》、雍陶《感興》、薛逢《貧女吟》、邵謁《寒女行》、李山甫《貧女》,直到秦韜玉《貧女》,可以清楚地看到唐人貧女詩由中唐至晚唐的生成過程:"貧女難嫁"由一個社會現象發展成一個比喻,再由比喻發展成一個意象。這個生成過程是有其現實生活及詩學傳統作基礎的,其接合之處,就是抒情主體(亦即是詩人)對其人生困境的解讀:"貧寒—無媒—下第",用比興的語言來説,就是:"貧賤無媒出嫁難"。因此,貧女詩的生成是中晚唐之世的政治社會語境、詩學語境,以及詩人個人語境三者綜合的結果。

三、貧士固窮貧女怨:"貧士""貧女"二題的分野與唐人另闢"貧女"一題的原因

自《北門》及《九辯》以降,詩人已有貧士不遇的詩句,至六朝時期,更發展出專詠貧士的"貧士詩",陶淵明《詠貧士》七首就是此中的經典名作。然則,貧士詩與貧女詩又有何不同?要探討二者的分别,不妨從陶淵明這組詩着手。

(一) 陶淵明的《詠貧士》與《感士不遇賦》:"士"文化人格的展現

《詠貧士》第一、二兩首是全組詩的綱領,也是詩人的自我表白:"量力守故轍,豈不寒與饑?"(其一)"何以慰吾懷?賴古多此賢。"(其二)此下五首,分别歌詠榮啓期、原憲、黔婁、袁安、阮公、張仲蔚、黄子廉等七位貧士:①

① 《詠貧士》七首全文見袁行霈:《陶淵明集箋注》(北京:中華書局,2003年),頁364—377。

榮叟老帶索,欣然方彈琴。原生納决履,清歌暢商音。(其三)

安貧守賤者,自古有黔婁。好爵吾不榮,厚饋吾不酬。(其四)

袁安困積雪,邈然不可干。阮公見錢入,即日棄其官。(其五)

仲蔚愛窮居,繞宅生蒿蓬。翳然絶交遊,賦詩頗能工。
舉世無知者,止有一劉龔。(其六)

昔在黄子廉,彈冠佐名州。一朝辭吏歸,清貧略難儔。(其七)

七位貧士都安貧守志,[①]面對官爵與錢財,皆以道爲準,故黔婁不以爵爲榮,阮公見錢即棄官。陶淵明在詩中不無貧窶之嘆,但“豈不知其極?非道故無憂”(其四),“貧富常交戰,道勝無戚顔”(其五),並自勉道:“誰云固窮難,邈哉此前修。”(其七)

陶淵明《感士不遇賦並序》與其《詠貧士》的思想是一致的。賦《序》謂:“夫履信思順,生人之善行;抱朴守静,君子之篤素。自真風告逝,大僞斯興,閭閻懈廉退之節,市朝驅易進之心。懷正志道之士,或潛玉於當年;潔己清操之人,或没世以徒勤。故夷皓有‘安歸’之嘆,三閭發‘已矣’之哀。悲夫!寓形百年,而瞬息已盡;立行之難,而一城莫賞。此古人所以染翰慷慨,屢伸而不能已者也。”[②]古人染翰,指的是董仲舒《士不遇賦》和司馬遷《悲士不遇賦》。董仲舒賦謂:“生不丁三代之盛隆兮,而丁三季之末俗。”司馬遷賦:

---

① 阮公生平無考。范子燁認爲阮公應是阮籍(210—263)從子阮修(270—311)。見《“阮公”與“惠孫”:陶淵明〈詠貧士〉詩未明人物考實》,《九江學院學報》2009年第1期,頁1—5。

② 見《陶淵明集箋注》,頁431。

"士生之不辰,愧顧影而獨存"。[1] 三賦所寫的都是士不遇。在此應該看到的是,三家所謂的不遇,是指不遇有道之世,不遇聖主明君,故修名不立,有道無聞,但即使如此,也不會屈己從人。這種處世態度,是孔子"固窮"思想的體現。孔子説:"君子固窮,小人窮斯濫矣。"(《論語·衛靈公》)[2]"固窮"與"濫"就是君子與小人的分别。陶賦謂:"蒼旻遐緬,人事無已。有感有昧,疇測其理? 寧固窮以濟意,不委曲而累己。既軒冕之非榮,豈緼袍之爲耻。誠謬會以取拙,且欣然而歸止。擁孤襟以畢歲,謝良價於朝市。"[3]陶詩中的七位貧士亦復如是,此所以"固窮"一詞,均見於《詠貧士》和《感士不遇賦》。

《詠貧士》和《感士不遇賦》所表述的志節,實源自儒家精神,孔子遺教:

> 子曰:富與貴是人之所欲也;不以其道得之,不處也。貧與賤是人之所惡也;不以其道得之,不去也。(《論語·里仁》,頁 70)
>
> 子曰:士志於道,而耻惡衣惡食者,未足與議也。(《論語·里仁》,頁 71)
>
> 子曰:飯疏食飲水,曲肱而枕之,樂亦在其中矣。不義而富且貴,於我如浮雲。(《論語·述而》,頁 97)
>
> 子曰:貧而無怨難,富而無驕易。(《論語·憲問》,頁 151)
>
> 子曰:君子謀道不謀食。耕也,餒在其中也;學也,禄在其中矣。君子憂道不憂貧。(《論語·衛靈公》,頁 167)

---

① 董仲舒《士不遇賦》和司馬遷《悲士不遇賦》分别見費振剛等:《全漢賦》(北京:北京大學出版社,1993 年),頁 112,142。

② 見朱熹:《四書章句集注》(北京:中華書局,1983 年),頁 161。按:本文所引《論語》及《孟子》悉據此本,隨文注明書名篇名及頁碼,不另出注,以省篇幅。

③ 見《陶淵明集箋注》,頁 433。

顏回能安貧樂道,所以得到孔子的稱贊:“賢哉,回也!一簞食,一瓢飲,在陋巷,人不堪其憂,回也不改其樂。賢哉,回也!”(《論語·雍也》,頁87)

對於貧富的應有態度,孔子已説得十分清楚了。至於出仕受禄,孔子也絶不含糊,一以“道”爲準的:

(原)憲問“耻”。子曰:“邦有道穀,邦無道穀,耻也。”(《論語·憲問》,頁148)

原憲是孔門高弟,也是陶淵明所歌詠的七位貧士之一。《韓詩外傳》記載了不少孔門弟子以道濟貧的故事,[①]當中就有原憲的故事:子貢造訪原憲,只見原憲“正冠則纓絶,振襟則肘見,納履則踵决”,覺得他生活甚是不堪,而原憲却以道自守,不以貧爲病。結果子貢羞慚而去,原憲“徐步曳杖,歌商頌而反”。[②] 陶詩“原生納决履,清歌暢商音”二句即本此。原憲志行之高,不下顏回。

《詠貧士》中不屈於王侯的,還有黔婁。皇甫謐(215—282)《高士傳》記他不受魯恭公和齊王的卿相禄位,“修身清節”,“著書四篇,言道家之務”,是一位“不求進於諸侯”的貧士。[③] 儒道二家對“道”的詮釋不同,但都把貧士設定爲修身志道的角色。

如果細究“士”這個角色的内涵,則孔子的言論對後世影響最深遠。應該説,孔子設定了“士”的文化人格:士憂道不憂貧,固窮

---

① 例如記子路之言:“士不能勤苦,不能輕死亡,不能恬貧窮,而曰我行義,吾不信也。”並舉同門曾子謂:“曾子褐衣緼緒,未嘗完也,糲米之食,未嘗飽也;義不合,則辭上卿,不恬貧窮,焉能行此!夫士欲立身行道,無顧難易,然後能行之;欲行義白名,無顧利害,然後能行之。”見屈守元:《韓詩外傳箋疏》(成都:巴蜀書社,1996年),頁200。又例如記孔子與子夏論《詩》,子夏答以《詩》道之妙,並謂:“弟子不敢忘,雖居蓬户之中,彈琴以詠先王之風,有人亦樂之,無人亦樂之,亦可發憤忘食矣。《詩》曰:‘衡門之下,可以棲遲;泌之洋洋,可以樂饑。’”見《韓詩外傳箋疏》,頁211。

② 見《韓詩外傳箋疏》,頁35。按:原憲這個故事又見《史記·仲尼弟子列傳》《莊子·讓王》《新序·節士》《高士傳》等多部古籍,詳略不一而大意不殊。

③ 見皇甫謐:《高士傳·黔婁先生》(文淵閣《四庫全書》本),頁七下至八上。

志道，故能糞土王侯。曾子對此有很好的概括："士不可以不弘毅，任重而道遠。仁以爲己任，不亦重乎？死而後已，不亦遠乎？"(《論語・泰伯》，頁 104)若連同物質財富來考慮，則孟子概括得更扼要："無恒産而有恒心者，惟士爲能。"(《孟子・梁惠王上》，頁 211)"天將降大任於是人也，必先苦其心志，勞其筋骨，餓其體膚，空乏其身行，行拂亂其所爲，所以動心忍性，曾益其所不能。"(《孟子・告子下》，頁 348)孔孟規定：士就是道的承傳者，是文化與道德之所繫。孔孟固然都承認富貴是人之欲，但取得富貴須合乎道，"不義而富且貴，於我如浮雲"；"仕非爲貧也，而有時乎爲貧……爲貧者，辭尊居卑，辭富居貧……立乎人之本朝而道不行，耻也"。(《孟子・萬章下》，頁 320—321)可見因爲貧而出仕，亦須合乎道。總之，"士窮不失義，達不離道"(《孟子・盡心上》，頁 351)，才是"貧賤不能移"的"大丈夫"(《孟子・滕文公下》，頁 266)。

躬行實踐這種"士"精神的人，難免也成爲貧士，陶淵明本身正是如此，難怪陶集中就有一首《乞食》詩。昭明太子蕭統(501—531)很敬重陶淵明的爲人，故親爲陶集作序，開首即曰："夫自衒自媒者，士女之醜行；不忮不求者，明達之用心。是以聖人韜光，賢人遁世。其故何也？含德之至，莫踰於道；親己之切，無重於身。故道存而身安，道亡而身害。"又曰："加以貞志不休，安道苦節，不以躬耕爲耻，不以無財爲病，自非大賢篤志，與道污隆，孰能如此乎！"①陶淵明一生的出處行事及《詠貧士》與《感士不遇賦》等詩文，實體現了"士"的人格，其人與其文俱爲後人所稱道，故奠定了他在文學史及文化史上的地位。

(二) 固窮與忮求：貧士詩與貧女詩的分野

就現存可見的詩作來看，唐以前標明"貧士"的詩，除了陶淵明

① 見《陶淵明集箋注》，附録一，頁 613—614。

《詠貧士》七首之外，還有兩首，即：張望和蕭璟的《貧士詩》。張望《貧士詩》：

荒墟人迹稀，隱僻間鄰闊。葦籬自朽損，毀屋正寥豁。
炎夏無完絺，玄冬無暖褐。四體困寒暑，六時疲飢渴。
營生生愈瘁，愁來不可割。①

張詩寫的是貧士營生無術，物質匱乏的苦况。全詩只是嘆貧，不涉仕宦。蕭璟《貧士詩》：

四時迭來往，苦辛隨事迫。三冬泣牛衣，五月披裘客。
遲遲春日永，憂來安所適。季秋授衣節，荷裳竟不易。
班超棄筆硯，婁敬脱挽軛。雖云丈夫志，終涉自媒迹。
賢哉顏氏子，飲水常怡懌。②

蕭詩也寫貧，但主旨分明是指丈夫之志不應涉自媒之迹，故以顏回安貧樂道作結。蕭璟在詩中一再强調"士"的文化人格。

除了陶、蕭之外，其他詩人也有以道濟貧之作。魏晉六朝的士庶對立比唐代更嚴重，貧寒士子入仕甚難，多是依附於貴族，或爲幕僚，或爲舍人，總之就是下僚，只有王、謝大姓方可位至公卿。左思(約250—305)《詠史》就有"世胄躡高位，英俊沈下僚"之嘆(其二)，③不過，左思又自勵道："俛仰生榮華，咄嗟復彫枯。飲河期滿腹，貴足不願餘。巢林棲一枝，可爲達士模。"(其八)④鮑照(約414—466)對"英俊沈下僚"也有很深刻的感受，如《代貧賤愁苦行》曰："貧年忘日時，黯顏就人惜。俄頃不相酬，恧怩面已赤。或以一金恨，便成百年隙。心爲千條計，事未見一獲。運圮津塗塞，遂轉

① 見《先秦漢魏晉南北朝詩》，中册，頁891。
② 見《先秦漢魏晉南北朝詩》，中册，頁1326—1327。
③ 見《先秦漢魏晉南北朝詩》，上册，頁733。
④ 見《先秦漢魏晉南北朝詩》，上册，頁734。

死溝洫。以此窮百年,不如還窀穸。”[①]方回曾指出:“明遠多爲不得志之辭,憫夫寒士下僚之不達,而惡夫逐物奔利者之苟賤無耻。每篇必致意於斯。”[②]鮑詩固多意氣不平之作,但也有以聖賢自勉自解之篇,《擬行路難十九首》之六:

> 對案不能食,拔劍擊柱長嘆息。丈夫生世會幾時?安能蹀躞垂羽翼?棄置罷官去,還家自休息。朝出與親辭,暮還在親側。弄兒床前戲,看婦機中織。自古聖賢盡貧賤,何况我輩孤且直![③]

全詩是一貫的“不得志之辭”,但生不逢時,罷官而去,事親側,撫妻子,都是詩人的個人選擇,詩末自表孤直,“自古聖賢盡貧賤”二句,與左思“巢林棲一枝,可爲達士模”一樣,都是自我開解。

並觀陶淵明等諸家詩作,可以窺見魏晉六朝詩人對貧寒與仕宦的態度:詩人慨嘆生不逢時,懷才不遇,長期沉淪下僚,生活貧窮困窘,甚或爲此忿忿不平,却始終保持“士”的尊嚴,以前賢往聖的事迹自我開解,至少在其詩裏不曾向位尊者忮求哀乞。如果再比較以上所引諸家詩作,則正名曰“貧士”的詩,其“士”的文化人格和以道濟貧的意識就更見突出了。

唐代詩人書寫貧寒與不遇的詩作很多,但就現存可見的唐詩來看,唐人並没有正式標題“詠貧士”的詩作,[④]不過,唐人另有“詠高士”一題。吴筠(?—778)著《高士詠》五十首,當中就有詠黔婁、

① 見錢仲聯:《鮑參軍集注》(上海:上海古籍出版社,1980年),頁200—201。

② 見鮑照《詠史》方回評語。見方回:《文選顔鮑謝詩評》,李慶甲:《瀛奎律髓彙評》(上海:上海古籍出版社,1986年),下册,頁1851。

③ 見《鮑參軍集注》,頁231。

④ 《全唐詩》有晚唐詩人唐彦謙《和陶淵明貧士詩》七首(第20册,頁7677)。然而,王兆鵬早已考證出這七首詩應是元初戴表元(1244—1310)的作品,故謂唐人並没有正式標題“詠貧士”的詩作。見王兆鵬:《唐彦謙四十首贋詩證僞》,《中華文史論叢》(第五十二輯),上海:上海古籍出版社,1993年,頁226—244。按:戴詩原題《自居剡源,少遇樂歲。辛巳之秋,山田可擬上熟。吾貧,庶幾得少安乎?乃和陶淵明〈貧士詩〉七首,與鄰人歌而樂之》。

原憲和陶淵明三位貧士,即《黔婁先生》《原憲》《陶征君》三詩。[①] 吴筠筆下的高士,有道教中的真人,有亂世中的隱士,也有不求禄位的賢士。吴筠序曰:"《易》稱君子之道,或出或處,或默或語。蓋出而語者,所以佐時致理;處而默者,所以居静鎮躁。故雖無言,亦幾於利物,豈獨善其身而已哉? 夫子曰:隱居以求其志,行義以達其道。所謂百慮一致,殊途同歸者也。"(卷 853,頁 9651)吴筠所謂同歸一致的百慮之中,當然包括安貧樂道。可見唐人是深明"士"以道濟貧的文化人格的。[②]

唐人的文章也寫到貧。韓愈(768—824)《送窮文》以詼諧的筆調,設爲主人與"智窮""學窮""文窮""命窮""交窮"五窮鬼的答問之辭,極寫主人難耐貧窮,要送走五窮鬼,但送窮的結果竟是留窮。[③] 韓文分明是得力於揚雄(前 53—18)的《逐貧賦》。[④] 錢基博(1887—1957)《韓愈志》就指出:"《送窮文》送而不送,只是《論語》'君子固窮'之意。而翻出爾許波瀾。其體制原仿揚雄《逐貧賦》。"[⑤]然則唐人深諳"士"的文化人格,是不用懷疑的。

聖賢的言行是後人學習的典範。孔子、孟子、子夏、曾子、顔

---

① 《高士詠·黔婁先生》:"黔婁蕴雅操,守約遺代華。淡然常有怡,與物固無瑕。哲妻配明德,既没辯正邪。辭禄乃餘貴,表謚良可嘉。"(第 24 册,卷 853,頁 9657)《高士詠·原憲》:"原生何淡漠,觀妙自怡性。蓬户常晏如,弦歌樂天命。無財方是貧,有道固非病。木賜欽高風,退慚車馬盛。"(第 24 册,頁 9657—9658)《高士詠·陶征君》:"吾重陶淵明,達生知止足。怡情在樽酒,此外無所欲。彭澤非我榮,折腰信爲辱。歸來北窗下,復采東籬菊。"(第 24 册,頁 9661)

② 晚唐周曇(生卒未詳)也詠及顔回,其《詠史詩·春秋戰國門·顔回》曰:"陋巷簞瓢困有年,是時端木飫腥膻。宣尼行教何形迹,不肯分甘救子淵。"(第 21 册,頁 8347)按:周曇於題下自注:"富无義,貧不均也。"(見趙望秦:《宋本周曇〈詠史詩〉研究》〔北京:中國社會科學出版社,2005 年〕,頁 124)可見周詩旨在反思無義與不公,而不是詠貧士的安貧樂道。詩題顔回,却不是詠貧士。先秦兩漢的典範貧士,在唐詩裏,多是一些陪襯的角色,像吴筠那樣視之爲高士並鄭重歌頌的,實在絶無僅有。

③ 見劉真倫、岳珍:《韓愈文彙校箋注》(北京:中華書局,2010 年),第 6 册,頁 2741—2752。

④ 見張震澤:《揚雄集校注》(上海:上海古籍出版社,1993 年),頁 147。

⑤ 見錢基博:《韓愈志》(北京:華夏出版社,2010 年),頁 179。

回、原憲、揚雄、陶淵明、吴筠、韓愈的言行與詩文,既爲士人如何面對貧困定下了言説的規範,也在實際的生活實踐中作了心態及行事的示範。聖賢爲後人的言行劃定了道德的界線,一言以蔽之,就是:固窮志道,不忮不求。貧士詩當然可以書寫貧困潦倒之苦與懷才不遇之嘆,不過一旦涉及到仕宦出處,就不能無視"固窮志道"與"不忮不求"的道德原則了。詩人以"士"的身份書寫貧寒不遇,不管是慷慨陳情還是諧謔自嘲,抑或是心平氣和,都堅守着聖賢所劃定的道德界線,不敢踰越。這就是"貧士詩"的本質。

如此看來,唐人不直用"詠貧士",而另闢"貧女"一題,以寫其貧寒不遇,其原因也就可以理解了。唐人的不遇,並非如先秦兩漢的貧士那樣指不遇有道之世,不遇聖主明君,而是指無人提拔,一第難求。簡言之,唐人與前人的不遇是異質的。

科舉制度的設計逼使詩人要干謁名公,可是長年不第的宿命與貧窮難耐的生活,把詩人折磨得苦不堪言。"干謁—下第"的循環與"貧寒—無媒—下第"的困境解讀,更使詩人不斷地積累不滿,但"士"的身份却又制約着詩人的言説。詩人不能罔顧傳統道德對他有不忮不求不自媒的規範,即使是干謁詩也不會赤裸裸地直接請求名公援引,而是運用比興的手法間接表達,或自陳苦況,再稱許名公有薦士的胸懷,甚少直言要提拔自己,[①]但難嫁的貧女就不同了。既然女子出嫁是天經地義的終身大事,嫁夫生子才是完整的人生,而無媒苟合又不見容於社會,則女子托媒求嫁就正常不過了。詩人把握着"托媒"這個特點,並將"托媒"設計成"貧女"的角色設定,於是"貧寒難嫁"與"托媒求嫁"就同時展現在"貧女"身上,形成了一股情緒上的張力。"貧女"這個意象也不過是一個面具而

① 王佺指出,唐代干謁詩多是模式化的作品:"這些作品的造句謀篇、遣詞立意等表達技巧方面,多限於一種相似的格局,即先以恭維之詞開端,接着慨嘆自己沈淪窘困或才高命薄的不幸境遇,最後婉言托出干進意圖。"見《唐代干謁詩與干謁文比較論》,《山東大學學報》(哲學社會科學版)2010 年第 4 期,頁 145—151。另見王佺:《唐代干謁與文學》,頁 99—114。

已。詩人戴上這個面具,僞裝成"貧女",撇下其"士"的身份,以比興的語言,説出"士"不便直言的心聲:干謁無成,怨憤不平!可見不忮不求的貧士與托媒求嫁的貧女,正好是兩個相反的形象。陳文忠認爲:"秦韜玉一語雙關的《貧女》,既是前代貧士詩傳統的藝術結晶,又對後代貧士、貧女詩産生了深刻影響。"①按:説秦詩影響了後世的貧女詩,是很準確的描述,但説秦詩"是前代貧士詩傳統的藝術結晶",則恐未必然,只要把兩類詩作細加比較,就能清楚看到貧士詩與貧女詩在本質上的分别。職是之故,秦詩也不可以視爲"前代貧士詩傳統的藝術結晶"。正因爲詩人深諳"士"的文化人格,所以才不承用"詠貧士",而另闢"貧女"一題。

固窮與忮求,在道德層次上相去甚遠,但貧女的性别角色又把這個分别遮藏起來,令讀者不易察覺,從而贏得同情。因爲"貧女詩"能直言"貧士詩"所不會直言之心聲,能抒發"貧士詩"所不屑抒發之人情,所以詩人索性藉貧女的女性聲音來抒發其怨憤。於是,李山甫的《貧女》可明言"閒把荆釵亦自傷",不滿"人間多自信紅妝",直呼"當年未嫁還憂老,終日求媒即道狂",更可喃喃自語:"兩意定知無説處,暗垂珠淚濕蠶筐。"秦韜玉的《貧女》坦言"擬托良媒益自傷",敢問"誰愛風流高格調",自謂不誇十指之纖巧,只是激切的反話,訴説"苦恨年年"爲人作嫁,無疑是怨憤的酸楚語。李、秦二家詩干求之切,辭氣之激,又豈是安貧樂道的"貧士詩"所肯言?若將"貧女詩"與當時貧女難嫁的社會實況結合起來看,則無論是現實中的貧女還是詩中的貧女,都似乎是理所當然地怨了。

不妨再説,至少在古典詩歌裏,在男性作者的操弄之下,女子聲口的抒情功能要比男性聲音更廣泛,她們所發揮的是面具的間接抒情功能,可以滿足作者在不同處境下的需要:客觀上必須委婉

① 見《中國古典詩歌接受史研究》,頁162。

的、身份上不便直言的,或者免却自己與受文者尷尬的。因此,這女子既可以是張籍"還君明珠"的節婦,也可以是秦韜玉"爲人作嫁"的貧女。這無疑是男性詩人給女性的角色設計,是男性中心的表現。

(三)貧女怨的底藴:怨憤心態與扭曲行爲

現實中的貧女是否怨,後人難以詳究,但唐詩中的貧女怨,則有文本可證。貧女之所以怨,是因爲詩人干謁無成,長年不第所致。事實上,一個制度的設計與推行,很能塑造該制度之下的人的心態與行爲。活在科舉制度下的詩人把自己的心態與行爲寫成文字,就是干謁詩、下第詩和貧女詩。從創作語境的角度看,這些詩作是中晚唐時期的政治社會語境與作者的個人語境交叠之後,再通過創作行爲演繹出來的結果。

科舉制度到了中晚唐之世,已經嚴重影響了士風。馬端臨(1254—1323)《文獻通考》引江陵項氏(項安世,1129—1208)云:

> 風俗之弊,至唐極矣。王公大人巍然於上,以先達自居,不復求士。天下之士,什什伍伍,戴破帽,騎蹇驢,未到門百步,輒下馬奉幣刺,再拜以謁於典客者,投其所爲之文,名之曰"求知己"。如是而不問,則再如前所爲者,名之曰"温卷"。如是而又不問,則有執贄於馬前自贊曰:"某人上謁者。"嗟乎!風俗之弊,至此極矣!此不獨爲士者可鄙,其時之治亂蓋可知矣。①

爲士者固然可鄙,而他們對"王公大人"的積怨亦可以想象。唐哀帝(892—908)天祐二年(905)的"白馬驛之禍",就是長年落第士子向公卿清流所作的一次報復。《新五代史》載:

① 見馬端臨:《文獻通考·卷二十九·選舉考二》(北京:中華書局,1986年),頁274。

(李)振嘗舉進士咸通、乾符中,連不中,尤憤唐公卿,及裴樞等七人賜死白馬驛,振謂(梁)太祖(朱温)曰:“此輩嘗自言清流,可投之河,使爲濁流也。”太祖笑而從之。①

李振連舉不第,久處人下,一朝得志,就展露其積怒與怨毒之心。

李山甫對名公的怨恨更甚於李振。《新唐書》載:

(王)鐸世貴,出入裘馬鮮明,妾侍且衆。過魏,樂彦禎子從訓心利之。李山甫者,數舉進士被黜,依魏幕府,内樂禍,且怨中朝大臣,導從訓以詭謀,使伏兵高雞泊劫之,鐸及家屬吏佐三百餘人皆遇害。朝廷微弱,不能治其冤,天下痛之。②

王鐸是李山甫應舉時的主考官。李山甫因“數舉進士被黜”,“怨中朝大臣”,於是“導從訓以詭謀”,伏兵高雞泊劫殺王鐸及家屬吏佐三百餘人。③ 李山甫對王鐸的報復實在令人髮指。胡震亨《唐音癸籤》曰:“樂帥子高雞泊殺王鐸一事,李山甫導之也。史言山甫數舉進士被黜,怨中朝大臣,故有此舉。考鐸傳,咸通典試,而小説山甫罷舉,亦在咸通中,山甫被黜即鐸也,豈泛怨哉? 舉子主司至此塗地盡,而唐事益不可爲矣。”④胡震亨以爲李山甫的所爲並非“泛怨”,無怪乎他筆下的貧女怨憤不平了。⑤ 士子怨望朝臣,對國家的認同感也自然不會深厚,“唐事益不可爲”,實在不足爲奇。

對國家的認同感既是薄弱,爲了謀求出路,不少士子就轉而投向藩鎮;而藩鎮也樂意任用士子或者進士,藉以高其聲譽。⑥ 計有

① 見歐陽修:《新五代史》(北京:中華書局,1974 年),第二册,頁 470—471。

② 見歐陽修等:《新唐書》,第十七册,頁 5407。

③ 孫光憲《北夢瑣言》卷十三“草賊號令公”條記此事更詳。

④ 見《唐音癸籤》,頁 277—278。

⑤ 有關晚唐士人的怨毒心態,見徐樂軍:《怨毒心態與唐末落第士子的人生選擇》,《山東省青年管理幹部學院學報》2009 年第 1 期,頁 126—129。

⑥ 有關士子投身藩鎮的討論,見金瀅坤:《中晚唐銓選制度變化與科舉及第入幕的關係》,《中晚唐及第舉人入幕的若干問題》,《唐五代科舉的世界》(上海:復旦大學出版社,2014 年),頁 160—173 及頁 174—191。

功《唐詩紀事》謂：

> 自貞元後，唐文甚振，以文學科第爲一時之榮。及其弊也，士子豪氣罵吻，遊諸侯（藩鎮）門，諸侯望而畏之。如劉魯風、姚巖傑、柳棠、平曾之徒，其文皆不足取。余（計有功）故載之者，以見當時諸侯爭取譽於文士，此蓋外重内輕之牙蘖。如李益者，一時文宗，猶曰："感恩知有地，不上望京樓。"其後如李山甫輩，以一名第之失，至挾方鎮，刼宰輔，則又有甚焉者矣。①

李山甫所倚恃的方鎮就是前引《新唐書》的樂彦禎（？—888）。李益（746—829）"感恩知有地"句，指的是他所投靠的幽州藩鎮劉濟（757—810），至於"不上望京樓"句，就寫出了他認同劉濟多於認同唐室。士風不振，無怪乎"唐事益不可爲"了。②

秦韜玉的遭遇也不能使他無怨。京兆尹楊損與當時已經罷相的路巖（829—874）有嫌隙，③秦韜玉就成了楊、路相争的犧牲品。王讜《唐語林》：

> 秦韜玉應進士舉，出於單素，屢爲有司所斥。京兆尹楊損奏復等列。時在選中。明日將出榜，其夕忽叩試院門，大聲曰："大尹有帖！"試官沈光發之，曰："聞解榜内有人，曾與路巖

① 見計有功：《唐詩紀事》（上海：上海古籍出版社，1987年），頁892。

② 余英時先生曾比較過唐宋兩代的士風，以及兩代士風與科舉的關係，認爲宋代士風遠勝於唐代。見《朱熹的歷史世界：宋代士大夫政治文化研究》（臺北：允晨文化實業股份有限公司，2003年），上册，第二章《宋代"士"的政治地位》及第三章《"同治天下"——政治主體意識的顯現》，頁271—312。

③ 《舊唐書》載：楊損"家在新昌里，與宰相路巖第相接。巖以地狹，欲易損馬廄廣之，遣人致意。時損伯叔昆仲在朝者十餘人，相與議曰：'家門損益恃時相，何可拒之？'損曰：'非也。凡尺寸地，非吾等所有。先人舊業，安可以奉權臣？窮達，命也。'巖不悦。會差制使鞫獄黔中，乃遣損使焉。踰年而還，改户部員外郎、洛陽縣令。入爲吏部員外，出爲絳州刺史。路巖罷相，徵拜給事中，遷京兆尹。"見《舊唐書》，第十四册，頁4560—4561。

> 作文書者,仰落下。”光以韜玉爲問,損判曰:“正是此。”①

秦韜玉“出於單素,屢爲有司所斥”,本已難堪,原已在選中,結果又爲楊損所落,能無怨乎?秦韜玉没有像李山甫那樣投靠藩鎮,而是投靠宦官田令孜。王定保《唐摭言》謂:

> 秦韜玉,出入大閹田令孜之門。車駕幸蜀,韜玉已拜丞郎,判鹺;及小歸公(歸澤仁)主文,韜玉准敕放及第,仍編入其年榜中。韜玉置書謝新人呼同年,略曰:“三條燭下,雖阻文闈,數刃墻邊,幸同恩地。”②

秦韜玉是“險而好進”的“巧宦”,③諂事田令孜,是田令孜門下“芳林十哲”之一。④ 當時苟有與宦官相涉者,即爲士林所棄,⑤如今秦韜玉依倚田令孜,終於“准敕放及第”,並且置書同年,是久被壓逼之後的宣泄,看似吐氣揚眉,沾沾自喜,但何嘗不是怨的另一種表現?余英時先生就指出:

> 他們(寒微之士)平時爲門第中人所輕鄙,宦途也往往受挫,因此長期造成一種嚴重的自卑感。未及第前“干謁”乞憐和及第後的輕狂自大便是同一心理的兩極表現。⑥

自卑、乞憐、輕狂自大,都是扭曲了的心態,是人格尊嚴的損害,這又豈是士人寒窗苦讀的目的?胡震亨云:“晚唐人集,多是未第前詩,其中非自叙無援之苦,即訾他人成事之由。名場中鑽營惡態,

---

① 見《唐語林校證》,下册,頁679。
② 見《唐摭言》,頁182。
③ 見《唐才子傳校箋》,第四册,頁145。
④ 見《唐摭言》,頁187—188。
⑤ 時人對“芳林十哲”的態度,周勛初先生的《“芳林十哲”考》一文有詳細的論述。周文見《唐代文學研究》(桂林:廣西師範大學出版社,1990年10月)。後又收入《唐詩縱横談》(北京:北京出版社,2016年)。
⑥ 見《朱熹的歷史世界:宋代士大夫政治文化研究》,上册,頁296。

忮懻俗情,一一無不寫盡。”[1]這確是很精到的觀察。如此看來,李山甫與秦韜玉筆下的貧女,又豈會無怨?他們寫的,都是他們的實際生活及真實情感。李、秦二人的居心與所爲,有違“士”的人格,是必須大加鞭撻的,但同時也應該看到,科舉制度與貧困的生活是如何扭曲士人的心態與行爲。

詩言志,亦緣情,相較而言,六朝的貧士詩傾向於道德上的言志,而唐代的貧女詩則純然是抒情。詩人要抒發一腔怨憤,不會選擇固窮志道的貧士詩,所以要另闢“貧女”一題,借一個貧女的面具來作僞裝,以便宣泄其不滿。沈德潛評秦韜玉《貧女》“語語爲貧士寫照”,這裏的貧士應理解爲貧寒士子,而非顔回、原憲等達道之士。六朝“貧士詩”與唐代“貧女詩”同樣都書寫不遇,但不遇的内涵並不相同,兩類詩的分野也十分清楚:貧士固窮貧女怨。

四、格調高卑説短長:秦韜玉《貧女》的評價問題

在秦韜玉之前和之後,甚至到了宋代,都有詩人寫貧女詩,但秦詩却是最有名的一首,不少具影響力的唐詩選本都選了這首詩,例如:韋縠《才調集》、王安石(1021—1086)《唐百家詩選》、元好問(1190—1257)《唐詩鼓吹》、方回《瀛奎律髓》、曹學佺(1572—1646)《石倉歷代詩選》、沈德潛《唐詩别裁》、蘅塘退士《唐詩三百首》、趙臣瑗《山滿樓箋注唐詩七言律》、俞陛雲《詩境淺説》等。可見自五代至民國,此詩都得到選家的青睞,表明他們認爲秦詩是寫得最出色的一首“貧女詩”。然則秦詩的佳處何在?若説秦詩有比興寄托,貧女的形象成熟,則李山甫的《貧女》也有比興寄托,其貧女的

---

① 見《唐音癸籤》,頁 277。

形象亦已經成熟,何以後人不選李詩?這是另一個很值得探討的問題。

(一) 出衆的詩藝與深刻的詩旨

何光遠曾謂李詩"天下稱奇",而秦詩"意轉殊絶",大有青出於藍之意,但何説甚簡略,傅庚生(1910—1984)有更仔細的論述:

> 兩詩本相類,而練字度句則相去懸殊矣。第一句秦詩首藉"蓬門"二字點出"貧"字,與"綺羅"相對稱。香裛綺羅,而後美人衣之,貧女無緣御綺羅,故云未識其香也。李詩則云"平生不識綺羅裳",豈貧女且目不識綺羅衣裳耶?是"裳"字在此已不如"香"字遠甚,"平生"又不如"蓬門"之貼切也。李詩之頷聯("鏡裏""人間"兩句)差足與秦詩之頷聯("誰愛""共憐"兩句)並武,頸聯及尾聯四句僅抵得秦詩"擬托良媒亦自傷"一句,秦詩以頸尾兩聯寄貧士不遇知音、供人驅使之深慨,爲全篇之警策,故所藴獨多也。另如李詩之用"金箒""蠶筐",亦出得突兀,凌亂失次,不若秦詩之"綺羅""金線"前後自然照應,無著力提挈之形迹。至今"爲人作嫁"竟成習用之語匯,而李詩則鮮知者,時代之遷易真極公平之批評家矣。①

詩論家一般多是討論秦詩的詩旨寄意,像傅庚生這樣詳論其詩藝者較少。傅庚生從練字、度句及章法照應等角度分析秦詩,並與李詩作比較,精辟地指出了秦詩出衆之處。清人趙臣瑗《山滿樓箋注唐詩七言律》論秦詩章法與寄意更詳:

> 一只寫"貧"字。二與七、八緊相對照。"擬托""誰愛""共憐""敢將""不把""苦恨",七句中凡作六轉,曲寫"自傷"二字。

① 見傅庚生:《中國文學欣賞舉隅·練字與度句》(北京:北京出版社,2003 年),頁 215。按:傅庚生引詩非據《全唐詩》,故引文與本文不同。"金箒"《全唐詩》作"荆釵",據《全唐詩》,則李詩此句並不突兀。

三、四言紛紛俗眼不復鑒别妍媸也；五、六言脉脉幽情惟許私相賞識也。至“年年”以下十二字，則描出寂寞寒牕，賣文不活，終日應酬，徒供役使一般窮况，真正酸楚入骨，讀者能不潸然泣下？①

趙、傅二家的分析，大概已可以令讀者了解到秦詩之所以爲後世所重的原因了。

（二）格調：“温柔敦厚”的不同演繹

秦詩雖爲後人所重，但清代大儒紀昀却對之不滿，評曰：“格調太卑”，②評價與秦詩中貧女的“風流高格調”恰成對照。詩中的“格調”，指的是人的意態風度，非詩學概念，可暫置不論，不過清代格調詩學宗師沈德潛又把秦詩編入《唐詩别裁》，然則秦詩的格調究竟如何？這就涉及到清代的格調説了。③

有關清代格調説的問題，學界已多所論列，成果豐碩，本文不擬贅述，只據既有的研究成果，探討沈、紀二家對秦詩的理解。沈德潛把秦詩編入《唐詩别裁》，可見他認爲秦詩是有格調的。沈德潛的格調説，以詩教爲本，主温柔敦厚，且極重詩的體格聲情，認爲“詩教之尊，可以和性情，厚人倫，匡政治，感鬼神”，而作詩須“先審

① 見趙臣瑗：《山滿樓箋注唐詩七言律》［香港大學圖書館藏乾隆甲辰（1784）本］，卷六，頁四十九上。

② 見《瀛奎律髓刊誤》，第四册，頁1211。

③ 唐人已用格調論詩，至明李東陽（1447—1516）及前、後七子而成一大詩學議題。明代格調論者心目中的格調，不盡全同，大致而言，以盛唐詩爲模範，在風格上注重興象風神，主張内容須與體制、格律、聲調相配，如此方有格調可言，故後人多以形式主義批評明人的格調説。沈德潛亦主格調説，而以温柔敦厚的詩教濟明人之失。格調作爲一個詩學概念，自李東陽至沈德潛一直在發展，可惜沈德潛未界定“格調”之意，於是學者就從沈氏的論着中歸納其“格調”，如章繼光認爲“沈德潛的‘格調’是一個融合着詩歌品格、氣格、風骨、聲調等多元素在内的一個美學概念”（見章繼光：《沈德潛的格調説與對唐詩的評價問題》，《湘潭大學社會科學學報》2002年7月第26卷第4期，頁87—89）。劉靖淵認爲“涵蓋了章法結構、語言聲律等形式體制，以及意藴内涵、審美風格乃至作者精神氣質等多層次意義”（見劉靖淵：《沈德潛與“格調”説辨析》，《山東師範大學學報》〔人文社會科學版〕2009年第54卷第2期，頁85—89）。

宗指,繼論體裁,繼論音節,繼論神韻,而一歸於中正和平”,[①]據此,秦詩之怨,實有失“中正和平”,即使有格調,也難以“和性情”,又爲何編入《唐詩别裁》之中?沈德潛在《説詩晬語》中説:

> 《巷伯》惡惡,至欲“投畀豺虎”,“投畀有北”,何嘗留一餘地?然想其用意,正欲激發其羞惡之本心,使之同歸於善,則仍是温柔和平之旨也。《墻茨》《相鼠》諸詩,亦須本斯意讀。[②]

沈德潛認爲讀者應以“温柔和平”的態度來讀惡惡不留餘地的《巷伯》,方能得其“欲激發其羞惡之本心”的“用意”。秦詩遠未至如《巷伯》的不留餘地。沈德潛又認爲:“《詩》本六籍之一,王者以之觀民風,考得失,非爲豔情發也。雖《三百》以後,《離騷》興美人之思,平子有定情之詠,然詞托男女,義關乎君臣朋友”。[③] 可見沈德潛極重視比興寄托,而秦詩本來就是比興之作,被他評曰“語語爲貧士寫照”,則又合乎“詞托男女,義關乎君臣朋友”之義,常人讀之固然動容,執政者讀之未嘗不聞而足戒,亦有助於“考得失”。可以肯定,沈德潛的温柔敦厚説,既就作者言,亦就讀者言,故編秦詩入《唐詩别裁》,自無不可。

《三百篇》是經,不管内容如何,沈德潛多加回護是很正常的,至於《詩經》以下的怨憤不平之作,例如《離騷》,沈德潛就以《詩》之正變作解釋:

> 《離騷》者,《詩》之苗裔也。第《詩》分正變,而《離騷》所際獨變,故有侘傺噫鬱之音,無和平廣大之響。讀其詞,審其音,如赤子婉戀父母側而不忍去。要其顯忠斥佞,愛君憂國,足以

---

① 見《唐詩别裁·重訂唐詩别裁集序》,上册,頁4。
② 見沈德潛:《説詩晬語》(與《原詩》及《一瓢詩話》合刊。北京:人民文學出版社,1979年),頁194。
③ 見《唐詩别裁·凡例》,上册,頁4。

持人道之窮矣。尊之爲經,烏得爲過?①

原來只要“顯忠斥佞,愛君憂國”,能“持人道之窮”,則非“和平廣大之響”,而是“侘傺噫鬱之音”,亦是有格調之作。張健先生指出:“沈德潛論温柔敦厚,有兩個標準,其一是性情之善,其二是表現方式之和平,兩者兼具是他所最推崇的,是所謂正,僅具第一條而不具第二條,這也是他所肯定的,是所謂變。”②這是很準確的觀察。秦詩自傷不遇,反映的是當時士庶不公的普遍情況,並非特指某一位名公,對君上亦無不敬,而全詩只以比興出之,雖是“侘傺噫鬱之音”,但也“持人道之窮”,視之爲詩之變,選入《唐詩别裁》,只是表示對“詞托男女”之作的肯定而已,只要不涉淫褻輕薄語,③秦詩也不失爲一首有格調之作。

至於紀評又應如何理解?方回選秦詩入其《瀛奎律髓》卷三十一“宫閫類”。紀昀對方選多所不滿,認爲必須刊正,遂成《瀛奎律髓刊誤》一書,紀評即見於《刊誤》。“宫閫類”收五律七首,七律二首,共九首,都是比興之作。方回序曰:

> 長門買賦,團扇托詞,后妃於君王猶然。婦人女子,疏而不怨,難矣。自《易》之《咸》《恒》,《詩》之《關雎》《雞鳴》,並義不明,而後風俗衰,恩義薄,居寵而自損,上也。而或失愛,怨其所可怨,不誹不亂,可也。

---

① 見《説詩晬語》,頁196。

② 見張健:《清代詩學研究》(北京:北京大學出版社,1999年),頁537。

③ 《唐詩别裁》卷八“七言古詩”張藉下注:“文昌有《節婦吟》,時在他鎮幕府,鄆帥李師道(? —819)以書幣聘之,因作此詞以却。然玩辭意,恐失節婦之旨,故不録。”(頁272)所謂“恐失節婦之旨”,指的是“感君”二句。《説詩晬語》卷上:“文昌有《節婦吟》‘感君纏綿意,繫在紅羅襦。’贈珠者知有夫而故近之,更褻於羅敷之使君也,猶感其意之纏綿耶?雖云寓言贈人,何妨圓其辭?然君子立言,故自有則。”(頁212)張藉《節婦吟》是比興之作,節婦只是個虚擬的人物,但因語涉淫褻,“恐失節婦之旨,故不録”。可見沈德潛論詩,不嫌詩歌言辭激烈,却怕語言猥褻輕薄,不合尊敬君父的原則。這當然是古代男性中心思想的反映。秦詩語不涉猥褻,故取之。

對於方回此説，紀昀是肯定的："此雖老生常談，然大旨不過如此。"[①]九首詩雖是"怨其所可怨，不誹不亂"之作，但紀昀認爲："此卷只杜荀鶴一首好，戎昱(744—800)、崔顥二詩次之，餘皆俗格。"[②]秦韜玉《貧女》正是這些"俗格"之作中的一首。試先讀杜荀鶴等三家詩的紀評。[③] 紀評杜荀鶴《春宫怨》：

> 前四句微覺太露，然晚唐詩又别作一格論。結句妙於對面落筆，便有多少微婉。

評戎昱《閨情》：

> 不失忠厚悱惻之旨，惟氣格稍薄，則時代限之耳。

紀評崔詩：

> 司勳以此詩爲北海所叱，然自不惡。

崔詩之評不涉詩學概念，暫且不論。[④] 評杜、戎詩都提到"格"。評杜詩的"格"，指的是時代風格，評戎詩則明言"氣格"。評秦詩"格調太卑"的"格"，應指"氣格"。紀昀稱許杜、戎二詩，是從技法(對面落筆)、抒情(結句微婉)、立意(忠厚悱惻)等方面作評論，用的仍是傳統的儒家詩學觀。若從技法、立意及抒情的角度看秦詩，則秦詩雖以比興之法出之，但寫的是干謁不逐，立意已低，發言既傷且

---

① 方序及紀評見《瀛奎律髓刊誤》，第四册，頁 1207。

② 見《瀛奎律髓刊誤》，第四册，頁 1212。

③ 紀評依次見《瀛奎律髓刊誤》，第四册，頁 1208、1209、1210。按：杜荀鶴《春宫怨》："早被嬋娟誤，欲妝臨鏡慵。承恩不在貌，教妾若爲容。風暖鳥聲碎，日高花影重。年年越溪女，相憶采芙蓉。"(第 25 册，頁 10005)戎昱《閨情》："側聽宫官説，知君寵尚存。未能開笑頰，先欲换愁魂。寶鏡窺妝影，紅衫裛淚痕。昭陽今再入，寧敢恨長門？"(第 8 册，頁 3008—3009)崔顥《王家少婦》(一作古意)："十五嫁王昌，盈盈入畫堂。自矜年最少，復倚壻爲郎。舞愛前谿緑，歌憐子夜長。閒來鬭百草，度日不成妝。"(第 4 册，頁 1327)

④ 司勳即崔顥，北海即李邕(678—747)。《唐語林校證》卷三"方正"："崔顥有美名，李邕常欲一見。及顥至獻文，首章云：'十五嫁王昌。'邕叱起曰：'小子無禮！'遂不接之。"(頁 232)紀評指此事。

怨,“氣格”自是不高,只能算是“俗格”,故評曰“卑”。

至於“調”,紀昀没有詳述,不過明、清詩家論格調之調,多從音調聲情着眼,紀昀也應不例外。從“調”的角度看秦詩,其尾聯就很值得討論了。這一點施蟄存先生早已注意到:

> 結尾句“爲他人作嫁衣裳”,是“爲他人+作+嫁衣裳”的結構法。這是一個拗句,又稱折腰句。在誦讀的時候,只能照一般七言句那樣讀作“爲他+人作+嫁衣裳”。①

施蟄存正是從“調”的角度看秦詩,不過論述較簡略,可作進一步的討論。

七律句式節奏以上四下三爲常格,且與文意相應,節奏的劃分,同時也是文意的劃分。折腰句的特點,是文意結構與句式結構不一致。宋代韋居安《梅磵詩話》曰:

> 七言律詩有上三下四格,謂之“折腰句”。樂天守吴門日,《答客問杭州》詩云:“大屋簷多裝雁齒,小航船亦畫龍頭。”歐陽公詩:“静愛竹時來野寺,獨尋春偶到溪橋”;盧贊元《雨》詩:“想行客過溪橋滑,免老農憂麥壠乾”;劉後村《衛生》詩云:“采下菊宜爲枕睡,碾來穹可入茶嘗”;《胡琴》詩云:“出山雲各行其志,近水梅先得我心”。皆此格也。②

胡震亨《唐音癸籤》曰:

> 五字句以上二下三爲脉,七字句以上四下三爲脉,其恒也。有變五字句上三下二者(如元微之“庾公樓悵望,巴子國生涯”,孟郊“藏千尋布水,出十八高僧”之類),變七字句上三下四者(如韓退之“落以斧引以墨徽”,又“雖欲悔舌不可捫”之

① 見《唐詩百話》,頁661。

② 四庫未收書本,收入阮元(1764—1849)輯《宛委别藏》(南京:江蘇古籍出版社,1988年),頁36—37。

類),皆蹇吃不足多學。①

所謂"蹇吃",即施説的"拗句",讀起來不和諧之意,所以胡震亨認爲"不足多學",而秦詩尾聯正是如此。② 從韋、胡二家之論可見,折腰句古、近體皆有,而律詩較多是以一聯出之,或是頷聯,或是頸聯;頷頸二聯須對偶,單看一句是折腰,但因爲統觀一聯也是折腰,所以整聯詩仍是對稱的,加之前後聯詩句均合句式格律,於是就可以緩和折腰句不和諧的聲情。秦詩是律詩,用折腰句却並非如白居易、歐陽修那樣以一聯出之,而是以畸零的一句出之,而且是結句,聲情無所緩和。内容情意當然由詩句來表達,但句式節奏却能加强表達力,如果結合詩句的内容誦讀,秦韜玉怨憤之情就應聲而生,這就不免有違温柔敦厚的詩教了。

秦詩尾聯,出句合句式常規,對句折腰,音節變化甚大,而詩句明言"自傷""苦恨",内容與聲情相應,故最能引人注意。就七律句式言,是兩句,就文意言,只是一句,意謂:"年年壓金線以替人作嫁衣裳,貧女苦恨之。"格律上的兩句其實只是一句,嚴羽稱這種句式爲"十四字句"。③ 蔣紹愚先生從語法角度討論過這種句式,稱之爲"連貫句"。④ 王力也從語法角度討論這種句式,但仍稱之爲"十四字句",並將"十四字句"仔細地分爲十三項,其中第六項是:"出句前二字爲動詞語,其餘八字或十二字爲其目的語",⑤秦詩尾聯正屬

① 見《唐音癸籤》,頁 31。

② 施蟄存指出秦詩結尾句是"爲他人+作+嫁衣裳"的結構法,即"3—1—3"句式。這可能令讀者以爲前面的"3—1"既在一起,則本句應該仍然是四三句型。對於此種句式,王力曾作過討論:"五字句分二三,七字句分爲四三,這是符合大多數情况的。但是,節奏單位和語法結構的一致性也不能絶對化,有些特殊情况是不能用這個方式來概括的。例如有所謂折腰句,按語法結構是三一三。陸游《秋晚登城北門》:'一點烽傳散關信,兩行雁帶杜陵秋。'如果分爲兩半,那就只能分成三四,而不能分成四三。"秦詩的句式,正與陸詩相同,"只能分成三四,而不能分成四三。"見《詩詞格律》(北京:中華書局,2001 年),頁 136—137。

③ 見郭紹虞:《滄浪詩話校釋》(北京:人民文學出版社,1961 年),頁 74。

④ 見蔣紹愚:《唐詩語言研究》(北京:語文出版社,2008 年),頁 146—150。

⑤ 見王力:《漢語詩律學》(上海:上海教育出版社,2005 年),頁 282—285。

此項,由出句前二字動詞及十二字目的語組成:“苦恨一年年壓金線爲他人作嫁衣裳。”語法分析的結果,竟與前引趙臣瑗“年年”以下十二字描出酸楚語的評論相應。可見不管從文意還是從語法看,格律形式上的兩句,其實只是一句一意,所以讀起來一氣直下,直貫到底,而結句折腰,聲響與文情相發,造就了《貧女》“怨”的風格,但不合温柔的詩教,故紀昀評曰“太卑”。紀昀之評,應是從内容立意及聲響文情等方面對《貧女》一詩作整體風格上的評價。

沈德潛與紀昀同以儒家温柔敦厚的詩教論詩,但沈德潛本着温柔敦厚的態度讀詩,只覺秦詩言多比興,“語語爲貧士寫照”,故即使用語激烈,亦不妨視爲詩之變。而紀昀則站在温柔敦厚的道德高地上俯視秦詩,只覺秦詩立意不高,即使詩可以怨,但出言怨憤,已有違詩教哀而不傷,怨而不怒的教義,故評曰“格調太卑”。沈評源自其讀詩的態度,是讀者的自我要求,紀評則是讀者對作者的要求。二家言皆有據,而紀昀却未免欠缺了一份歷史的同情。

李山甫《貧女》言人之所未言,能够引起時人的共鳴,故“天下稱奇”;而秦韜玉《貧女》再進不甘爲人作嫁一意,而且讀來聲情激越,情感抒發得淋漓盡至,故謂“意轉殊絶”。趙臣瑗《山滿樓箋注唐詩七言律》評秦韜玉《貧女》曰:“此蓋自傷不遇而托言也。貧士貧女,古今一轍,仕路無媒,何由自拔,所從來久矣。”①秦詩之所以見賞於歷代選家,從趙臣瑗“古今一轍”之評與沈德潛“語語爲貧士寫照”之評中,可以得知個中消息:秦詩不僅道出了自己及同代士子之所欲言,更道出了歷代士人之所欲言,甚至是人之羞於言,即所謂“仕路無媒”者,而且情文並至,快人心目,曲盡人情,正好是讀者用以澆胸中塊壘的現成杯酒,所以廣爲後人所賞,還被收進多部唐詩選本之中。

---

① 見趙臣瑗:《山滿樓箋注唐詩七言律》,頁四十九上。

古代的士人,多少都能從《貧女》一詩之中找到自己的影子。詩家士子誦讀、品評或編選這首詩,都只不過是承認有這樣的一杯酒,在有需要的時候,用以澆自己的胸中塊壘。今人讀詩已不再囿於温柔敦厚的詩教,更不需要經歷干謁名公之苦,但“爲人作嫁”一語仍然道出了不少今人的心聲:“我長年勤苦,原來只是爲别人白忙碌,到頭來自己竟是一無所有,怎能無怨?”秦韜玉的《貧女》正寫出了這種氣憤難平的怨。

五、結　語

唐以前只有“貧士詩”,並無“貧女詩”,“貧女詩”是唐人開出的詩題,以貧女難嫁的社會現象喻士之不遇。詩人覺得自己不遇的境況與難嫁的貧女相似,於是運用傳統的比興手法,把“貧女”與“媒”兩條脉絡交融爲一,正式開出“貧女”一題,以貧女難嫁喻貧士不遇。從白居易的《議婚》直到李山甫和秦韜玉的《貧女》,可以清楚地看到唐人貧女詩生成與發展的過程:由一個社會現象發展成一個比喻,再由比喻發展成一個意象。這是唐代詩人把歷時縱向的詩學傳統與共時横向的社會現象結合起來的成果,亦即是中晚唐之世的政治社會語境、詩學語境,以及詩人的個人語境三者綜合的結果。

唐人没有選擇六朝以還的“貧士詩”來書寫其貧寒不遇,反而另闢“貧女”一題,是因爲他們要抒發的是無法壓抑下去的、求仕不遂的怨憤,而並非以道濟貧的道德自勉。“貧士詩”中貧士的不遇,是指不遇有道之世,不遇聖主明君,爲天爵而棄人爵,以致貧困不堪,却甘之如飴,故貧士詩傾向安貧樂道的道德表述,“固窮”就是貧士詩的本質;唐人的不遇,是指無人提拔,干謁無成,性質與貧士不同,道德層次相去甚遠,故難以用貧士的詩題來書寫這種不遇。傳統的道德規範與“貧士詩”的道德本質制約着詩人的言説,因此,唐人不選擇“貧士詩”,而另闢“貧女”一題,戴上一個貧女的面具作僞裝,再藉着女性的聲音,名正言順的呼喊“貧賤無媒出嫁難”,可見“怨”才是貧女詩的本質。

陶淵明安貧樂道的生活實踐,及其《詠貧士》固窮志道的自我表述,都是難以企及的道德境界,展示了“士”的文化人格,後人永遠崇敬之,仰望之,却不易效法之。對於一個仕途失意的士子而言,其低落的情緒應近於秦韜玉的《貧女》,而不是陶淵明的《詠貧士》。秦韜玉《貧女》無論在運意及章法等方面都超越同題衆作,而且寫出了亘古不變的人之常情,寫來辭情激越,痛快淋漓,所以爲古今讀者所共賞。然而,紀昀“格調太卑”的非議却又撩起了這個貧女的面具,讓讀者瞥見文人卑下的一面。

從“貧女詩”的研究可以見到,一個制度的設計與實施,以及實際的生活經驗,完全可以模塑,甚至扭曲人的心態與行爲。因爲唐代士子把自己人生價值的實現建立在進士及第上,所以科舉對他們的身心制宰就更形嚴酷。如果他們願意改變想法,作其他的生活選擇,或者可以活出另一種人生,但當時的社會主潮以考進士爲重,[①]能像張志和(743—774)那樣“斜風細雨不須歸”者不多,更遑論效法顔回、原憲、陶淵明了。不過,正因爲士子這樣的執着,才會有“貧女詩”的創作。李山甫、秦韜玉因失意於當時而創作“貧女詩”,却又因“貧女詩”而在詩歌史上留名。人世間的得喪,是如此的難料。

---

① 除了士人之外,一般人亦以考進士爲上。北宋錢易《南部新書·丁》“杜羔妻劉氏”條頗能看到這種情況:“杜羔妻劉氏,善爲詩。羔累舉不第,將至家,妻先寄詩與之曰:‘良人的的有奇才,何事年年被放回? 如今妾面羞君面,君若來時近夜來。’羔見詩,即時回去。尋登第,妻又寄詩云:‘長安此去無多地,鬱鬱葱葱佳氣浮。良人得意正年少,今夜醉眠何處樓?’”當時風氣,可以想見。見《南部新書》(北京:中華書局,2002 年),頁 53。

從"貧女詩"的研究中亦可以見到,傳統文化爲後人在面對現實困境時提供了多元的選擇。在生活實踐上,詩人可以選擇效法陶淵明,在創作上選擇寫貧士詩,但亦可以選擇仕進,而一旦仕途失意,傳統文化就提供比興的手法讓他們抒發感情。比興這種手法的好處,從作者言,是可以婉轉地抒情,不至於直露,既能言一己之情,亦能言人之情,甚至言後人之情,故秦韜玉的《貧女》古今共賞;從讀者言,只要熟悉比興的傳統,則不管詩句字面寫的是美人還是香草,其内裏要表達的感情亦不難解讀。在後人的眼中,秦韜玉的貧女面具是如此的單薄,實在不用費多少工夫,就能辨清面具之下真正的聲音。當然,比興手法背後道德及立意的高低,就因人而異了。

(本文原載 2017 年 5 月《饒宗頤國學院院刊》第四期)

空留古廟號侯王：論九龍城宋季古迹的記憶及侯王廟記憶的歷史化

一、引言：遺老、古迹與記憶

辛亥革命(1911)之後，一批前清遺老來到香港，當中就有陳伯陶(1855—1930)和賴際熙(1865—1937)兩位對香港文教影響深遠的前清太史。他們曾參與聖山宋王臺古迹的復修而爲後人所知。①

諸遺老來到香港之後，多數聚居於九龍城。他們常到復修後的宋王臺唱和抒懷，時人的續和之作亦不少。他們的詩作後來被

① 今宋王臺公園内豎有簡又文所撰《九龍宋皇臺遺址碑記》，開首即述宋王臺古迹事曰："宋皇臺遺址在九龍灣西岸，原有小阜名'聖山'者。巨石巍峨，矗峙其上，西面横列元刻'宋王臺'榜書，旁綴'清嘉慶丁卯重修'七字。一九一五年，香港大學教授賴際熙籲請政府劃地數畝，永作斯臺遺址，港紳李瑞琴贊勷其事，捐建石垣繚焉。迨日軍陷港，擴築飛機場，爆石裂而爲三，中一石摩崖請字完整如故。香港光復後，有司仍本保存古迹之旨，在機場之西南距原址可三百尺，闢地建公園，削其石爲長方形，移寘園内，藉作標識，亦從衆意也。"接着考述宋帝及石刻"王"字當作"皇"字事。考畢，再叙述與宋王臺相關的古迹曰："抑又聞之，聖山之西南有二王殿村，以端宗偕弟衛王昺同次其地得名。其北有金夫人墓。相傳爲楊太后女晉國公主，先溺於水，至是鑄金身以葬者。西北之侯王廟，則東莞陳伯陶碑文疑爲楊太后弟楊亮節道死葬此，土人立廟以祀，昭忠也。至白鶴山之遊仙巖畔，有交椅石，據故老傳聞，端宗嘗設行朝，以此爲御座云。是皆有關斯臺史迹，因並及之，以備考證。"

蘇澤東(1858—1927)編成《宋臺秋唱》一集。① 除了宋王臺之外,諸遺老的詩文涉及到的九龍城宋季古迹還有侯王廟、金夫人墓、二王殿村(故宋行宮)等。② 宋季古迹是亡國的殘餘,諸遺老從這些古迹中看到了自己的身影。前清呼應着故宋。遺老以其前清舊臣的身份重修古迹,書寫古迹,名是憑弔故宋,實是憑弔前清。弔古,其實是傷今。因此,宋季古迹的復修與書寫,對遺老而言,是充滿了傷感的個人色彩,極具個人身世的象徵意義。

然而時移世换,陳伯陶等遺老書寫過的古迹今已多湮滅。金夫人墓和二王殿村(即故宋行宮所在)兩個古迹早已無處可尋,聖山已被夷平,“宋王臺”巨石也被切割成一個石碑,放置在今之宋王臺公園内。當中就只有侯王廟保全完好。有關侯王廟與宋季歷史的關係,在廟内,在華人廟宇委員會和香港旅遊發展局的網頁,乃至一般介紹侯王廟的網頁,都很容易找到。其他宋季古迹的遭遇與之相比,實在不啻天壤。儘管如此,提到香港的宋季歷史,一般人首先想起的仍是“宋王臺”石碑,而不是侯王廟。回顧歷史,1949年之後,南來香港的人士藉以寄情抒懷的,也是“宋王臺”石碑,不是侯王廟。這當然是因爲宋王臺具有代表性。不過這所謂的代表性,恐怕還是取決於古迹所負載的記憶,以及後人對這些記憶的運用。

---

① 見蘇澤東:《宋臺秋唱》,沈雲龍編:《近代中國史料叢刊續編》第 83 輯(臺北:文海出版社),第 827 册,1981 年。按:此本書後有黄瀚華丁巳年(1917)跋,據黄跋,此本之前已有一排印本,“當時以同人索閲,未遑編次,遂付排印,使當鈔胥。諸公見之,重爲訂定,釐作三卷,余因取付剞劂,俾永流傳。卷端仍署蘇君編者,從其舊也”。(頁 99)可見此本乃諸公訂定,不妨視作定本,蘇澤東只是初編者而已。後潘小磐(1914—2000)把此本與陳步墀(1870—1934)編的《宋臺集》合刊出版,仍名《宋臺秋唱》,書後有潘氏 1979 年跋,原出版社未詳,《近代中國史料叢刊續編》所收即此合刊本。本文所用即合刊本,以括號標示頁碼,不另出注,以省篇幅。

② 當時所謂的宋季古迹,至少還有宋帝“交椅石”與宫人“梳妝石”,見簡又文:《宋末二帝南遷輦路考》“附録一:土瓜灣、馬頭圍、交椅石”條,簡又文主編、宋皇臺紀念集編印委員會編:《宋皇臺紀念集》(香港:趙族宗親總會,1960 年),頁 145—146。

今天看來,"宋王臺"石碑的規模無法與侯王廟相比,但提到九龍與宋季歷史的關係時却是反過來,侯王廟不能與"宋王臺"石碑相比。同樣都是清遺老書寫過的古迹,二者的規模與記憶的功能竟有如此鮮明的反差,實在值得注意。宋王臺與《宋臺秋唱》已經有學者作研究了,①而侯王廟却只是這些研究的附論而已,已發表的侯王廟學術專論可説是非常之少。②

侯王是民間百姓信奉的神靈,香港就有多座侯王廟,遠至離島大嶼山也有一座侯王宫。侯王信仰當然具研究的價值,然而,因爲諸遺老聚居於九龍城,他們書寫的對象也只限於九龍城侯王廟,所以本文只討論九龍城侯王廟,集中探討宋季古迹和與這座侯王廟相關的歷史與記憶,其他的侯王廟及侯王信仰的問題暫不討論。然則,規模宏大,保存完好的侯王廟,其記憶功能爲何不能與"宋王臺"石碑相比? 本文擬就此問題作初步的探討,期望是次討論對思考歷史與記憶之間的關係可以有所裨益。

二、作爲文化景觀的古迹:清遺老"宋季記憶"的所繫之處

宋季古迹是否真的宋末元初之遺,已難考究,不過諸遺老視之

① 較早的研究與文獻編輯是簡又文主編、宋皇臺紀念集編印委員會編的《宋皇臺紀念集》。較近期的有鍾寶賢:《緒論:宋末帝王如何走進九龍近代史?》,趙雨樂、鍾寶賢編:《九龍城》(香港:三聯書店〔香港〕有限公司,2001),頁 1—43。Hon Tze-ki(韓子奇),*A Rock, a Text, and a Tablet: Making of the Song Emperor's Terrace as a Lieu de Mémoire*, in Marc Matten *Places of Memory in Modern China: History, Politics, and Identity* (Leiden: Brill, 2011), p133—165。高嘉謙:《刻在石上的遺民史:〈宋臺秋唱〉與香港遺民地景》,《臺大中文學報》,2013:4,頁 277—316。

② 獨立成篇者,在本文之前,似乎就只有蕭國健的《香港侯王廟所祀奉之"楊侯大王"考》,收入林天蔚、蕭國健:《香港前代史論集》(臺北:臺灣商務印書館,1985 年),頁 307—310。

爲真,則應無可疑。十九世紀末,有人在聖山一帶采石,於是何啓爵士(1859—1914)向立法局請求立例禁止,遂有"保全宋皇臺條例"之設。1915年,當時的工務局擬公開拍賣宋王臺。陳伯陶與賴際熙原本就"頗有保全古迹之想",後來從建築商李瑞琴處得悉這消息,便起來保護宋王臺。賴際熙籲請當時的香港總督梅軒利(Sir Henry May,1860—1922)收回成命。結果宋王臺得到保全,政府還劃定了宋王臺古迹的地界,李瑞琴更"沿界捐建石垣,且於路傍建立牌坊,俾便遊人登覽"。[①] 宋王臺古迹修復了,而諸遺老的古迹唱和,亦由此開始。

吴道鎔(1852—1936)《宋臺秋唱序》謂陳伯陶登臨宋王臺時,見臺南有村曰"二王殿",而村民莫知其沿革,於是勾稽史乘,得知"村即以宋故行宫遺址得名"。吴道鎔進而感慨:"而久湮之迹,顧發露於易代避地之遺民,此非偶然也。"(頁1)[②]"易代避地之遺民"指的是陳伯陶等清遺老,"非偶然"一語是點睛之筆。言下之意,香港的"久湮之迹"之所以爲"易代避地之遺民"所"發露",是"遺民"的刻意所爲。所謂"發露",就是確認宋季古迹的真實性,並賦予古迹以意義。至於"發露"的方法,就是通過諸遺老的考證、雅集和詩文書寫。

諸遺老的古迹書寫主要集中於《宋臺秋唱》。《宋臺秋唱》分上、中、下三卷。全書結構井然:卷上是陳伯陶與同人在宋王臺下雅集時的唱和,以及時人的續和,主題是"相與拜秋曉先生生日並祀諸隱君子之靈"(頁7)。[③] 秋曉先生即趙必㻶(字玉淵,號秋曉),係出濮安懿王趙允讓(995—1059),宋遺民,曾參與抗元復興之業,

① 見李景康:《紀賴際熙等保全宋皇臺遺址》,《宋皇臺紀念集》,頁264。

② 此序作者原題"澹庵永晦"。《宋臺秋唱》作者多署以别號,今復還其真實姓名。下皆仿此。

③ 見蘇澤東:《宋臺秋唱》,沈雲龍編:《近代中國史料叢刊續編》(臺北:文海出版社,1981),第83輯,第827册,頁7。

宋亡後隱居不仕。陳伯陶所著《宋東莞遺民録》即以秋曉爲首;《宋臺秋唱》更摘此傳(含一詩兩詞)作附録(頁 101—107),遺民之志昭然若揭。下卷是諸家的往還答贈。至於卷中,則是諸家的古迹書寫(見表 1)。

表 1 《宋臺秋唱》卷中的作者及題目

作者	題目	首數	涉及的古迹
陳伯陶	宋皇臺懷古並序	1	宋王臺、宋行宫①
陳伯陶	宋行宫遺瓦歌並序	1	宋行宫
陳伯陶	宋皇臺之北有楊太妃女晉國公主墓新安縣志稱公主溺死鑄金身以葬故俗呼金夫人墓十年前碑址尚存近因牧師築教堂於上遺迹堙滅矣詩以弔之	5	金夫人墓
陳伯陶	楊侯王廟迎神送神曲	2	侯王廟
吴道鎔	癸丑(1913)秋日偕九龍真逸張闇公伍甆公賴智公遊龍山訪宋季遺迹感賦	4	宋王臺、宋行宫、金夫人墓
黄佛頤	宋皇臺	1	宋王臺
黄佛頤	景炎行宫	1	宋行宫
黄佛頤	晉國公主墓	1	金夫人墓
黄佛頤	楊亮節廟	1	侯王廟
賴際熙	登宋王臺作	2	宋王臺
李景康	奉陪荔垞師遊九龍宋王臺兼訪厲人山居	1	宋王臺
張德炳	宋王臺懷古	1	宋王臺
姚筠	宋王臺懷古	2	宋王臺
姚筠	丙辰(1916)秋日步張君輝庭宋王臺懷古韻	2	宋王臺

① 宋行宫當時已不存,土人在遺址上建村,曰二王殿村,又建北帝廟。

續　表

作者	題目	首數	涉及的古迹
凌鶴書	偕叔葆拱坦二先生登宋王臺	1	宋王臺
黄映奎	宋王臺	1	宋王臺
張其淦	次韻日坡宋王臺之作	1	宋王臺
黄瀚華	登宋王臺有感	1	宋王臺
陳景梁	丙辰(1916)春避地九龍遊宋王臺有感	1	宋王臺
祁正	宋王臺懷古	1	宋王臺
梁淯	冬暮訪蘇選樓君於九龍寄盧因遊宋皇臺遺址	1	宋王臺
梁淯	丁巳(1917)春偕選樓重登宋王臺感賦並呈真逸先生	2	宋王臺
方啓華	丙辰(1916)登宋王臺歸謁楊侯廟次蘇君選樓原韻	1	宋王臺、侯王廟
蔣航	敬步蘇君選樓遊宋王臺詩原韻	1	宋王臺
蘇澤東	丙辰(1916)春偕葉君楚白方君拱垣黄君君式遊宋王臺作	1	宋王臺
蘇澤東	丁巳(1917)孟春偕梁君又農遊宋王臺賦此索和	2	宋王臺
蘇澤東	過九龍山弔宋行宫遺址書感	2	宋行宫
蘇澤東	宋行宫古木	1	宋行宫
蘇澤東	遊宋王臺訪晉國公主墓	2	宋王臺、金夫人墓
蘇澤東	題鶴嶺宋楊亮節廟壁	1	侯王廟

資料來源:蘇澤東編《宋臺秋唱》,沈雲龍編《近代中國史料叢刊續編》(臺北:文海出版社,1981),第83輯,第827册。

以上共17家45首,以首數計,詠宋王臺最多,然後是金夫人墓,再次是宋行宫和侯王廟。古迹的保護與復修,再加上諸遺老聚焦式的題詠唱和,就把宋王臺突顯出來,其代表性亦由此開始建立。

在文化發展的過程中,人因應其自身的需要,營造出他們認爲適合的景物、景致、建物、地標等。可見人類的文化活動和價值觀足以形塑物理景觀,賦予意義。這被形塑的景觀,被賦予意義的景觀,就是所謂的"文化景觀"(cultural landscape)了。① 諸遺老因他們的"宋季記憶",選擇賦予宋王臺、宋行宫、金夫人墓和侯王廟四個古迹以互相呼應的意義,經營出一組屬於遺老的文化景觀。

其實,各個古迹自有其實際的座落位置,古迹與古迹之間的距離遠近不一,各有其方位座向。

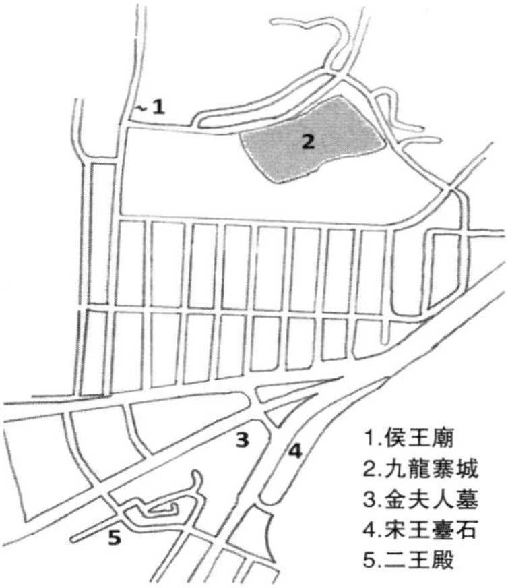

圖 1　宋季古迹分布圖

古迹之間頗有一段距離,即使登上聖山宋王臺上遠眺,也看不見其他古迹。不過,遺老的書寫却把這些古迹建構成一個衆星拱

① Cultural Landscape, in Eric Hirsh, *International Encyclopedia of the Social Sciences*, Vol 2 (Macmillan Reference USA, 2008), p192—193.

月式的文化景觀。從表1可以發現,宋王臺最突出,居於中心位置,至於侯王廟等古迹,則因爲在詩文解讀的位階上居於次要的位置,所以只能算是從屬,圍繞着宋王臺,儘管古迹在物理空間的真實分布並不如此。

諸遺老在其唱和及詩序中建構了他們的宋季記憶,並繫之於古迹之上。可以説,他們的宋季記憶與文化景觀是緊連接續完成的。這從他們的詩文就可以看到。陳伯陶在宋王臺復修之後寫了一篇《九龍宋王臺麓新築石垣記》。他在記文中説自己"暇日登眺,退而考諸史乘",得知九龍就是"古官富場",而宋王臺則是宋益王趙昰(1269—1278)與弟衛王趙昺(1272—1279)"泛海南奔駐蹕之所也"。又根據錢士升(1572—1652)《南宋書》及宋元二史,敘述了二王的逃亡路線和宋諸臣抗元的大概,[①]並認爲"當次官富場時",諸臣奮力頑抗,"蓋尚有可爲者",進而感慨:

> 宋之君臣,擁旄北望,必有呼渡河與直抵黄龍者焉。而又規形勢,繕宫室,千乘萬騎,散居山海間。其艤艑之輻湊,衢路之填委,郵傳之交午,饟道之絡繹,櫛比鱗萃,雖不比汴杭故都,亦必成一都會焉。[②]

這一段感慨無疑是一個虛擬的畫面,緊接着他的考證呈現出來。因爲有考證導前,再加上形像化的描寫,所以陳伯陶的想象之辭就顯得具有真實感了。他相信:趙宋其實是"尚有可爲"的。這當然是清遺老的情感投射:宣統帝溥儀(1906—1967)尚在,清應該也是"尚有可爲"的。不過他們心裏明白,清像故宋一樣,大勢已去,正

① 這樣的考證與敘述又見陳伯陶《宋皇臺懷古並序》《宋行宫遺瓦歌並序》和《楊侯王廟迎神送神曲》的序文,只是焦點與詳略不同而已;依次見《宋臺秋唱》卷中,頁31—33,34—35,37—44。

② 見陳伯陶:《九龍宋王臺麓新築石垣記》,《瓜廬文賸》,卷二,頁四十一下。按:序寫於"乙卯(1915)夏",即宋王臺得到保全及復修之年。

如吴道鎔《癸丑秋日偕九龍真逸張闇公伍登公賴智遊龍山訪宋季遺迹感賦・宋王臺》所云:

> 中興成旅苦經營,憑弔荒臺淚漫傾。
> 百萬義師齊捲甲,傷心尚有庾蘭成。(頁 41)

百萬的中興義師齊捲甲而去了,只剩下庾信(513—581)獨自傷心。詩中的庾信,就是現實中的遺老,所謂"感賦","感"的既是宋,也是清。

陳伯陶在記文中繼續他的古迹考證:

> 予謂《新安縣志》稱:臺南北帝廟,爲宋行宫舊址,今廟右有村,名二王殿,元人修《宋史》,以景炎祥興附。帝㬎後爲二王紀石刻村名,蓋皆傳自元時。《縣志》又云:臺後山有晉國公主墓。公主楊太妃女,死於溺,鑄金身以葬,俗亦呼"金夫人墓"。又臺之西北有楊侯王廟,相傳爲宋季忠臣,不詳其名。余考之史,知即爲太妃弟亮節。是皆宜磨厓書石,俾與斯臺並傳。①

從"臺南""臺後山""臺之西北"等字眼可見,陳伯陶是以宋王臺爲中心的;再從"俾與斯臺並傳"一句可見,侯王廟等三個古迹只是宋王臺的從屬。《宋皇臺懷古並序》的序文還有幾句話很能解釋宋王臺居於中心位置的意義:

> 石刻舊稱宋王,以史稱二王而然,兹正之曰宋皇,蓋使後之人無惑焉爾。(頁 33)

正"宋王"之名爲"宋皇",旨在確認趙宋才是政治與文化的正統。這"正統"對諸遺老而言非常重要,必須在此强調,畢竟在他們心目中,清才是這個正統的繼承者,而不是民國。

陳伯陶於記文之末清楚寫着:"時乙卯夏五,九龍真逸記。"九

---

① 見《九龍宋王臺麓新築石垣記》,《瓜廬文賸》,卷二,頁四十一下至四十二上。

龍真逸就是陳伯陶,乙卯即 1915 年。卷中的詩作有寫於 1917 年者,而《宋臺秋唱》的序與跋也寫於 1917 年,可見古迹書寫的位階結構,原來早已胎息於 1915 年的《九龍宋王臺麓新築石垣記》,而遺老的文化景觀亦隨着此序的寫結而建立起來。

從陳伯陶的一記一序可以讀到諸遺老的心曲:宋王臺是二王的"駐蹕之所",它象徵着政治與文化的正統,雖然宋王臺是亡國的殘餘,但它曾經見證過宋君臣頑抗蒙元的悲壯。這就是諸遺老的宋季記憶的基礎。其言外的寄意是:清也繼承了這個正統,也不幸亡國。

其他三個古迹陳伯陶亦有考證。三個古迹之中,金夫人墓的題詩較多,不過有關金夫人墓的考證却很簡略,除了前揭《九龍宋王臺麓新築石垣記》外,就只有陳伯陶詩的題目:"宋皇臺之北有楊太妃女晉國公主墓,《新安縣志》稱:公主溺死,鑄金身以葬。故俗呼金夫人墓。十年前碑址尚存,近因牧師築教堂於上,遺迹堙滅矣!詩以弔之。"(頁 36)多了的"牧師""遺迹"二句,已足以讓後人知道,古迹其實早已湮滅,只是諸遺老仍要借題發揮。或在其詩中感慨興亡,或以逃亡的公主與北上大都的故宋宮人作比較,認爲公主之逃亡遠勝宮人之稱臣。這些都是題中應有之義。值得注意的是陳伯陶詩强調了"趙家塊肉",黄佛頤詩强調了"一塊肉",蘇澤東詩强調了"認慈元",[①]如此,趙氏的皇室血脉就突顯出來,並透露出宋季記憶中的一環:趙氏一脉寧死不屈,堅持抵抗。

宋行宫其實也早已湮滅。除了《九龍宋王臺麓新築石垣記》外,陳伯陶在《宋皇臺懷古並序》中也提到:"《一統志》稱宋行宫三

① 三家詩依次見《宋臺秋唱》卷中,頁 36,42—43,54。按:《宋史》載:"至元十四年(1277),大軍圍昰(宋端宗趙昰)於海上。明年(1278)四月,昰卒,昺(少帝趙昺)代立。十六年(1279)春二月,昺投海死,妃聞之大慟,曰:'我艱(間)關忍死者,正爲趙氏祭祀尚有可望爾,今天命至此,夫復何言!'遂赴海死。其將張世傑(?—1279)葬之海濱。"見脱脱等撰:《宋史》(北京:中華書局,1977 年),頁 8662。陳、黄詩"塊肉"典即據此。慈元,宋宫殿名,太后所居,蘇詩以"慈元"借代楊太妃。

十餘所,可考者四,其一爲官富場。《廣州府志》則云殿址猶存,今惟崖山最著,兹地改稱九龍,世罕有知之者矣。余登眺之暇,因爲考證諸書,以著其實。"(頁 32—33)《宋行宫遺瓦歌並序》又云:"官富場宋皇臺之東有村名二王殿,景炎行宫舊基也,《新安縣志》稱土人因其址建北帝廟即此,今廟後石礎猶存。"(頁 34)由於"其地耕人往往得古瓦"(頁 34),所以諸遺老就能够肯定行宫確實存在過,並據以題詠抒懷。諸家詩所流露的感慨主要是當日的戎馬艱難和當下的禾黍丘墟。蘇澤東《宋行宫古木》有幾句詩頗能概括諸家的心聲:"撫樹思前朝,君臣痛南渡。遺宫卅餘所,蓁蕪委煙霧。枯榮悟物理,興亡亦天數。""遺民哭冬青,今古忠憤寓。"(頁 53)古者,故宋;今者,前清。雖然興亡有數,但遺民忠憤却始終如一。這應是宋季記憶的另一環節。

説到戎馬艱難與孤臣忠憤,就應該要數侯王廟了。事實上,所謂四個古迹,當時只剩下宋王臺和侯王廟兩個,金夫人墓與宋行宫早在遺老來香港之前就已經不存。在《宋臺秋唱》卷中有陳伯陶的《楊侯王廟迎神送神曲》,詩前有長序一篇,序文篇幅之長冠全卷。詩與序文後來刻石,易名《侯王廟碑》。碑今尚存侯王廟中,後人討論九龍城歷史時經常用到此篇碑文,却不知道碑文原是詩與序。

陳伯陶在序文中考證了侯王的身份,認爲廟中所供奉的侯王,就是楊太妃弟楊亮節(? —1279)。他在序文的開首即曰:

> 九龍砦西北有侯王廟,甚靈異。舊碑稱神楊姓,佚其名;南宋末忠臣始封侯,繼封王,故稱曰侯王。余曰:此殆楊亮節也。(頁 37—38)

然後叙述宋室敗亡播遷的經過,和楊亮節的鞠躬爲主,以致招惹嫉妒,却仍然護主南奔官富場(九龍),並謂:

> 疑亮節道病卒,葬於斯土。土人哀之,立廟以祀,史蓋失

載也。宋世外戚多封王;亮節脱二王於險,又輔政,則生封侯、死封王,亦恩禮所必至。海濱朴魯,故不能舉其名及封郡耳。(頁 39)

接着推斷:

況從二王海上,史别無楊姓者。寧有進侯而王,烜赫如是,而史闕文者乎? 余故曰:此殆亮節也。(頁 39)

由"殆亮節"到"疑亮節",又再一次"殆亮節",進而就坐實是亮節:

余謂亮節之忠,爲宋外戚所罕見者,雖走死,而其英魂毅魄,血食兹土,到今不衰,有以也! 因詳考之,以告土人。(頁 40)

前稱亮節是"南宋末忠臣",後頌揚他"英魂毅魄",而中曰"脱二王於險,又輔政",儼然是一派忠臣死節,守護正統的風範。這應是遺老宋季記憶的最後一環。

陳伯陶這則考證很有名,今天差不多所有侯王廟的介紹都會提及。侯王是否即楊亮節,後人未必盡是同意,不過諸遺老却非常贊同,所以黄佛頤詩題"楊亮節廟",謂"間關負龍種,中道悲身殲"(頁 43);方啓華詩題"丙辰登宋王臺歸謁楊侯廟次蘇君選樓原韻",感慨"崎嶇戎馬悲孱主,跋涉關山失將才"(頁 50);蘇澤東詩題"題鶴嶺宋楊亮節廟壁",亦謂"殘山賸水埋忠骨,越舞蠻歌薦酒杯"(頁 54),楊亮節彷彿是岳飛(1103—1142)後身了。[①] 諸家的詩句,無疑都來自陳伯陶的考證。

"宋季記憶"的基礎與各個環節都已經準備妥當,接下來就是把這些構件組合在一起,建構遺老的"宋季記憶"。諸遺老用遺民的悲情把這些構件貫穿起來,組成了一個整體:

---

① 杭州岳飛岳王墳有聯曰:"青山有幸埋忠骨,白鐵無辜鑄佞臣。"蘇詩句本此。

一方面,就詩中古迹的象徵意義而言,這個整體是一個位階結構,就如"表一"所見的:宋王臺最突出,侯王廟等三者附隨之,展現了君尊臣卑的差序格局。

另一方面,就詩中所寫的内容情感而言,這個整體是一個互相呼應的意義網絡:宋二王的正統性、趙氏的抵抗精神、遺民的忠憤,以及忠臣以死節守護正統,四者互相關聯呼應。

上述的位階結構與意義網絡,是一個銅板的兩面,一而二,二而一。這就是諸遺老所製造的"宋季記憶"。

三卷本的《宋臺秋唱》是"諸公"的"重爲訂定"本(頁 99),卷中全是古迹的書寫。此卷的最後一首詩就是蘇澤東的侯王廟詩,尾聯是:"華表鶴歸誰弔古? 千秋悵望宋王臺。""弔古"者當然是諸遺老,所謂"悵望宋王臺",自然也是遺老的心聲。頗堪細味的是,此卷的第一首詩正是陳伯陶的《宋皇臺懷古並序》,君首臣尾,遥相呼應,隱然是"悵望宋王臺"的格局。信焉《宋臺秋唱》乃"諸公"的"重爲訂定"本。在遺老的筆下,不僅是異代同悲,而且有幾個聲音同時重叠着:遺老站在侯王廟前悵望宋王臺,楊亮節悵望宋二王,遺老悵望清帝,忠臣悵望君主。

《宋臺秋唱》的三卷詩全都是陳伯陶作首唱,其他遺老的詩作附後。陳伯陶古迹書寫的次序是:宋王臺—宋行宫—金夫人墓—侯王廟。從其所象徵的身份角色來解讀就是:君主—朝廷—皇室—忠臣。再從傳統的人倫關係作歸納,古迹其實是君臣一倫的景觀化呈現,當中負載着諸遺老所賦與的象徵意義。古迹與古迹之間互相呼應,構成了這組文化景觀,當中負載着的第一層意義是宋季君臣的亡國悲情,就如方啓華《丙辰登宋王臺歸謁楊侯廟次蘇君選樓原韻》詩説的:"末造君臣同殉國,魂招江上幾沿洄。"(頁 50)不過,這只是遺老編造出來的一層面紗,其更深一層的意義,應是古迹所負載的清遺老的悲情。正因爲古迹負載着宋、清兩代遺民的易代悲情,所以古迹就成了清遺老"宋季記憶"的所繫之處。掀開這層"宋季"面紗,就可以清楚地看到:古迹是清遺老的"記憶所繫之處"(lieux de mémoire)。①

其實,在諸遺老來香港之前,這些古迹早就已經存在,而古迹與古迹之間可能也有關聯的意義,却無從稽考。諸遺老來到香港之後觸景傷情,於是借他人杯酒,澆自已塊壘,製造出他們的"宋季記憶",並經營了這組文化景觀。在諸遺老之後,古迹的記憶也難免發生變化,而事實亦如此。永遠處於變動之中就是文化景觀的特點。②

諸遺老經營文化景觀的操作程序十分清楚:首先是通過考證來確認古迹的真實性,當中挾帶着想象的發揮;然後是發掘甚至製造古迹可能蘊含的意義,即所謂的"發露",並宣示爲真,而且信以爲真;接着是賦詩、雅集、唱和,一步一步地令自已入信,也互相令對方入信;最後是編輯成書,以確認其所見、所考與所寫皆爲真實。

---

① Lieux de mémoire 是法文 lieu de mémoire 的複數。此概念由法國史學家皮耶·諾哈(Pierre Nora)提出,也是他所編的一套三卷七册論文集的書名,英語譯作 Realmsof Memory, Sites of Memory 或者 Place of Memory。皮耶·諾哈在 *Between Memory and Histoty: Les Lieux de mémoire* 一文對"Lieux de mémoire"下了清楚的定義" Lieux de mémoirewhere memory crystallizes and secretes itself",因爲記憶在那裏結晶並顯現出來,所以就稱作 Lieux de mémoire。見 *Representations*, No. 26, Special Issue: Memory and Counter-Memory. (Spring, 1989), p7—24.定義見頁 7。後來 Eugenia Allier Montaño 加了"collective"一詞,把這個定義説得更準確:"Pierre Nora coined the concept of place of memory to designate those artifacts that where collective memory crystallizes and secretes itself."見 Eugenia Allier Montaño, *Places of memory. Is the concept applicable to the analysis of memorial struggles? The case of Uruguay and its recent past*, in *Cuad.CLAEH vol.4 no.se Montevideo* 2008, p87. 全文見 p87—109. 中文"記憶所繫之處"是諾哈的學生戴麗娟的譯法。戴麗娟認爲,"記憶所繫之處"這個譯法可能較冗長,但好處是可以"避免此書被誤以爲是用來强調紀念碑、紀念日、紀念物的重要性,而這些正是這份研究著作當初企圖除魅的對象"。(見皮耶·諾哈:《記憶所繫之處》,第 1 册"譯者導言"〔臺北:行人文化實驗室,2012 年〕,戴麗娟選譯,頁 13)因此,在諾哈編的那套文集裏,舉凡空間、制度、風景、音樂、節慶等,都可以是"記憶所繫之處"。據此看來,宋季古迹應該就是空間的"記憶所繫之處"。

② Eric Hirsh, "Cultural Landscape", in *International Encyclopedia of the Social Sciences*, Vol 2, 2nd ed., p192—193.

諸遺老在推論侯王就是楊亮節的過程中,是有一整套詩文的系統性建構的。鍾寶賢教授就注意到,宋末帝王之所以走進九龍近代史,正緣於諸遺老的古迹書寫。① 因此,可以説,所謂"宋季記憶",不過是近代的産物。諸遺老運用古迹書寫來建構一個"宋季記憶",並繫之於這些古迹之上,藉以寄托他們對前清的效忠與認同,其記憶意圖(memorial intention)是十分清楚的。

古迹是文化景觀,也是遺老的記憶所繫之處。一個記憶之所以能够延續下去,是因爲得到同代人甚至後人的認同,假如此記憶能够發展出共享的集體記憶(collective memory),就更有助於身份的建構。然而,所謂"宋季記憶"只是諸遺老的小圈子製作,②當時又有多少人知道並且贊同? 後世又有多少人首肯並且接受? 易言之,也就是問:時人與後人是否也分享了文化景觀所負載着的宋季記憶?

當時生活在侯王廟附近的群體有很多,侯王廟對他們而言亦各有意義。九龍城只是一個小社區,大概很難否定各群體之間有互動,他們可能也知道侯王廟在不同群體心目中的意義。不過,"知悉"不等同"記憶"。假如没有記憶意圖,則彼群體的所謂意義,也只是此群體的一項"已閱"的"知悉"而已,當中並没有認同,更遑論延續。因此在探討九龍城侯王廟的"歷史""記憶"和"身份建構"等議題之前,有需要先區隔不同群體以了解他們的記憶意圖,進而觀察他們之間是否有交流,然後才可以作進一步的討論。要了解此中的曲折,就需要重返歷史的現場。

---

① 見鍾寶賢:《緒論:宋末帝王如何走進九龍近代史?》。

② Hon Tze-ki, A Rock, *a Text*, *and a Tablet*: *Making of the Song Emperor's Terrace as a Lieu de Mémoire*, p148, 150.

三、“折洋鋤盗”:守將的侯王廟

因爲可供考證的文獻太少,所以現在已經不知當時的原居民如何看待金夫人墓,宋行宫已成了二王殿村,還建了北帝廟,不過村民連村之得名也莫知其詳,古迹云云,恐怕也只被視作一個村落而已。至於宋王臺,就是一般小民的采石場。對於當時的人如何使用這三個古迹,今可知者,僅此而已。侯王廟則不然。當時的官民如何看待侯王廟,還是可以稽考的。以下嘗試把侯王廟重置於當時的歷史場景,通過重返歷史現場來重構當時人的侯王廟記憶。

九龍城侯王廟的起源不詳,有説侯王廟早在南宋就已經存在,初期只是一個茅寮,後來才建成殿宇。① 然而此説文獻無載,只是土人的口述,真僞難考。記述侯王廟發展的文獻,今可見者,就只有幾篇重修侯王廟時留下的碑文及一口銅鐘。銅鐘今天仍存放在廟内,上面鎸有“雍正八年庚戌(1730)季夏吉旦立”,是目前可見有關侯王廟的最早文字記録,故可推斷侯王廟至少可追溯至雍正年間。此外,與此廟有關的碑記有五篇,都收於科大衛、陸鴻基和吴倫霓霞合編的《香港碑銘彙編》中,依次是道光二年(1822)的《重修楊侯王宫碑記》、咸豐年間的《重修侯王古廟碑》、②光緒五年(1879)的《重修楊侯王古廟碑記》、民國六年(1917)陳伯陶撰寫的《侯王古廟聖史碑記》,以及1966年的《九龍侯王廟廟志》。結合銅鐘和碑文的年份,可知侯王廟之建不遲於清初,清中晚期時香火鼎盛,民國以後則香火逐漸零落。

從重修碑記可知,侯王廟在清中葉時共經過三次重修,重修的

---

① 見《宋皇臺紀念集》,頁107。

② 此碑記上年份一處已模糊不可辨,科大衛、陸鴻基、吴倫霓霞合編的《香港碑銘彙編》以爲此碑立於咸豐年間。

資金來源廣泛,既有不同的商户,亦有來自百姓,甚至地方官員。而捐獻者的居住地也不止限於九龍城,有遠居大埔、赤柱及深圳者。[①] 當時侯王廟香火之盛,影響之廣,可以想見。藉重修侯王廟捐獻者的身份背景可以考知侯王廟對當時的官民都有重要的意義。《重修侯王古廟碑》開首即云:

> 大鵬協中軍都府李揚威(……)九龍巡政廳孫錦文助銀(……)大鵬協右營分府黄□照(……)。[②]

這段碑文反映出兩個重點:一、地方政府對侯王廟的尊重,並給予支持;二、官方的支持者多是武人,地方的文官則未見有參與其中。值得玩味的是,嘉慶年間的《新安縣志》只收録了宋王臺,却没有收録侯王廟。這就側面説明了在文官眼中,就紀念南宋史的意義而言,侯王廟似不可與宋王臺相提並論,更難以證成宋王臺和侯王廟有關聯意義。這現象與前清太史陳伯陶的理解有很大差異。然則,何以侯王廟獨得新安縣的武官青睞?

有份捐資重修侯王廟的武將屬大鵬協。道光年間,朝廷改澄海協都司爲大鵬協中軍都司,改駐大鵬所城(今深圳大鵬灣一帶),[③]與新安縣衙一樣,都是遠離九龍。然而九龍是新安一個重要的海防位置,朝廷於是另置大鵬協水師副將駐九龍寨城,隸水師提督統轄本協左營右營。[④] 大鵬協中軍雖駐於大鵬所城,但其下屬大鵬協水師副將則駐守九龍寨城,與侯王廟相距極近。九龍寨城的地理位置令大鵬協與侯王廟之間帶上了地緣關係。

---

① 見道光二年《重修楊侯王宫碑記》,科大衛、陸鴻基、吴倫霓霞合編:《香港碑銘彙編》(香港:香港博物館,1986),頁 75—78。

② 見《重修侯王古廟碑》,《香港碑銘彙編》,頁 114。

③ 見王先謙:《東華續録》(上海:上海古籍出版社,1995),頁八上。

④ 見史澄:《光緒廣州府志》(臺北:成文出版社,1966),頁三十六上。

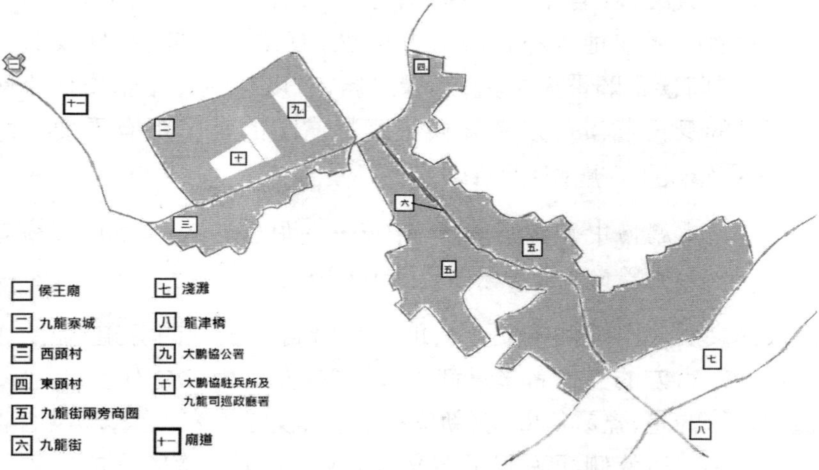

圖 2　侯王廟、九龍司巡政廳署及大鵬協駐兵所

今天侯王廟正門放置着一個鐵香爐,上面鎸有"侯王座前鐵香爐"七字,就是由首任九龍司巡檢許文深於道光二十七年(1847)所獻,是目前所見最早的一件新安守將向侯王廟敬獻的文物證據。從廟前的鐵香爐可知,九龍守將對侯王廟的態度是很莊敬的,至少新官上任就要向侯王獻上鐵香爐,以示尊敬。許文深獻上鐵香爐一事或者尚未足以讓人了解到侯王廟對守將的意義,可能廟内兩個牌匾背後的故事更能説明侯王對保守地方安寧的重要性。

侯王廟内至今仍保留着不少清代牌匾,大部分都是由大鵬協官兵所贈的。牌匾的内容或是稱頌侯王靈驗,或是感謝侯王保佑,或是祈求侯王保佑地方安寧(見表 2)。

表 2　侯王廟内牌匾一覽表

牌匾	敬獻者	年份
備荷帡幪	大鵬協副將張玉堂	咸豐九年(1859)

續 表

牌匾	敬獻者	年份
承恩似海	大鵬協副將彭玉	同治九年(1870)
濯濯厥靈	大鵬協副將巴圖魯戴朝佐等	光緒四年(1878)
至誠前知	大鵬協副將賴鎮邊	光緒六年(1880)
神靈感應	九龍司巡檢汪日潤	光緒十年(1884)
折洋鋤盗	大鵬協副將何長清	光緒十四年(1888)

在這些牌匾之中,"備荷帡幪"及"折洋鋤盗"二匾背後均有典故。咸豐四年(1854),惠州盗賊羅亞添率衆攻陷九龍寨城,當時新安縣知縣黄光周與大鵬協副將張玉堂率衆反攻寨城,結果"斬首三十餘級",只有兩名兵丁陣亡,輕易收復了寨城。[①] 對於此事,張玉堂認爲應歸功於侯王,甚至當他在咸豐九年(1859)離職時,也向侯王敬上"備荷帡幪"的牌匾,又在跋中感謝神恩:

> 逮咸豐四年春,捧檄九龍,瞬十二載。冰淵兢惕,艱險備嘗。皆蒙神靈庇佑,默授機宜,一帶地方,均獲安静,銘篆心中。玆者年逾古稀,功成告退,東山雅意,志在林泉。敬撰數言,以志永佩不亡云爾。[②]

由此可見,侯王廟對於張玉堂,甚至駐守在九龍寨城内的大鵬協官兵而言,具有保守地方平安的重要意義。

張玉堂因獲得侯王庇佑,默授機宜,致令他得以光復寨城,故敬上"備荷帡幪"以答謝神恩,後來另一位大鵬協副將何長清亦因侯王默授機宜而破案,也敬上"折洋鋤盗"的牌匾。光緒十四年(1888),廣東有一巨盗混名花旦滿者,横行無忌,爲患鄉閭。由於

① 見《光緒廣州府志》,頁十下。
② 見羅香林:《大地勝遊記》(香港:亞洲出版社,1959),頁161—162。

花旦滿經常躲藏在澳門租界之中,令地方政府一直束手無策,即使官府願意懸紅萬元,亦未能將花旦滿緝拿歸案。後來朝廷派外交人員到澳門追查花旦滿,"幸得侯王顯聖,指示機宜",最終把花旦滿從澳門引渡歸案,再轉解九龍正法。主持輯拿花旦滿的就是何長清,他爲了感謝侯王指引破案,於是敬上"折洋鋤盗"的牌匾。①

在應對羅亞添和花旦滿的事件上,大鵬協的官兵其實花了不少精力研討對策,例如在重奪寨城一役中,爲了增强戰鬥力,曾招攬一些僱傭兵參戰。② 不過大鵬協將領對於這些客觀的因素似乎並不重視,反而將一切歸功於侯王。作爲武將,他們的職責在於保守地方太平,維持治安,而侯王廟正保佑了他們折洋鋤盗。張玉堂和何長清把自己的經歷凝定成兩個牌匾,懸掛在廟内,以示向侯王致敬,並記録了這兩件事。這兩個牌匾既是守將對侯王的禮敬,也是守將自己的記憶的凝定。不過,應該看到的是:守將對侯王廟的記憶是保守地方安寧,而非陳伯陶所强調的忠臣死節。他們的記憶意圖並不一樣,却同樣是因應自身當下的需要而製造出來的記憶。

四、"求福賜金":百姓的侯王廟

九龍半島自1860年簽訂《北京條約》後即歸英國管治,並開始其城市化的發展。至光緒年間,九龍城一帶的道路建設已稍具規模,可是九龍以西的道路却尚未開通,行人往來甚爲不便。光緒二十一年(1895),九龍城鄉紳張壽仁等人爲了便利交通,於是集資修

① 見陳祖澤、梁培藻:《九龍樂善堂特刊》重刊本(香港:九龍樂善堂,1986),頁55。

② 《中國之友與香港公報》,1854年9月13日,轉引劉蜀永:《割占九龍》(香港:三聯書店〔香港〕有限公司,1995),頁50。

築道路,命曰“廟道”。“廟道”,顧名思義就是通往侯王廟的路。“廟道”不長,所以修築所費不多。廟道起點在寨城門外,出寨城後轉向風門坳,經風門坳後便抵侯王廟。爲了美觀又在侯王廟旁另立牌門,上有張壽仁所書“廟道”的門額。① 廟道可説是爲侯王廟而建,也是爲便利一般行人而建。由廟道的修建可以推斷,侯王廟一帶是行人往還的集散地,而侯王廟就是當時人皆可至的地標建築。

雖然“廟道”今已不存,但《廟道橋路碑記》尚在,從記文可以看到侯王廟在地緣和社群中的重要性。從地緣的角度看,“廟道”所經之處,就是侯王廟影響力的所及之處。或者説:侯王的恩澤通過廟道廣被開去,而受惠者就是侯王廟一帶的百姓,以及於往來於此的行人。《廟道橋路碑記》又提到九龍寨城,此外有説今天的侯王道昔日與“廟道”相連,因而得名。② 由此可見侯王恩澤所被的範圍,至少廣及九龍城。

廟道的籌建出自民間自發,大鵬協並沒有參與其中。這就足以説明侯王廟對當時的百姓十分重要,以致要修建廟道便利善信前來參拜,可見崇敬侯王的並不只有大鵬協的官兵。大鵬協的官兵和民間百姓都來侯王廟參拜,不過對侯王則各有所求,於是造就了侯王廟的香火鼎盛。既然二者各有所求,則繫於侯王廟的記憶就自然不一樣了。

要考究侯王廟對百姓的意義很困難,因爲百姓很少爲他們的行爲留下文字紀録,故此,透過對當時侯王廟一帶社區的擬構和時人的文字,或者可以重構百姓的侯王廟記憶的一二。

侯王廟對附近百姓的經濟生活有重要的意義。道光二年(1822)的《重修楊侯王宫碑記》所記的捐獻者,大部分都以商户的名義出資,可見商户對侯王的信奉。道光年間,廣東試用通判顧炳

① 見《廟道橋路碑記》,《香港碑銘彙編》,頁 291—294。
② 見梁濤:《九龍街道命名考源》(香港:市政局,1993),頁 71。

章及署廣東新寧縣候補知縣喬應庚曾親自來九龍山一帶勘察,得知九龍山一帶的居民多以耕種捕魚爲業,而惟獨在白鶴山五里以内的地方,即九龍寨,有店鋪民户數百餘户。[①] 這些店鋪民户主要集中於當時的九龍街。雖然顧炳章和喬應庚没有仔細記録這些店鋪的規模和買賣的貨物,但值得注意的是,當時九龍街的商業已具有管理的規模,如道光二十六年(1846)發出的《改變栅門管理辦法曉諭》就提到:"九龍街原有栅門三道,向歸各店鋪輪流管理,所辦極屬妥當。"[②]可見九龍街商户之間早已有良好的管理模式。至此,大致可以勾勒到當時侯王廟附近社區的概貌:侯王廟比鄰九龍寨城,而九龍街就在寨城前,那裏是當時重要的商業區,行人往還不斷;侯王廟就是這個社區的地標建築,侯王通過廟道恩澤區内的百姓,所以重修侯王廟時就得到商户的熱烈支持。可見侯王廟對民間具有保佑經濟發展的意義。

除了重構侯王廟一帶的社區情景外,當時人的文字亦是重建民間記憶的重要資料。民國初年的陳孺直(1892—?)有一首詩很值得注意,至今仍可在侯王廟中讀到:

> 古廟燒香一片心,只知求福賜多金。
> 侯王事迹君休問,恐惹遊人淚滿襟。[③]

陳孺直是清末商人陳啓沅(1834—1903)之子,十七歲時來港入讀拔萃書院,接受西式教育,從未入仕,清亡對他的意義未必如曾經爲官的遺老般深刻。陳孺直自幼來港求學,往後一直留港經商,相比前清遺老,他這首詩很能反映出民間百姓對侯王廟的想法實與其他廟宇無異——求福賜多金。可見百姓禮拜侯王的原因,與當

① 見劉蜀永:《勘建九龍城炮臺文牘選》,《近代史資料》,總 74 期(1989),頁 5。
② 見《勘建九龍城炮臺文牘選》,頁 16。
③ 此詩見於廟中的"詩詞坊",没有標題。又見於方寬烈:《香港詩詞紀事分類選集》(香港:香港文史研究會,1998),頁 112,詩題《遊九龍城》二首之二。

時侯王廟社區商户禮拜侯王的原因没有分别,都是實際生活利益的保守,而不是遺老所建構的忠臣死節,所以説:“侯王事迹君休問,恐惹遊人淚滿襟。”這“遊人”指的是誰,陳孺直没有言明,會因爲造訪“侯王事迹”而“淚滿襟”的,大概都是有識之士,他們不想提起“侯王事迹”,恐怕惹起家國遺恨,至於百姓,就“只知求福賜多金”了。

百姓對侯王廟的記憶,同樣因爲没有文字的記録而難以找到,不過從一些昔日的報章報導可以看到一個梗概(見表3)。

表3　香港歷史檔案館所藏舊日報章有關侯王廟的報導

編號	報章	日期	標題	内容摘要	範疇
1	香港工商日報	1926年6月1日	街坊汽車當在侯王廟前停車	九龍城各界希望在侯王廟前增設巴士站,以方便人流,發展九龍城。	交通
2	香港工商日報	1927年2月11日	往侯王廟参神之累事	有婦人到侯王廟参神,被人偷去四十元。	治安
3	香港華字日報	1932年7月11日	九龍侯王廟後昨發生謀殺案	一對居於打鼓嶺的夫婦途經侯王廟時,丈夫被一操客音的男子襲擊。	治安
4	香港華字日報	1932年9月20日	兩按察司分堂審訊 侯王廟前刺殺案押候續審	侯王廟前刺殺案押候續審。	治安
5	香港華字日報	1932年9月21日	侯王廟後刺殺案被告入獄十五年	侯王廟後刺殺案被告入獄十五年。	治安
6	天光報	1934年1月14日	侯王廟旁發生血案	三名來港尋業者,途經侯王廟時,其中二人刺殺同行人士。	治安

續　表

編號	報章	日期	標題	内容摘要	範疇
7	天光報	1934年1月23日	侯王廟血案仍押候	侯王廟血案仍押候一星期再審。	治安
8	香港華字日報	1935年2月22日	上元節侯王廟素描	記者於上元節前往侯王廟，並記録所見廟中的商業化活動。	專題報導
9	香港工商日報	1936年6月8日	侯王廟大石壓斃一坭工	山上進行爆石工程，一坭工被壓斃。	工業意外
10	香港工商日報	1937年3月25日	印人逞兇，踢斃華人	一名華人因語言問題與一印尼人發生衝突，最終被踢死。	治安
11	香港華字日報	1939年1月20日	侯王廟截劫案	兩名男子在侯王廟附近打劫一對夫婦並搶去六十五元及首飾。	治安
12	香港工商日報	1939年3月18日	黄灼陳興兩人被控，藉買棉胎誘劫黄德	兩名男子誘騙黄德到侯王廟附近，劫去現金、首飾和棉被。	治安
13	香港華字日報	1940年3月13日	九龍城婦女争拜張睢陽像 侯王廟前發生小風波	有到侯王廟參拜的善信順道參拜電影公司置放於侯王廟的張睢陽像。	趣聞
14	香港工商日報	1947年6月3日	侯王廟山脚一婦人被刺	一婦人因金錢問題被丈夫刺傷。	家庭糾紛
15	華僑日報	1947年6月5日	侯王廟附近深宵夫刺妻	一男子於深夜欲刺殺其妻。	家庭糾紛

續　表

編號	報章	日期	標題	内容摘要	範疇
16	華僑日報	1948 年 3 月 11 日	九龍警探多人搜查侯王廟附近屋宇	警方根據線報搜查侯王廟附近屋宇,拘獲一名携械男子。①	治安
17	大公報	1948 年 11 月 27 日	山泥瀉下傷人 一人傷重死去	有人在侯王廟附近泥山上挖泥作建築用,山泥突然瀉下,活埋五人,最終一人死去。②	人爲意外
18	華僑日報	1949 件 1 月 24 日	九龍侯王廟重修 預備仕女春遊	重修侯王廟於戰時被毁的古迹,並設石檯石凳,供遊春者休息。③	廟宇重修
19	大公報	1950 年 1 月 12 日	從沙浦村燒到侯王廟 九龍城昨天大火	侯王廟附近九龍城寨發生火災,六千間屋被燒毁,受災人數達兩萬人。	火災意外
20	香港工商日報	1950 年 6 月 16 日	浸聯會在侯王廟附近將建平民屋	浸聯會將在侯王廟附近建二十四間平民屋,以安置受大火影響的難民。④	災後救濟
21	大公報	1951 年 1 月 17 日	風助火勢瞬即成災 九龍兩木屋區大火	侯王廟附近、花墟村因火災毁木屋二百二十多間。⑤	火災意外

① 事件又見《香港工商日報》同日報導。
②④ 事件又見《華僑日報》同日報導。
③ 事件又見《大公報》同日報導。
⑤ 事件又見《香港工商日報》《華僑日報》同日報導。

續 表

編號	報章	日期	標題	內容摘要	範疇
22	大公報	1951 年 1 月 24 日	花墟村救濟工作昨天起結束 侯王廟也定明天結束	花墟村和侯王廟的救濟工作結束。	災後救濟
23	大公報	1951 年 1 月 25 日	三院撥棉衣白米贈送侯王廟災民	慈善機構東華三院慶濟 1 月 17 日火災災民。	災後救濟
24	香港工商日報	1951 年 1 月 26 日	救濟侯王廟災民 今午分發賑款 每人可領十元	救濟 1 月 17 日火災災民,派發賑款,每人可領取十元。	災後救濟
25	香港工商日報	1951 年 8 月 8 日	侯王廟及九龍砦城 兩大木屋區大有改進	侯王廟附近木屋區進行了改善工程,但當中的食水和衛生情況仍有待改善。	民生
26	香港工商日報	1954 年 4 月 14 日	開投廟宇侯王廟標疑較前大減	華人廟宇公開爲侯王廟招租,但所得標書之價值只得上年的一半。	廟務
27	香港工商日報	1963 年 3 月 9 日	侯王廟荔枝園新村搜出大批嗎啡總值十餘萬元	侯王廟附近荔枝園新村搜出五十磅嗎啡。①	藏毒案件
28	華僑日報	1977 年 10 月 10 日	陳伯陶筆下的九龍侯王廟	否定侯王是楊亮節,認爲是陳伯陶“文人好事”的所爲。	掌故

從上表可見,直接與侯王廟有關的報導不多。早年侯王廟的香火還算鼎盛,例如第 1 則報導就提到要於廟前增設巴士(公共汽

① 事件又見《大公報》1963 年 4 月 2 日報導。

車)站,反映出當時前往參拜侯王的善信衆多,故有增設巴士站的需要。更多的報導與治安有關,似乎從二十世紀二十年代以還,侯王廟附近一帶的治安就不佳。1950 年和 1951 年發生的兩場大型火災則是當時矚目的大事,不過這些都與百姓的侯王廟記憶無關。

親身走進侯王廟仔細觀看的,是第 8 則《香港華字日報》(1935 年 2 月 22 日)《上元節侯王廟素描》的作者(未署名)。作者也知道侯王姓楊,隨宋帝昺來到香港,後人景仰他忠烈,建廟紀念。時值上元節,作者"飯後無事,不如也去隨喜隨喜"。不過,他所見的侯王廟景象就與"忠烈"無關。他在侯王廟的入口處看到有店家販賣緣簿,還高喊"金銀、禄馬、長壽、貴人,樣樣齊備",而善信的目的不外是"財發萬金,一本萬利"。作者在廟内遊走時,因拒絶上緣簿、點長年燈而引來廟内的人不滿。事實上,當時侯王廟内的拜神活動已高度商業化,例如進廟時須先"捐白油銀二毫"方能入内。廟内又安排了"放生",然而此"放生"並非真的把魚鳥龜鼈之類的動物野放,而是把錢放入甕中當作"放生"。① 這些商業化的行爲,與"忠臣死節"的記憶意圖實在大相徑庭。既然百姓向侯王"求福賜金",則侯王廟的香火就免不了混有幾分銅臭。

第 13 則《香港華字日報》(1940 年 3 月 13 日)上題爲《九龍城婦女争拜張睢陽像》的新聞報導最能表現出"求福賜金"的意味。當日國光影業公司在侯王廟附近攝製電影《血海花》,並臨時蓋棚造了一個張巡(708—757)像。由於該像高丈餘,金甲輝煌,矗立在侯王廟前,結果吸引了原本到侯王廟參拜的善信焚香膜拜。侯王廟管理人員不勝其煩,與攝製人員交涉,該像才得以搬回片場,却有人欲闖入片場膜拜。② 張巡在侯王廟前反客爲主的事固然令人啼笑皆非,但亦反映了百姓根本不在乎"楊侯爲誰"或者"忠臣死

① 見《上元節侯王廟素描》,《香港華字日報》,1935 年 2 月 22 日。
② 見《九龍城婦女争拜張睢陽像》,《香港華字日報》,1940 年 3 月 13 日。

節”的記憶意圖。如果參拜者是崇敬侯王的忠臣死節,就不會在他的廟前膜拜其他神明。張巡也好,楊亮節也好,只要能保守生活平安豐足,便可以歆享百姓的香火。由此可見,百姓的侯王廟記憶很單純:侯王廟是一座靈異的廟宇,在那裏可向侯王祈求賜福賜金,保守生活豐足。換言之,百姓和遺老的記憶意圖並不一樣,二者甚有距離。

第28則署名蘊齋的專題文章《陳伯陶筆下的九龍侯王廟》(《華僑日報》,1977年10月10日)很值得注意。這不是一篇新聞報導,而是一則掌故。文章一開始就指出九龍城侯王廟原本香火鼎盛,可是經過數十年來的社區發展,進香者已漸少,門庭冷落。然後介紹陳伯陶,並徵引他的《侯王廟碑》全文。再而簡介陳伯陶定居九龍之後的生活,主要指出宋王臺等古迹得力於他的努力而得以保全,隨即說:

> 正因爲宋王臺是南宋末期的遺迹,於是,在宋王臺附近的九龍侯王廟,他便一口咬定,硬説是崇祀隨宋帝南遷的楊亮節。而州中人士,認爲太史公所説的話,當然是金科玉律,翕然附和着,因此數十年來,大家都相信九龍侯王廟那無言的神像,就是楊亮節其人了。①

蘊齋根據周密(1232—1298)《癸辛雜識》的記載,謂楊亮節死於崖山。這個説法其實是承用五、六十年代羅香林、簡又文、饒宗頤諸家的考證。② 蘊齋進而謂:

> 至於説楊亮節“生封侯,没封王,亦恩禮所必至”,那也是羌無故實之談而已。按所謂侯王廟,在各鄉村間多有見到,即就新界言,大埔墟也有,元朗墟也有,屏山也有,東涌也有。清

① 見蘊齋:《陳伯陶筆下的九龍侯王廟》,《華僑日報》,1977年10月10日。

② 有關的考證見本文第六節“侯王不是楊亮節:歷史對記憶的撼動”。

> 初屈翁山撰番禺侯王廟碑云:“廣之州,多有侯王廟,蓋祀秦將軍任囂者。”還憶我的故鄉,也有一所侯王廟,在符籙上,却鈐着曲逆侯一方。我才知所祀的是陳平。由此可見,侯王乃一通稱,實無定祀的。①

引用屈翁山的碑文,也應該承用自饒宗頤的考證。藴齋於文末引楊世常的《重修侯王宫碑記》,稱侯王廟“似在宋朝早已有之”,因此,他提出結論道:

> 陳伯陶穿鑿附會,像煞有介事般,由他手上,將楊亮節封侯封王,亦可謂文人好事了。②

不妨説,民間百姓對侯王廟的記憶重點是“求福賜金”,而不是遺老的忠臣死節,因此也不會去考究侯王究竟是誰。到了廿世紀七十年代末,否定侯王是楊亮節的傾向更加清晰明顯,藴齋這篇《陳伯陶筆下的九龍侯王廟》就是一個有力的旁證。

五、記憶意圖不同:遺老、守將與百姓的差異

諸遺老的出現爲侯王廟注入了新的記憶,亦帶來了新的變奏。諸遺老帶着“忠臣死節”的意圖來建構侯王廟的記憶,所以“折洋鋤盗”的記憶就没有被他們繼承下來。守將的記憶褪色了,昔日懸掛在侯王廟正門上的“折洋鋤盗”牌匾如今也易位,改懸於正門前的祭亭内,面向侯王。現在懸掛於正門上的是“至誠前知”。至於百姓,諸遺老當然不屑把“求福賜金”等庸俗的記憶納入“宋季記憶”當中,可是“求福賜金”才是百姓的記憶重點。民間百姓大概也没

---

①② 見《陳伯陶筆下的九龍侯王廟》。

有多少人看重“宋季記憶”,更談不上集體的(collectivized)認同,於是“宋季記憶”也没有人來延續。没有認同,没有延續,就没法集體化(collectivization),遺老的“宋季記憶”難免是孤芳自賞了。當他們這一代人過去之後,“宋季記憶”就如“折洋鋤盜”般退到歷史舞臺的暗角,偶爾遇到陳殲直一類的造訪者,聊以供其憑弔。

諸遺老對侯王廟的記憶是深刻的,對楊亮節的記憶更加深刻,因爲一旦失去了楊亮節,侯王廟便無法納入他們的“宋季記憶”。只要細加比較,就可以看到遺老的記憶與民間和守將的記憶有根本性的分别:遺老的“宋季記憶”用以建構其“遺民”的身份。這是一個只有曾經入仕的士人才有的身份。至於“折洋鋤盜”“求福賜金”的記憶則與身份的建構無關,只要找到其他更靈異的神祇,例如黄大仙,侯王就可以被取代。這就是侯王廟香火日漸零落的原因。清遺老則不然,他們憶念的是楊亮節生前的精忠事迹,而不是他成爲神明之後的靈異。因爲遺老、守將和百姓三者的記憶本質不同,更重要的是記憶意圖不同,所以三者之間的記憶没有交流融合,更不可能匯聚並發展成共享的集體記憶。集體記憶能凝聚人心,促使一群人建立身份認同,而侯王廟所繫記憶的局限,正是欠缺了集體化。

遺老在世之時,没有多少人明白他們的記憶意圖,所謂“宋季記憶”,大概也只有少數知識分子才理解,柳亞子(1887—1958)就是其中之一。柳亞子有七律《十一日晨起奉寄潘小磐先生》二首,其二頸、尾兩聯云:“高文已讀遺民傳,仁里難追舊隱風。一卷宋台秋唱好,可能惠我比球琮?”尾聯自注:“時訪求《宋台秋唱集》未獲,未知先生處有藏奔(本)否?”①不過一般的香港“土人”,對“宋季記憶”就應該不甚了了,更遑論遺老所經營的文化景觀了。

① 見柳亞子:《磨劍室詩詞集》(上海:上海人民出版社,1985),頁304。

值得揣想的是,即使遺老向時人推廣其“宋季記憶”,高揚楊亮節的“忠臣死節”,究竟又有多少時人與後人會肯首認同? 辛亥革命之後,帝制結束,中國進入了共和時代,正邁着艱難的脚步走向世界。歷史語境已經不同,中國再不是從前的天朝上國。中國人正探索着自由民主的道德價值,而遺老所抱持的却是傳統士大夫的道德觀,與當時的歷史語境可謂格格不入,在共和時代談“忠臣死節”,更顯得愚昧落伍,就是對陳伯陶有一定理解的柳亞子也說:

> 山人以清遺老自命,其實滿清之亡,爲中華民族奮鬥之結果。與宋明全不相同,何况大同世界運會已开(開)耶? 拘君臣之小節,昧種族之大閑,更不明進化之公理,余竊爲山人惜之! 所著《勝朝粤東遺民録》,即書名“勝朝”兩字已極不妥,獨其搜輯頗勤,文章亦美,終堪欽佩耳![1]

大概在遺老眼中,是世道人心不古;而遺老看在時人眼裏,大概也會被評爲保守僵化。

遺老的記憶意圖决定了“宋季記憶”不能適應新時代的歷史語境,因此也無法集體化。因爲無法集體化,所以侯王廟只會是遺老的“記憶所繫之處”,而不會成爲香港居民的“記憶所繫之處”。可以説,遺老的種種製作,與香港居民這個集體身份(collective identity)的建構無關。

六、侯王不是楊亮節:歷史對記憶的撼動

“記憶”和“歷史”的關係是史學研究的一個重點。中文學界也用到“歷史記憶”這個術語。對於這個術語,學者各有體會,加上學

① 《十一日晨起奉寄潘小磐先生》二首其二頷聯自注,見《磨劍室詩詞集》,頁 303。

術背景不同,理解難免有異。寥宜方回顧了中文學界的研究成果之後指出:"總之,中文的'歷史記憶'没有嚴格明確的定義,或約定俗成的穩固意涵。"[①]可見"記憶"和"歷史"的關係在中文學術界仍有很大的探究空間。不過,既然"歷史記憶"這個術語尚未有嚴格明確的定義,則還是暫且放下這個術語,而分别用"記憶"和"歷史"作討論爲宜。

法國史學家皮耶·諾哈(Pierre Nora)在研究法國國族史時,就很重視記憶。他把法國史的書寫模式歸納爲三種:浪漫派模式、實證主義模式和年鑒學派模式。然而諾哈要强調的是,一旦"將法國本身定義爲充滿象徵的事物(也就是捨棄'將之化約爲可明確指定的實際事物'的定義方式),通向另一種歷史的道路就展開了。"[②]所謂"象徵的事物",指的是"記憶所繫之處",就如諾哈自己説的:"記憶所繫之處既是物質的、象徵的,也是功能的,三種意義同時存在,只是程度各異。"[③]至於以記憶爲中心的歷史研究,就是"通向另一種歷史的道路"。這應該是諾哈要提出的第四種書寫模式了。正因爲以記憶爲歷史研究的中心,所以他强調研究的重點並不是歷史上的人、事、物或者傳統本身,而是它們如何被建構、被傳承、被利用,以及對當下所造成的影響。

諾哈認爲,這種以記憶爲中心的歷史研究,是一種"再記憶":"是記憶,不是回憶,是現在對於過去的全盤操作與支配管理。"[④]换言之,以記憶爲中心的歷史研究,就是探討記憶(特别是當下的記憶)如何操作、支配和管理歷史上的人、事、物或者傳統。在這種研究視野之下,人的"記憶意圖"起了關鍵的作用:人依據自己當下的

---

① 見廖宜方:《唐代的歷史記憶》(臺北:臺大出版中心,2011),頁6。

② 見《記憶所繫之處》,第1册,頁18。

③ 見皮耶·諾哈《記憶所繫之處》,第1册,頁22。另參 *Between Memory and Histoty*: *Les Lieux de mémoire*, p18—19。

④ 見《記憶所繫之處》,第1册,頁19。

記憶來"全盤操作和支配管理"過去,如果不同的人對同一個對象的記憶有出入,他們就會争奪該對象的記憶詮釋權。記憶詮釋權的争奪足以令該對象的"記憶所繫之處"的地位更加鞏固,在《記憶所繫之處》一書中,米歇勒·維諾克(Michel Winock)的《聖女貞德》一文就很能説明這個現象。① 諾哈謂"記憶所繫之處"的"意義不斷地死灰復燃,而其枝節以令人無法預見的方式蔓延發展"。② 也就是説,記憶是可以變動、發展的。加之人的記憶有出入,變動和發展的方向就更多元了。依此觀點重新審視侯王廟所繫的記憶,就不難看到當中的發展與變動。

侯王廟的歷史無法詳考,陳伯陶説楊侯王"佚其名",以致土人不知所祀的究竟是哪位神明。這不免使人心生疑問:"侯王爲誰?"這問題的答案未必是最重要的,要在文獻闕如的情況下考得侯王的身份,亦非容易。事實上,如何利用和詮釋"侯王爲誰"這個問題,往往涉及到一個群體對"侯王"的記憶。因此,分析不同群體對"侯王爲誰"的詮釋,可能比考證"侯王爲誰"更具意義。以下試作討論。

侯王廟供奉楊侯王,然而楊侯王的真正身份却一直未有人來考究,直到清末民初,一班清遺老來到香港,利用本地的宋季古迹建構其"宋季記憶",才展開了對楊侯王身份的考證。陳伯陶認爲楊侯王就是楊亮節。值得玩味的是,爲何侯王廟有如此大的空間可供陳伯陶利用,進而創造出新的記憶? 這當然是因爲侯王廟没有多少文獻紀録,留下了一片空白,於是陳伯陶就利用楊亮節來填

① 見《記憶所繫之處》,第2册,頁59—128。按:維諾克在其論文"關於法國的某種概念"一節中指出:"關於貞德的記憶主要靠黨派争議而被保存,而且這些争議曾扭曲有關史實,甚至將之簡化到荒唐的地步。雖然如此,以傳奇方式被講述的貞德史詩仍多少超越了種種的争執與利用,而有助於使某種關於法國、且介於神話與史實之間的概念深植人心。"(頁124)又按:争議扭曲史實的説法頗值得注意。在争議的過程中,論者都認爲自己根據事實説理,而事後回顧則發現,他們要歷史服從於記憶。

② 見《記憶所繫之處》,第1册,頁28。

補這片空白。然而後世的史學家並没有延續遺老的“宋季記憶”，却參加了“侯王爲誰”的討論。討論的結果是：侯王不是楊亮節。諸家意見如下：

表 4　學者考證“侯王非楊亮節”意見一覽表

學者	意見	出處
羅香林(1905—1978)	亮節盡忠客死，土人立廟，而反失其名，實於理不合。據周密《癸辛雜識・續集上》“二王入閩大略”條，亮節實死於崖山敗後，而不死於南下道中。陳伯陶説誤。	羅香林：《一八四二年以前之香港及其對外交通：香港前代史》(香港：中國學社，1959)，頁 85—86。
簡又文(1896—1978)	楊侯王廟各處多有，爲數頗衆，其非祀楊亮節者可知。況考歷朝制度，無“大王”封號，宋只有“郡王”，“王”有兩種。除神號外尚有强盜之僭稱。則陳伯陶以爲是生封侯殁封王之楊亮節一説，愈爲可疑，甚且簡直無成立之可能矣。	簡又文：《宋末二帝南遷輦路考》，簡又文主編、宋皇臺紀念集編印委員會編：《宋皇臺紀念集》，頁 149。
葉靈鳳(1905—1975)	史書只記載楊亮節死後封王立廟，但未有説明他死在何處，加上廣東一帶侯王廟甚多，實不便據以斷定楊侯王即楊亮節。	葉靈鳳：《香島滄桑録》(香港：中華書局(香港)有限公司，2011)，頁 205。
饒宗頤	周密明記亮節與陸秀夫同死崖山之役，自非道死九龍，陳伯陶未睹《癸辛雜識》，故有侯王即亮節之臆測。	饒宗頤：《九龍與宋季史料》(香港：萬有圖書公司，1959)，頁 90。
蕭國健	據羅香林及簡又文説，以爲廟中所奉祀之楊侯大王，當非楊亮節，而神實姓楊，名侯，神號大王。	蕭國健：《香港侯王廟所祀奉之“楊侯大王”考》，林天蔚、蕭國健著：《香港前代史論集》(臺北：臺灣商務印書館，1985)，頁 307—310。

陳伯陶僅以石碑上稱侯王楊姓,然後據南宋末封侯封王的制度推斷"此殆楊亮節也",與諸位學者相較,他的考證就未免有粗疏之嫌了。

其實,諸家據以立論的都是一般的尋常典籍,像周密(1232—1298)的《癸辛雜識》更是治宋季歷史者必備的參考書,羅香林教授和饒宗頤教授正是根據《癸辛雜識·續集上》"二王入閩大略"條,指出楊亮節死於崖山海上,而不是死於九龍。陳伯陶是前清探花,學問定不孤陋,何况他曾博考群籍,寫成《宋東莞遺民録》二卷,對宋季歷史自有一定的心得,《癸辛雜識》也理應寓目。然則,陳伯陶爲何要相信楊侯就是楊亮節?陳伯陶的心思今天已不可能詳究,但可以肯定,楊亮節是構成"宋季記憶"不可或缺的人物。對陳伯陶而言,侯王廟最重要的記憶是楊亮節的"忠臣死節",只有確認此記憶,"宋季記憶"才能圓滿,侯王廟才可以與其他古迹組成意義網絡,文化景觀才得以完成。在如此强烈的記憶意圖下,他的歷史考證就不免有所選擇:選擇了適合"宋季記憶"的部分,也就是侯王廟中石碑上稱侯王楊姓的一則資料。主導陳伯陶作此選擇的,正是他的記憶意圖,就如諾哈所説的:"是記憶,不是回憶,是現在對於過去的全盤操作與支配管理。"陳伯陶"現在"需要的是遺民身份的確立,這身份的確立就是他的記憶意圖的核心。他根據"現在"的需要,"全盤操作與支配管理"楊亮節:楊亮節精忠爲主,在九龍盡節而終,土人哀之,立廟以祀,是易代之際"忠臣死節"的典範。這樣侯王廟才可以與宋王臺等古迹建構成一組文化景觀,成爲諸遺老的"記憶所繫之處"。

簡又文等現代史學家與諸遺老不同。他們没有維繫、恢復或者延續"宋季記憶"的意圖,考證"侯王不是楊亮節"的問題,主要是出於對歷史真相的追求。二十世紀初的中國史學界興起"疑古"之風,爲後人辨清了不少歷史上的弄虚作假,也破除了不少人的好古迷信,顧頡剛(1893—1980)的"層累造史"説更指導着"古史辨"派的研究方向。在這求真的學風之下,陳伯陶的所謂考證,就無法經得起考驗了,史學家考辨侯王旨在還歷史一個真相。這本身就已經很有意義,因爲虚假不實的説法,根本就不值得相信。前文提到《華僑日報》上藴齋的那篇《陳伯陶筆下的九龍侯王廟》,就是承用了羅香林、簡又文、饒宗頤諸家的考證觀點而寫成的。到了二十一世紀,鍾寶賢的《緒論:宋末帝王如何走進九龍近代史?》也是本着客觀的態度撰寫的,她在文中討論了宋季歷史如何被陳伯陶引進九龍的近代史,而不只限於侯王廟。從二十世紀到二十一世紀的考證文章或詳或略,而提出的答案却只有一個:侯王不是楊亮節。背後的指導原則也只有一個:去僞求真的實證精神。諸家的侯王考辨還有一個必須指出的共通之處:没有記憶意圖。正因爲没有記憶意圖,他們的考證就不是"現在對於過去的全盤操作與支配管理",而是一種純然的歷史知識建構。這意味着侯王廟記憶被歷史化了。

記憶必定富有人的情感與想望,而且不可避免有詮釋與想象。這些情感、想望、詮釋和想象構就成了人的記憶意圖,驅使人着迷於過去的某個人、某件事、某個物,或者某個傳統,這些都是"記憶所繫之處"。諾哈清楚地指出:

> 如果缺乏記憶的意圖,那麽所謂的記憶所繫之處和歷史所繫之處(lieux d'histoire)並無二致。①

遺老有明確的記憶意圖,所以對他們而言,侯王廟是"記憶所繫之處";史學家没有任何記憶意圖,所以侯王廟只是"歷史所繫之處"。侯王廟記憶之所以歷史化,就是因爲欠缺了記憶意圖。記憶歷史化之後,記憶就不再是記憶,而是一個歷史知識:"曾經有一個叫陳

① 見《記憶所繫之處》,第1册,頁27。

伯陶的前清遺老認爲侯王是楊亮節。”侯王就供奉在侯王廟内,這座廟就是“歷史所繫之處”,侯王是不是楊亮節已經無關宏旨,侯王廟也再没有“忠臣死節”的記憶,只管稱這座廟做“侯王廟”就可以了。至此,就真是“空留古廟號侯王”了。

由是觀之,没有記憶意圖的考證,無疑是歷史對記憶的撼動。[①]從陳伯陶的“發露”到史學家的侯王考辨,正見證着侯王廟由遺老的“記憶所繫之處”轉變成後世的“歷史所繫之處”的過程。

時至今天,有關侯王身份的論述已不再引起激烈的争辯。侯王廟於 1987 年被港英政府列爲一級古迹,2005 年 9 月至 2006 年 4 月作過一次大型復修,2006 年 5 月 21 日舉行復修竣工開光大典,由香港特區政府當時的民政事務局局長何志平擔任主禮嘉賓,帶領善信上香敬禮,並爲侯王廟復修紀念碑揭幕。2014 年,九龍城侯王廟更被古迹辦列爲法定古迹,是旅發局向世界各地遊客推介的景點。對於今天大多數的香港居民而言,侯王廟也不過是一個歷史古迹;華人廟宇委員會的網頁,或者一般介紹侯王廟的資料,都把侯王身份的不同説法簡介出來,以示未有定論,侯王是楊亮節,只是各種説法的其中一種而已,是一個歷史小知識,知道固然不錯,不知道也無關痛癢。不妨這樣説:香港居民作爲一個群體,對侯王廟没有記憶的意圖,也没有像遺老那樣藉着侯王廟的記憶來建構自己的身份,以前的港英政府和回歸後的香港特區政府,也無意要香港居民建立“忠臣死節,守護正統”的身份認同。因此,侯王廟的記憶在遺老去世之後,就沉睡下來了。

① 如果考證具有記憶意圖,則有兩種可能:1. 考證用以支援原有的記憶。2. 一個新起的記憶意圖向原有的記憶意圖争奪同一個“記憶所繫之處”。

七、國民黨人的宋王臺記憶:侯王廟記憶的參照

原有的聖山宋王臺在日據時期遭到破壞,遺老的文化景觀也不復存在。到了五十年代,港英政府爲了擴建啓德機場及保障飛機升降的安全,計劃夷平聖山,把宋王臺巨石切割成石碑,並在機場附近闢地建宋皇臺公園,再把石碑置之於公園内。於是宋王臺又再次引起關注。當時有人反對,認爲九龍租借與英國之時已有保留聖山的特別規定,後得英國政府回覆,證明無此規定,計劃才得以落實。① 另一方面,港英政府又因爲得到當時香港趙氏宗親會的支持,計劃才可順利進行。趙樹勛《宋皇臺紀念碑揭幕禮紀盛》開首謂:"官民協力合作、經營籌建、歷時三載之宋皇臺中英文紀念碑,卒於一九五九年十二月下旬竣事。"②趙氏宗親會成員宣稱是宋室皇裔之後,不少是當時香港的大商家或專業人士。支持政府對趙氏成員而言當然有助於提高其社會地位,而宋王臺的移置與宋皇臺公園的興建,就儼然是港英政府與趙氏宗親會官民合作的成果了。

1959 年 12 月 28 日,港英政府在宋皇臺公園舉行了"宋皇臺紀念碑揭幕禮",場面盛大,出席者來自社會上不同的階層,各報章與香港電臺都詳加報導,可謂極一時之盛。爲了紀念此事,趙氏宗親會又請來時任香港大學研究員的簡又文主編《宋皇臺紀念集》一書,在宋王臺移置後幾個月面世,書中搜羅的文獻相當完備。當時

---

① 見《宋皇臺石刻移置之經過》,《宋皇臺紀念集》,頁 265。

② 見《宋皇臺紀念集》,頁 296。全文見《宋皇臺紀念集》,頁 296—301。按:題字者有港督葛量洪(Sir Alexander William George Herder Grantham, 1899—1978)和柏立基(Sir Robert "Robin" Brown Black, 1906—1999),這也是"官民協力合作"的另一例證。另詳 Hon Tze-ki, *A Rock, a Text, and a Tablet: Making of the Song Emperor's Terrace as a Lieu de Mémoire*, p151—152.

全香港的市民都清楚知悉宋王臺移置一事,後來香港居民之所以提到宋王臺就聯想起宋季歷史,應該與這件“官民合作”的大事有關。

時值冷戰之初。如果把宋王臺的移置重設於當時的歷史語境,或者可以解讀到更多當時的意識形態。韓子奇教授就認爲,冷戰的環境令宋王臺的移置成了一件令人關注的事。1949 年,新中國成立,國民黨遷往臺灣,而部分國民黨人、富商、知識分子則南來香港。在這種政治氛圍之下,宋王臺的記憶就起了變化:宋王臺仍然象徵着正統,不過,這次“正統”的指向已不是宋帝或清帝,而是民國。

《宋皇臺紀念集》編者簡又文是歷史學者,也是國民黨人,曾任民國政府鐵道部參事、立法院第三届立法委員。他請來國民黨的要員爲《宋皇臺紀念集》題辭、題簽和寫序。《宋皇臺紀念集》的書名就是由國民黨元老于右任(1879—1964)題簽的。梁寒操(1899—1975)則爲《宋皇臺紀念集》題辭,開首即曰:

> 九龍千古傷心地,遺黎今更難忘記。
> 宋皇臺已景全非,遺迹猶思保千禩。
> 瓜廬老人故清雅,纍集佚書研不捨。
> 考詳顯赫故侯祠,藏寶斑爛荒墟瓦。
> 卌年世變幾滄桑,九龍今又聚流亡。
> 不堪回首家山破,忡忡來對此茫茫。①

“瓜廬老人”就是陳伯陶。很明顯梁寒操是承用了《宋臺秋唱》的内容。陳伯陶 1917 年來九龍,而梁寒操來九龍時則在 1957 年,所以説“卌年”“聚流亡”。所謂“今又聚流亡”,指的是南來香港的民國官員和國民黨人,而“家山破”就是指大陸政權易手。

---

① 見《宋皇臺紀念集》,卷首。

簡又文自己也爲《宋皇臺紀念集》作獻書辭：

> 景炎祥興，文張與陸。衛我國家，保我民族。
> 寸土猶存，正統紹續。耿耿貞忠，誓圖光復。
> 人心未亡，一成已足。力戰不降，寧死不辱。
> 宋臺千秋，正氣長肅。謹獻此書，以作馨祝。①

獻書辭有兩點很值得注意。首先，是把宋亡三傑對趙氏的效忠以及華夷之辨轉化爲現代的民族主義："衛我國家，保我民族。"第二，所謂"正統紹續"，表面是指宋二王，實際却是指民國政府，只要民國政府"寸土猶存"就能"力戰不降，寧死不辱"，因爲"耿耿貞忠"者"誓圖光復"，紹續"正統"。《宋皇臺紀念集》卷首的序文、題辭、引言等的作者全都以中華民國紀年，就是一種表態。韓子奇教授很精準地指出，宋王臺在提醒那些南來者要對國民黨和民國政府效忠。② 這應該是冷戰初期意識形態的表現。

雖然國民黨人也如清遺老那樣以宋王臺作爲他們的"記憶所繫之處"，但相較起來，二者的記憶意圖却有很明顯的分別。遺老通過考證與唱和來製造他們的"宋季記憶"，又經營了一組文化景觀，把記憶繫之於上。對遺老而言，整組文化景觀都是"記憶所繫之處"，當中繫着的是傳統士人對一家一姓效忠的君臣大義，藉以建構其遺民的身份。簡又文也作了考證，而且考證相當堅實，是實證史學的規範操作，並得出"侯王不是楊亮節"的考證結果。這個考證結果有力地撼動着遺老的記憶，破壞了他們所建構的古迹之間的意義網絡。對簡又文和其他國民黨人而言，只有宋王臺才是他們的"記憶所繫之處"，他們效忠的是宋王臺所象徵的"正統"，亦即民國政府。清遺老與國民黨人都是南來香港的政治失意者，不

---

① 見《宋皇臺紀念集》，卷首。

② Hon Tze-ki, *A Rock, a Text, and a Tablet: Making of the Song Emperor's Terrace as a Lieu de Mémoire*, p152.

過,此時宋王臺所繫的,已經不是傳統遺民對前朝的懷念,而是一個以“正統”自居的失勢政黨對其失勢的不忿和對捲土重來的熱切期待。這就是國民黨人的記憶意圖。

民國推翻了清廷,遺老因此來到九龍。在遺老看來,應該就如鄭孝胥(1860—1938)所説的:“余與民國乃敵國也。”如今到這個“敵國”失勢了,國民黨人也來到九龍,而且剛巧遇上宋王臺的移置。他們也像諸遺老那樣,在宋王臺那裏看到自己的身影,當然也看到諸遺老給宋王臺製造的“正統”記憶,然而諸遺老的記憶没有被國民黨人繼承或延續,而是被他們挪用(appropriate)。阿斯曼(Jan Assmann)指出,“文化記憶”(cultural memory)有兩種模式:一是“庫存潛能模式”(the mode of potentiality of the archives),例如已累積的文字,圖片檔案等;二是“現實模式”(the mode of actuality),即人因應當下語境的需要而製造出來的新意義。[①] 諸遺老的“宋季記憶”與唱和就是“庫存潛能”,如今被簡又文應其需要而挪用了:保留了“正統”的外殼,偷换了當中的内涵。兩代南來者都以宋王臺爲其“記憶所繫之處”,就如諾哈所説的:“是現在對於過去的全盤操作與支配管理”,而且“意義不斷地死灰復燃,而其枝節以令人無法預見的方式蔓延發展”,當中的關鍵,仍是記憶意圖。簡又文偷换了“正統”的内涵,因爲他的記憶意圖與遺老不同,致使“正統”的記憶“以令人無法預見的方式蔓延發展”。

宋王臺象徵着君王,侯王廟象徵着臣子。用宋王臺對照侯王廟,就不難發現兩個“記憶所繫之處”在二十世紀的命運:

宋王臺雖然象徵着君王,但它同時也象徵着正統,即使君王已成過去,正統還是要講的,因爲在中國人的觀念裏,正統是統治之所以合理的基礎。遺老講正統,國民黨人也講正統,兩代南來者按

---

① Assmann and Czapicka, *Collective Memory and Cultural Identity*, in *New German Critique* 65 (Spring-Summer 1995), p125—133.

其“現在”的需要,“全盤操作與支配管理”宋王臺的“正統”記憶,“意義不斷地死灰復燃”,而意義的發展確實“令人無法預見”,遺老當初也不曾預料到,國民黨人如此快便失勢,並且也來到九龍,還挪用了宋王臺的“正統”記憶。

侯王廟的“忠臣死節”記憶進入了二十世紀的香港,似乎没有多少政治或身份建構的潛能被人發揮,畢竟這已是君主專制時代的道德準則,既然君王也成了過去,臣子就更没有存在的理據。簡又文等人抱持的是現代的民族主義而不是古代的忠君愛國,他們要實踐共和制而不是復辟君主制;他們也强調效忠,但是以國民的身份效忠民國,而不是以臣子的身份效忠一家一姓。

如果再從宋王臺和侯王廟的對照看“記憶”和“歷史”的關係,至少還可以看到以下兩種情况:

其一,記憶與歷史都是現在對過去的叙述,而記憶更多了一個意圖。假若憶述者對過去的叙述正確無誤,那就無懼史學家的考證。如此,記憶與歷史就交叠在一起,歷史成了記憶的支援,憶述者可以很安心地相信自己的記憶爲真。簡又文是史學家,可他同時也是憶述者。宋皇臺公園内有他寫的《九龍宋皇台遺址碑記》,記文也講述了宋王臺的歷史,當中也提到賴際熙,不過其身份已不再是前清太史,而是香港大學教授。對賴際熙的身份而言,“太史”與“教授”都是正確的描述,至於簡又文爲何選擇“教授”而不是“太史”,恐怕還是因爲他的記憶意圖。

其二,假若史學家没有記憶意圖,而他對過去的叙述與憶述者不同,甚至指出憶述者的謬誤:“你記錯了!”則無疑是歷史對記憶的撼動。遺老的侯王廟記憶就是經不起歷史的撼動而沉睡下來。

不妨説:意圖之有無,是歷史與記憶之間一個標志性的分野。

在侯王廟記憶的發展過程中,只看到前後兩代人記憶意圖之有無,却未看到有人起來争奪侯王廟記憶的詮釋權,如果有人起來爭奪記憶的詮釋權，可供研究討論的内容就一定更豐富了。

八、結　語

“宋王臺”石碑的規模無法與侯王廟相比，然而侯王廟雖然保存完好，其記憶的功能却反不及“宋王臺”石碑，是因爲二者記憶的内容不同所致。宋王臺的“正統”記憶因爲被國民黨人所挪用而一度得到拓展延續，宋王臺的遷置更因爲受到廣泛報導與宣傳而廣爲人知，所以提到九龍的宋代歷史，一般的香港居民都很容易想到宋王臺。至於侯王廟的“忠臣死節”記憶，因爲不適應新時代的歷史語境而未爲人所重視，加上史學家實證求真的考證，促使歷史向記憶撼動，所以即使侯王廟的規模再宏大，保存再完好，也不得不退到宋王臺的後面，而遺老所製造的侯王廟記憶也沉睡下來。由此可見，成爲“記憶所繫之處”的關鍵不在於規模的大小，却在乎記憶意圖之有無。

諸遺老苦心孤詣的製造了“宋季記憶”，還經營了文化景觀作爲“記憶所繫之處”，不過他們的“宋季記憶”却因爲欠缺集體化與延續性而曇花一現，愈發顯出他們那爲世所遺的孤獨寂寞。然則，記憶製造出來之後，還需要集體化與延續，只有得到時人和後人的認同，令時人和後人都有記憶意圖，記憶才可以維持下去，才不至於失憶。

記憶有助於身份的建構，遺老就是藉着“宋季記憶”來建構其遺民身份。可是新時代的歷史語境使人覺得這種身份已不合時宜，即使遺老向時人推廣，也未必得到多少人認同。從身份建構的角度看，就算是宋王臺繫着的是“正統”的記憶，也對“香港人”這個集體身份的建構與認同没有多少幫助。香港居民没有因宋王臺發展出共同的記憶意圖,香港内部更没有不同的團體爲着各自的記憶意圖起來争奪宋王臺記憶的詮釋權。宋王臺只是某兩代南來香港的政治失意者的"記憶所繫之處",而不是整體香港居民的"記憶所繫之處"。從記憶意圖的集體性和延續性來看,宋王臺當然比侯王廟强得多,却又遠遠比不上後來才被香港居民看重的黄大仙祠、獅子山,或者維多利亞港。

宋王臺的"正統"記憶因爲當時的歷史語境而被國民黨人所挪用。這樣的故事是否可以在二十一世紀的香港重演?爲了社區及交通的發展,港鐵公司決定興建沙中線(沙田—中環地鐵路線),鐵路線經過昔日聖山的遺址。2012 年至 2014 年間,在沙中線的地盤先後掘出六口宋代古井和多件文物。此事引起了傳媒的報導,也引起了古迹保育與社區發展應如何取捨的討論,而宋季古迹也再度成爲了某些人的話題。2014 年就有人發起拜祭宋王臺。① 到了 2015 年 2 月,更有人發起冬祭侯王廟,爲的是"敬仰楊亮節捨命護駕宋帝南下之功"。② 這樣的説法實在無視歷史學家的考證,又有多少人會采信?

(本文與黄展梁先生合著,原於 2015 年 4 月 11 日香港樹仁大學與香港教育學院〔現香港教育大學〕合辦的"從文化及文學的角度詮釋香港歷史"研討會上發表,現修訂並刊於此)

---

① 東方報業集團網站報導了此事,還有拍下拜祭者拜祭時的照片。見 http://hk.on.cc/hk/bkn/cnt/news/20140517/bkn—20140517172127207—0517_00822_001.html

② 見《冬祭酬神,納吉迎祥》,《AM730》2015 年 02 月 16 日。

後　　記

我從已發表的論文中揀選了六篇,再加上一篇未發表過的《宋詞詠物"摹神"説》,編成了這部文集。數量不多,分量也小,却都是我的學習紀録。其中《蘇軾〈定風波〉詞"一蓑煙雨"辨》的第一稿發表於1994年,而《唐代貧女詩發微》則發表於2017年,時間横跨了二十多年,也横跨了兩個世紀。輯成此書,旨在向先父先母和諸位師友表達敬意。

先父先母都没有接受過多少教育,就像他們那個年代的小民百姓一樣,只知道辛勤工作,只期望自己的子女長大後做個好人就是了,能够讀書的固然好,不愛讀書的,學一門手藝養活自己也不錯,所以得知我能够考上大學那天,母親表現得比我還要高興,拿起電話向四方親朋報信,而父親也少有的笑起來。我在大學究竟讀甚麽他們都不曾過問,反正在他們眼中,能够考上大學的就不會是壞人,往後的生活也不用擔心,那就心滿意足了。我大學畢業那年,母親就索性退休;兩年之後,父親也退休了。兩老閑着没事做,就去聽曲、短途旅遊、找消遣。偶然見我没外出,還獃在家裏看動畫,就輕描淡寫地説我不是。"我怎樣不是?""未娶老婆。"聞言爲之語塞。先父先母就是這樣的老實人。現在明白了,那是一種平凡的幸福。能够做他們的兒子是我的福氣,只是人世無常,幸福就在彈指之間成了回憶與懷念。

我感謝父母,也感謝我的師友。我很幸運,在學習的路途上一直得到師長的鼓勵和指導,即使到了今天,還領受着諸位師友的關懷。

記得初中三年級那年,周麗娟老師教我中國近代史。教科書上的内容我早已忘了,當時的印象是一片混亂,也不知道自己在讀甚麽,却因爲聽着周老師投入地講述百年國耻而第一次感覺到自己是中國人,覺得應該爲中國人做一點事。我想,要是能考上大學,我也要讀中文系,就像周老師那樣。周老師只教了兩年就轉校了。自周老師轉校之後,直到現在,我每年都跟周老師拜年,放長假的時候就約周老師吃飯。我早已走出了周老師的教室了,却又不時向周老師請教生活上和工作上的疑難。周老師總是笑着聽我説,我説得愈動氣,周老師就笑得愈開懷。"老師,爲甚麽這樣的事情你也可以笑的?""爲甚麽不笑?讀讀《一行禪師講〈金剛經〉》啊。"教與學,又豈止在教室之内呢?周老師給我寫的序文,我會視之爲又一次的教導,也期望自己終究有一天可以像周老師那樣笑看人生。周老師已經退休多年,正享受着四海遨遊的美好時光。我祝願周老師健康長壽。

上了大學,一般遇到的都是比較年長的老師,年輕的老師只有三兩位,念二年級時遇上的陳雄根老師是其中一位。當年陳老師教我"目録學"和"漢字流變"兩門課,我就在陳老師的指引下編了一份有關王勃研究的目録,竟然被我發現王勃的賦尚未有人研究,於是就翻出王勃賦來讀。讀了幾篇,覺得好些片段跟七言詩没有多大分别,是怎麽一回事?既然問題是從"目録學"課來的,那我就去糾纏陳老師:"老師,究竟何謂賦?"這樣就纏了陳老師好多次,每次我都很疲倦地步出老師的辦公室,也顧不得老師累也不累！王勃賦也就成了我日後本科畢業論文的題目。論文很順利就寫完了,我没有經歷過同學們所遇到的困惑與徬徨。我慶幸修讀了“目録學”,那份王勃研究目録實在功不可没,而必須感謝的當然是陳老師。陳老師也已經退休了,現在移居澳洲。我並不常常拜見陳老師,因爲編輯本書之故而想起了從前往事,就冒昧越洋請陳老師賜我序文一篇。陳老師不但寫了序文,還寄來了讀後感和勘誤表！哎呀,是勘誤表啊！我頓時臉也紅了。勘誤是我的工作,現在竟然由陳老師來做！實在不好意思,拜謝陳老師！

讀本科時最幸運的是遇上先師常宗豪教授,更欣悉原來常老師也是周老師的老師,也就自然對常老師多生出一份敬慕。當時常老師只開設“文字學”和“楚辭”兩門課,我就修讀了這兩門課。上常老師的課像看表演,看常老師運用甲骨金文解釋《楚辭》,引用《詩經》《楚辭》解釋唐宋詩詞;批評鄭樵的六書説,討論唐蘭的三書説,分析章太炎的轉注説;比較馬、班的屈原論述,講揚雄,講《辨騷》,講甯武子,講狂狷之士,講“勇士不忘喪其元”……看着常老師綜論古今人情物態,大家都傻了眼,而我就第一次窺見中國學術的宗廟之美與百官之富。最精彩的莫過於欣賞常老師在講台上吟誦詩詞了,特别是《楚辭》,“君不行兮——夷猶——,蹇——誰留兮——中洲……”聲音洪亮,音節頓挫,情韻悠長。我忍不住也模仿起來,還跟同學説笑道:“爲甚麽常老師不去灌録唱片?”於是本科畢業之後我就當了常老師的研究生,本書《〈陌上桑〉羅敷“以禮自防”探微》一文就是修訂自當年碩士論文的其中一節。常老師晚年卜居澳門,依舊的詩文書畫,濠上逍遥。我最後一次面見常老師是在澳門鏡湖醫院。師母説我來了。“姚道生呀?”話音還是那樣的清晰透亮。我就是憑這話音去辨認,躺在床上的是常老師。

碩士畢業那年,一天下午,與讀哲學的馮少斌兄閑聊,聊甚麽也忘了,大概是問我往後的人生發展,只記得那次閑聊讓我頓然覺得自己除了讀書之外甚麽都不懂,加之父母年事已高,是時候出來社會工作,反哺父母了。結果就放棄了繼續升學的機會,去了一所中學教書。周老師很鼓勵,常老師却很失望。

白天的工作很繁忙,幸好同事都很照顧和包容,工作都得以順利處理,所以晚上又可以隨意翻書了,偶然僥倖有得,就嘗試寫論文投稿。這樣的日子過了十多年,直到雙親先後辭世。

父親大去後一年的某一天,學長嚴志雄教授和郭天健先生找我吃下午茶。兩位學長找我只有一個動機,就是叫我不要再胡亂翻書,應該好好的重理舊業,嚴師兄就建議我去跟隨張宏生教授。於是我就向當時已經是系主任的陳雄根老師徵詢意見。"你研究的是詞學,這方面,教過你的老師都已經退休或過世了。也不一定要回中大。我建議你跟隨張宏生教授,他來了香港,在浸會大學。"没想到陳老師也給我相同的建議。我離開學院太久了,學術界的情况我已很陌生,所以就聽取了陳老師和嚴師兄的建議,而陳老師和嚴師兄也幫我寫了推薦書。

我感謝陳老師和兩位學長的鼓勵,更感謝張宏生老師不嫌我年紀大,願意指導我,讓我有機會完成未了的心願。對此我深懷感激,就以尊敬常老師的心來尊敬張老師。張老師説,程千帆先生從前教他做研究,强調文獻學與文藝學並重,而文獻考證更是研究的起點,所以建議我先做好文獻整理的工作。我就這樣開始了一段白天上班,下班做研究的日子。幾年下來,生活是過得挺充實的。我研究的是《樂府補題》,畢業之時,張老師就根據《樂府補題》賦寫了一首七絶贈我:

山房相對未伶俜,筆底傳神亦賦形。
故國飄蕭風露影,天香四季漫冬青。

這是《樂府補題》給後世讀者的整體印象，張老師概括得很形象化。論詞絶句之難寫絶不下於論詩絶句，謝謝張老師的示範。在張老師的指導下，我完成了《樂府補題校注》和《樂府補題研究》二書。張老師不但爲這兩部書寫序，而且讓我參加《全清詞》的編輯工作，對我實在厚愛了，我應該如何言謝呢？我想，第一步是完成張老師交給我的任務，接下來就是讀書做研究。

獨學而無友，則孤陋而寡聞。我還慶幸遇到不少來自文史哲不同學術背景的朋友。這廿多年來，文覺謙、曾漢棠、馮少斌、尹德成等幾位與我交流最多，不時在我的學習路上扶我一把，跟我談一些我没深思過，甚至是完全陌生的課題，學術的，生活的，待人處事的，間或在我旁若無人口沫横飛高談闊論、趾高氣揚之際閃出一面照妖鏡又倏地收起！電光火石之間，我，瞥見了，是自己的一張側臉！偶爾，又在電話中，或是飯桌旁，有意無意地提醒我要負起讀書人應有的文化責任，也要教好自己的學生。每一次的討論，都是我美好的回憶和學習的動力。但願將來我們還可以繼續討論下去，讓我們學得更多，學得更好。

學習，就意味着要交功課。父母和師長從來都重視功課，父母視之爲基本責任，師長視之爲基礎訓練。説來汗顔，我的著作很少，一時之間無以交待，就只好把幾篇舊作編輯起來，略加修訂，權充一份功課！現在我交上這份功課，希望先父先母認爲我還不算塞責，希望先師認爲我還未至於荒廢學業，希望身在不同崗位上的諸位師友繼續給我鞭策鼓勵，更希望讀者不吝指正。